아
파
트
먼
트

APARTMENT

레디 웨인 장편소설 │ 서제인 옮김

아파트먼트

엘리

나의 행복, 앵거스에게

사람들과 함께 살아갈 수도, 말을 할 수도 없음.

나 자신에의 완전한 침잠, 자신에 대한 생각.

무감각하고, 어리석으며, 겁에 질려 있음.

누구에게도 할 말이 아무것도 없다―아무것도.

-프란츠 카프카, 일기, 1915년 4월 27일

사람들과 함께 있는 일의 행복함.

-프란츠 카프카, 일기, 1922년 2월 2일

일러두기

1. 본문 중의 주석은 모두 옮긴이주이다.
2. 인명, 지명, 상품명 등 외국어의 우리말 표기는 국립국어원 외래어표기법을
   따르되, 통용되는 일부 표기는 허용했다.

차례

1996

1

빌리가 말하는 걸 처음으로 들은 건 내가 무릎을 내려다보며 그 자리에서 사라져버리고 싶다고 생각하고 있을 때였다.

"저는 다른 분들하고 의견이 좀 다른 것 같은데요." 그는 자신의 고향인 일리노이주의 지형만큼이나 편평한 바리톤의 목소리로 그렇게 말했다.

내게는 그가 보이지 않았는데, 우리가 각각 강의실 반대쪽 끝에 앉아 있어서였다. 강의실 창문은 1996년 8월 말의 무기력함을 덜어보겠다고 활짝 열려 있었다. 그 전에 지나간 시간들을 십 년 단위로 묶고 의류 한 가지와 취하게 하는 물질 한 가지씩으로 짝지어―회색 플란넬 슈트와 마티니, 홀치기염색 옷과 마리화나, 나팔바지와 환각제, 어깨 패드와 코카인 하는 식으로―정의한다면

90년대 중반은 여유 있는 핏의 갭 청바지와 라이트 맥주의 시대였다. 세계 초강대국의 평화와 미국적 번영으로 이루어진 무딘 시대, 크나큰 승리와 재앙을 가져오며 무너져 내린 베를린 장벽과 세계무역센터 사이에 샌드위치처럼 낀 시대. 빌 클린턴 대 밥 돌이라는 현대 역사상 가장 쓸데없는 대통령 선거의 결과에 놀란 사람은 아무도 없었다. 분별없고 온통 소모적인 스캔들로 인한 정치 공백기간, 두 명의 살인죄로 기소된 미식축구 선수 출신 영화배우의 재판으로 날아간 일 년, 대통령 집무실에서 있었던 펠라티오 폭로로 또 17개월. 티머시 맥베이, 데이비드 코레시, 시어도어 카진스키, 한 배에서 한시에 태어나 부드러운 머릿결을 헝클어트린 미남 배우의 겉모습을 하고선 각자의 개인적이고 침울한 상처에 몰두한 사람들.

도지 홀의 푹푹 찌는 강의실에 모인 우리 대학원생 십여 명은 컬럼비아대학 순수예술 석사과정의 문예창작 프로그램에 등록한 훨씬 더 많은 사람들 가운데 일부였다. 가을학기 소설 워크숍을 이끄는 실비아는 이십 년 전 데뷔 소설로 장성의 제복에 달린 훈장들만큼이나 많은 문학상의 영예를 안았고, 그 뒤로는 딱 한 권밖에 더 내지 않은 작가였다―여백이 많은 140페이지 분량의 그 책에는 '얇은 책'이라는 꼬리표가 붙었다. 하지만 그 겸손한 결과물은 말을 아끼고 엄선하는, 그러므로 완벽한 언어를 구사하는 작가로 보인다는 그의 명성을 더욱 빛내주기만 했을 뿐이고, 우리

1학년생들은 그 명성에, 그리고 그의 은빛 머리칼과 소방차처럼 빨간 립스틱이 만들어내는 강렬한 대비에 충분히 경외심을 품고 있었다.

실비아는 학기가 시작되기 몇 주 전 우리에게 전화를 걸어, 간단한 오리엔테이션으로 진행될 첫 수업 시간에 토론할 거리가 있도록 작품을 가져올 자원자를 모집했다. 나는 용감한 개척자라는 인상을 남길 수 있기를 바라며 신청을 했고, 쓰고 있던 장편소설의 첫 두 챕터를 복사했다. 사실은, 실비아와 동료들로부터 받을 평가가 몹시 두려웠다. 나는 학부 때 가장 공을 많이 들여 쓴 단편소설 덕에 컬럼비아대학에 들어올 수 있었고, 그때까지 써둔 『교열팀장』의 400페이지는 누구에게도 보여준 적이 없었다. 『교열팀장』의 설정은 내가 학부 졸업 후 이 년을 보내는 동안 했던 교열 프리랜서 일 중 하나인, 미드타운 맨해튼의 어느 번지르르한 남성잡지사 일에서 영감을 얻었다.

그 이야기의 화자는—놀랍게도—미드타운 맨해튼의 어느 번지르르한 남성잡지사에서 프리랜서로 힘겹게 일하는 젊은 교열담당자다. 그는 그 잡지를 "대개 운동을 마친 뒤 얼굴이 상기되고 몸은 땀으로 번들거리는 모습으로 그달의 표지모델인 남자의 사진을 찍고는, 그 위에 그루밍과 옷 입기, 복근 만들기를 마스터하라고 독자들에게 감탄하듯 외치는 명령어들을 겹쳐 얹는 부류"라고 묘사한다. 이야기는 어디선가 영감을 받은 듯 전개되는데, 우리의 내향적인 주인공은 우연하게도 장편소설 한 편을 쓰고 있고, 그 소설은 아무도 읽은 적은 없지만 보기 드물게 탁월한 작품임이 강렬하게 암시된다. 그를 감독하는 사람은 중년의 교열팀장 바트(『필경사 바틀비』에 대한 오마주다)인데, 바트는 잡지의 세부 항목에 열중해 문법이나 철자법 오류가 없는지, 목록에 나열된 헤어 제품들이 자체 표기법에 맞는지(제품명, 가격—그 반대 순서는 절대 안 된다) 확인하면서, 매일 대략 열 마디 정도의 말밖에 하지 않는 사람이다.

"좋은 교열 담당자는 있는지 없는지 알 수 없는 사람이야." 화자의 근무 첫날 바트는 이렇게 말한다. "일을 잘하면 아무도 알아차리지 못하고 지나가지."

물론 나는 그 비슷한 사람 밑에서 일을 했다. 내가 일하는 동안 극적인 일이 발생한 적은 한 번도 없었지만. 소설에는 내 실제 경험과는 다른 부분들이 더 있었는데, 그중 한 가지는 이런 것이었다. 첫 번째 챕터 마지막 부분, 주인공은 어느 늦은 밤 쓰레기통에서 교열팀장이 휘갈겨 쓴 낙서를 발견한다. 그러고는 바트가, 낮 동안에는 무미건조한 언어와 후기 자본주의적 공허함의 노예로 지낼지언정 대단히 풍부한 상상력으로 가득한 사생활이 있으며, 그가 그 삶에서 잡지 기사를 '시행이 계속 이어지는 시'라는 다른 용도로 사용하고 있음을 알게 된다. 화자는 자신의 냉담한 상사가 그런 숨은 열정을 키우고 있음에 용기를 얻지만, 채 익지 않은 그

열정의 결실이 썩어 떨어지는 것을 보게 된 것에 절망한다—여기서 이야기는 억압된 창조성에 관한 침울한 비극이 된다. 이 장편의 나머지 부분은 화자가 잡지사에서 일어난 횡령 사건을 밝혀내는 과정을 따라간다. 그 사건은 야비한 편집장이 저지른 것이었고 화자는 이 사실을 바로 그 잡지 지면에 장문의 기사로 발표하는데, 이는 마감이 끝난 뒤에 폭로 기사를 몰래 집어넣은 바트의 도움 덕분이다. 두 남자 모두 이 영웅적 행동으로 출판업계에서 화려한 보상을 받는다. 나는 독자를 깜짝 놀라게 할 전환점들을 모조리 스프레드시트에 배치하고, '상징' '주제' '율리시스/오디세이 암시' 등을 적어 넣은 열들을 덧붙여놓았다.

두 시간 전, 실비아는 더위에도 불구하고 머그잔에 담긴 차를 홀짝이며 우리를 맞았고, 자신이 이 워크숍의 목표라고 생각하는 바에 대해 이야기했다. "인생의 지금 단계에 있는 여러분에겐 위험을 피하고 몸을 사릴 타당한 이유가 없어요." 그가 말했다. "지금은 실험하고, 실수하고, 잔인할 정도로 정직한 피드백을 향해 자신을 열어야 할 때예요. 그게 예술가로서 성장하는 유일한 길입니다. 다시 실패하세요, 더 잘 실패하세요."

그날 나는 세 명의 수강생 중 마지막으로 합평을 받기로 돼 있었는데, 잔인한 피드백과 실패에 대한 걱정이 어른거려 마음이 진정되지 않았다. 그날의 첫 번째 작가는 부서지기 직전인 듯 가냘픈 목소리의 여자였는데, 어느 사춘기 직전의 소녀가 양로원에 있는 할머니를 방문한다는 내용의 소설 한 페이지를 낭독했다.

"올리비아가 아이의 시점을 택한 방식이 실감 나게 느껴져서, 정말 훌륭하다고 생각했습니다." 내가 한 유일한 평은 이것이었는 데, 연약할지도 모르는 작가의 자아를 안심시키기 위한 것이기도 했지만 진심 어린 확신에서 나온 말이기도 했다. 실비아와 나머지 수강생들은 한결같이 보드라운 격려를 보냈고, 순수예술 석사과 정 수업을 소재로 한 전설들에 등장하듯 언어로 된 야만적인 전장 에 나온 전사들이라기보다는, 어린아이가 태어나서 처음으로 그 린 핑거페인팅 작품을 칭찬하는 유치원 선생님들처럼 굴었다.

그다음 소설에 대해 나는 긍정적으로 해줄 말을 찾아보려고 필 사적으로 애쓰다가 내 합평 전문용어 도구세트 속으로 깊이 파고 들었다. "처음에는 우주선이라는 배경이 좀 뜨악했다는 걸 인정해 야 할 것 같아요." 내가 말했다. "하지만 제이컵이 너무도 능란한 문체로 그 배경을 낯설게 하는 데 성공한 것 같네요." 수강생들이 다시 한번 상냥하게 동의를 보냈는데, 서로를 지지해주는 집단치 료 시간 같은 분위기였다.

"『교열팀장』을 읽으면서 몇 가지 질문이 떠올랐는데요." 실비아 가 말했다. 그의 매부리코에서 끊임없이 미끄러져 내리는 독서용 안경이 또다시 미끄러지기 시작한 참이었다. "이런 거죠, 교양소설 에서 작가-주인공의 선택이라는 건 너무 쉽고 예측 가능하지 않 은가? 주인공 앞에 놓인 장애물들에도 불구하고 우리는 처음부터,

이 장르가 본질적으로 시키는 대로, 그가 결국 예술가로 인정받을 거라고 가정하지 않나요?"

실비아의 말들은 질문으로 가장했으나 이론의 여지 없이 사실의 표현이었다. 곧이어 후속책을 내놓긴 했지만—"물론 그건 자신의 무거운 클리셰 밑에서 발버둥 치는 작가의 모습을 보여주고픈 글쓴이의 욕망일 수 있겠죠"—실비아가 처음에 한 말은 상어 떼가 들끓는 물속에 피 한 방울을 떨어뜨리는 효과를 냈다.

"레퍼런스로 나오는 문학 작품들이 모호하게 들어간 느낌이에요." 다음 수강생이 말했다. "사실 중심인물이 제가 응원해주고 싶은 사람이 아니어서요." 또 다른 수강생이 말했다. 그리고 가장 깊숙이 후벼 파는 빈정거림. "이 남자, 꼭 중상위층 징징이처럼 나오네요."

내 동료 수강생은 어떤 불안을 드러내 보인 것이었다. 그 불안은 80년대의 화려한 과도함에 반발해 냉전 이후 '진짜'에 맹목적으로 집착하는 분위기가 된, 최근 몇 년간 더욱 깊어졌다. 그가 정확하게 집어낸 내 출신 성분에 명백한 사회경제적 이점들이 있기는 했지만, 그것은 예술가로서는 심각한 결점이었다. 세금 사다리에 견고하고 둔하게 박힌 가로대, 진짜 상류층을 외설스럽게 훔쳐보기에는 돈이 부족하고, 전령을 보내 가난한 이들의 사정을 알아보기에는 지나치게 애지중지 길러진 사람들. 그렇다고 미국의 드넓은 중부 지대에, 청소년기의 모든 경험, 먹어치우는 칠리도그와 숲속에서 여는 맥주 파티 하나하나가 네오록웰적인 보편성을 그 럴듯하게 드러내주는 그곳에 사는 것도 아닌 사람들. 아마도 새로 시작하는 우리 수업 수강생 중 절반쯤은 나와 비슷한 환경에서 자 라났을 텐데—컬럼비아의 터무니없이 높은 수업료와 부족한 장학 금을 보건대 틀림없었다—그런데도 나는 워크숍의 징징이 소년이 되었다.

사람들의 평가는 소설 속의 짜증 나는 세부사항과 표현방식 들 을 하나하나 나열하면서 독이빨로 물어뜯는 것처럼 변해갔다. 마 치 너무나도 싫은 어떤 제품에 관해 검열 없이 이야기하는 포커스 그룹 같았다. 규칙에 의해 발언이 금지된 나는 자학하듯 동료 수강 생들의 비난을 스프링 공책에 옮겨 적었지만 내 소설이 끝장나버 렸다는 걸 알았다. 그 소설을 혼자 간직해온 까닭에 나는 세상으로 부터 차단된 채 정교한 걸작을 만들고 있다는 환상을 연장시킬 수 있었다. 하지만 그건 사실이 아니었다. 나는 그저 또 한 명의 스티 브(바트의 모델이 된 그 사람)가 되어가고 있는 사람이었고, 중간 급 정도의 잡지에 실리는 고르지 못한 문장들을 매끄럽게 다듬거 나 유용한 학술 논문을 쓸 수 있을 만큼은 충분히 교육을 받았지 만, 그게 뭐든 간에 진짜 문학 작품을 만들어내는 데 필요한—적 어도 허구의 인물인 바트가 자신이 지닌 여러 겹의 무미건조한 평 범함 밑에 숨겨놓기는 했던—그 무언가는 갖고 있지 못했다.

"서평에서 늘 뭔가를 '위축되지 않는'이라고 표현한다는 거 알아요?" 어떤 여자가 물었다. "그런데 이 작품에서 주인공은 '위축돼 있는' 것처럼 느껴져요. 자신을 진짜로 시험하고 싶지는 않은 것처럼요. 그리고 여기서 일어나는 줄거리상의 온갖 복잡한 일들 말인데요, 이 소설이 감정적인 공들을 충분히 허공에 던져 올려 저글링을 하지 못하고 있다는 사실을 보완하기 위한 건 아닌지 궁금하네요."

반시간 동안 몸속에 모이고 있던 열기가 성벽으로 둘러싸인 도시를 무너뜨리는 야만인의 무리처럼 피부를 뚫고 나오면서, 머리선이 따끔거렸고 등 아랫부분이 땀으로 축축해졌다. 내 과민한 땀샘들은 자기들보다 높은 체급을 만나면 항상 잘 터졌는데, 혼잡한 공간에 있을 때, 혹은 그 순간처럼 다른 사람들이 관찰하고 있을 때 악화되곤 했다. 후텁지근한 무더위 덕에 내가 땀을 흘리는 게 덜 드러나긴 했지만 땀은 더 심해지기도 해서, 곧 코를 타고 흘러내린 굵직한 땀방울 하나가 내 공책 위에 툭 떨어졌고, 푸른색 잉크가 수채화 물감처럼 번졌으며, 이어서 또 한 방울이 소형 액체폭탄처럼 떨어져 폭발했다. 사람들이 알아차린 걸 느낀 나는 팔뚝으로 이마를 훔쳤다. 묻어난 땀이 뱀장어 몸통처럼 번들거렸다.

그때 빌리가 말했다.

"이 소설은 그 자체가 지루해지는 걸 피하면서 사무실 생활의 단조로움을 환기시키는데, 그건 쉬운 일이 아닙니다." 자신의 의견이 다르다는 걸 알린 다음 그는 계속 말했다. "화자의 출신 배경이 의도치 않게 사람들을 불쾌하게 만들 수 있다는 건 알겠는데요, 저는 화자가 그걸 어느 정도 자각하고 있다고 느꼈어요. 그리고 태어난 환경은 사실 우리가 어쩔 수 없는 거고요."

그가 잠시 말을 멈췄다. "모르겠네요." 그가 말했다. "저는 그냥 이 소설이 정말 마음에 들었습니다."

이 꾸밈없는, 그러면서도 신중히 검토한 끝에 유일하게 이의를 제기하는 목소리를 들은 수강생들은 나와 마찬가지로 어리둥절해진 것처럼 보였다. 미친 듯 펌프질을 해대던 내 교감신경계가 마침내 멈췄다. 잠시 혼란스러운 침묵이 흐른 뒤—아무도 다시 몰매를 때리기 시작할 용기를, 혹은 그럴 용기 없음을 드러내지 않았다—실비아가 수업이 끝났다고 선언했고, 나는 모두가 이런저런 표시를 한 내 소설 챕터 복사본과 내게 써준 제안 사항들을 그러모았다.

다음 주에 합평할 소설 복사물을 나눠주는 수강생 가운데 빌리도 있었다. 내가 호기심을 품고 그의 글 첫 페이지를 훑어보려는데 누군가가 우리 모두 한잔하러 가자고 제안했다.

수강생 대부분은 도지 홀에서 두어 블록 떨어진 어느 특징 없는 바로 이동했다. 대부분 컬럼비아대학 학생들로 이루어진 무리 속에서 우리 모임이 구석 자리 하나를 확보한 후, 나는 화장실로 가서 얼굴에 물을 끼얹었다. 내가 돌아왔을 때 동료 수강생들은 맥주 피처를 여럿 주문한 뒤였고 다트 게임을 하려고 편을 나누고 있었다. 빌리와 나는 같은 팀이 되었다.

"고마웠어요, 아까는." 내가 조용히 말했다.

"고마워할 필요는 없어요." 그가 말했다.

전에는 가까이에서 자세히 본 적이 없었다. 굵게 웨이브진 검은 머리카락이 빌리의 얼굴을 감싸고 있었고, 턱까지 내려온 머리칼 끝은 낡은 양피지처럼 말려 있었다. 그는 얇고 구멍이 많고 빛바랜 검은색 면 티셔츠를 입고 있었는데, 보기에도 괜찮은 데다 반쯤 비치는 재질이 짐작과는 달리 땀을 잘 가려줘서 내가 이스트빌리지의 빈티지 상점들을 뒤지며 늘 찾아다니는 종류였다. 그 옷은 신품으로 구할 수는 없지만 원품이 제대로여야 했고, 그런 다음 수백 번 입고 세탁해서 낡아가면서도 본래의 완전함이 유지되어야 했다. 반면 빌리의 청바지는 애시드워시된 데다 꼭 끼었는데, 남들보다 십 년쯤 뒤처진 스타일이었고 바짓단은 적절한 길이보다 3, 4센티미터쯤 깡총하게 떨어졌다. 그 바람에 그가 신은, 마찬가지로 패션 감각이라고는 없는, 파우더블루 색이 포인트로 들어간 지저분한 흰색 LA 기어 하이톱 스니커에 시선이 집중될 뿐이었다. 그는 허리 위로는 주위와 잘 어울렸지만 아래로는 타임스스퀘어에 온 관광객처럼 보였다.

동료 수강생 대부분은 내 또래였고 삼십 대와 사십 대 늦깎이들도 몇 명 있었다. 담배를 들고 근엄한 포즈를 취하면서 들끓는 지성과 고뇌에 찬 내면세계를 내보이는 젊은 수강생들도 있었지만, 전체적으로 성실해 보이는 패거리였다. 사람들이 각자의 고향, 출신 대학, 예전 직업 같은 관등성명을 댔다. 모임 전체를 향해 말할 차례가 됐을 때, 나는 멈춰버린 에스컬레이터의 처음 몇 계단을 올라가는 행인처럼 볼썽사납게 자기소개를 했다. 빌리는 자신이 일리노이주의 아무도 들어본 적 없는 작은 도시 출신이며, '쩌기 바깥에서 학교를 다녔고', 뉴욕에 오기 전에는 바텐더 일을 했다고 했다.

다트 첫 번째 턴에서 우리 팀원들 두 명은 각각 세 번 던져 두 번씩 표적을 맞히면서 실력을 증명해 보였다. 다음으로 우리 차례가 되자 빌리는 내 뒤로 순서를 미뤘다. 나는 전에 다트 게임을 해본 적이 거의 없다시피 했다. 태연함을 가장하기 위해 한 손에 맥주잔을 들고, 큐대를 너무나도 여러 번 고쳐 조준하는 불안한 포켓볼 선수처럼 반복해서 겨냥을 했다. 내 첫 번째 다트는 다트 판 오른쪽으로 비껴 나가 구멍이 숭숭 뚫린 나무 벽에 부딪치고는 바닥에 달칵 떨어졌다. 두 번째에는 방향을 너무 과하게 수정했다. 세 번째에는 이전 두 번을 절충해 그 중간쯤 되는 방향으로 던졌지만—그 시대의 정치용어로는 '제3의 길'이었다—운 나쁘게도 다트 판 둘레의 금속 프레임에 찰캉 부딪치고는, 마찬가지로 총에 맞은 새처럼 밑으로 후드득 떨어져버렸다. 몸을 굽혀 세 개의 떨어진 다트를 줍는데 그 모든 체육 수업에서 겪은 굴욕감이 우르르

되살아났다.

"그냥, 저쪽 팀한테 잘못된 생각 좀 심어줬어요. 안심하라고." 자리로 돌아온 내가 빌리에게 말했다. "재네가 속아서 그쪽한테 당하라고요."

"〈컬러 오브 머니〉에 나오는 폴 뉴먼이랑 톰 크루즈 같네." 그가 말했다.

"그거 안 봤는데."

"영화 좋아요." 그가 말했다. "〈허슬러〉만큼은 아니지만, 괜찮아요."

자기 차례가 되자 그는 마찬가지로 한 손에 맥주를 들고, 입술에는 담배를 물고, 연습 삼아 두 번, 바늘에 실을 꿰는 재봉사처럼 침착하고 정확하게 허공에 일직선을 만들어보며 자세를 잡았다. 그 다트는 우리에게 필요한 숫자 중 하나 위에 안착했고 두 번째도 그랬다. 마지막으로 던질 때 빌리는 조금 더 시간을 들였는데 이번에는 다트 판 정중앙의 바깥 고리를 맞혔다. 우리 팀원들이 박수를 쳤다. 관중을 의식하는 어떤 몸짓도 없이 빌리는 던진 것들을 뽑아냈고, 자기 점수를 칠판에 기록하고는 다음 선수에게 다트를 건네주었다.

"사기 캐릭터잖아." 다음 선수가 반한 듯이, 그러면서도 남자가 다른 남자의 뛰어난 업적에 존중을 표할 때 쓰는 권위 있는 목소리로 말했다.

"그게 좋은 건지 잘 모르겠네요." 빌리가 말했다.

많은 부분 빌리의 뛰어난 능력에 힘입어 우리 팀은 결국 이겼고 알코올 덕분에 대화가 매끄러워지면서 경기는 해산되었다. 술을 한 잔 더 주문하려고 내가 바에서 기다리고 있는데 빌리가 다가왔다. "어이, 친구." 그가 말했다. "뭐 마셔요?"

"아직 주문 안 했어요." 내가 말했다. "아무거나, 같은 걸로 마실게요."

빌리가 바텐더와 눈을 마주쳤다. "위스키 스트레이트 두 잔요."

빌리의 몸에서 나는 강렬한 향기가 바 안을 맴도는 튀긴 핑거푸드와 쏟아진 맥주 냄새를 압도했다. 첫 향은 흡연자 특유의 담배 냄새였지만, 그 밑에는 올드 스파이스 데오도런트의 바다처럼 떫은 향이 숨어 있었는데, 그건 오랫동안 내게 아버지를 연상시키는 향기였다.

바텐더가 우리에게 술을 내줬고, 나는 빌리가 지갑을 꺼내기 전에 계산을 했다. "합평에서 방어해준 거 답례." 내가 말했다.

"다음 잔은 내가 살게요." 그가 말했다. "그리고, 그쪽은 그것보다 더 좋은 평을 들을 만했어요. 혹시 다음 챕터 나한테 보여주고 싶으면…"

"고마워요. 근데 그러고 나니까, 그 글에 그만한 가치가 있을지 잘 모르겠네요."

빌리의 미소는 산탄총이 난사된 듯 확 타오를 듯하고, 영화배우나 상원의원의 무기나 다름없는 매력이 느껴지는, 방 안을 환하게 밝히는 종류의 미소는 아니었다. 아랫니는 뾰족한 창을 박아 만든 던전의 함정처럼 제멋대로였지만, 윗니는 가지런했고, 한가운데 앞니 하나는 살짝 깨져 있었다. 하지만 나는 그때 이미 알 수 있었는데, 그 미소는 좀 더 미묘한 무언가를 전해주었다. 그건 그와 미소의 수신자, 그렇게 오직 두 사람만이 이 세상을 희비극적으로 이해하고 있다는 메시지였다. 인생이 언제나 원하는 대로 풀려나가지는 않거든, 그 미소는 그렇게 말하는 것 같았지만, 어쩌면 그게 핵심인지도 몰랐다.

"어떤 작가 인터뷰를 읽었는데 그 사람은 책을 한 권 쓸 때마다 육 개월 동안 서랍에 넣어둔 다음에야 꺼내서 다시 본대요." 빌리가 말했다. "그래야 전에는 안 보이던 문제들이 눈에 들어온다면서."

"나도 그렇게 해봐야겠다." 내가 말했다. "한 육 년쯤."

우리는 잔을 들어 올렸다. 작은 양주잔이 아닌데도 그는 끝까지 쭉 들이켰고, 위스키는 많이 마셔본 적 없지만 나 역시 따라 했다. 그는 두 잔을 더, 이번에는 온 더 록으로 주문하고는 계산을 했다. 우리는 이번에는 조금 더 차분한 속도로 마시고 새 담배에 불을 붙였다.

"근데 일리노이주에서 자라서 거기 있는 대학에 갔다 그랬나요?" 빌리에게 내 고향이 매사추세츠주 보스턴에서 이십 분 거리라고 얘기한 뒤에 내가 물었다.

빌리는 깨진 이의 경사면을 혀로 핥으며 조금 망설였다. "솔직히 말하면 커뮤니티 칼리지였어요." 그가 말했다. "4년제도 안 나와놓고 순수예술 석사과정 여러 군데에 지원해서 합격이 되길 바란 거죠. 실비아가 나를 받아준 유일한 분이었어요."

나는 고개를 끄덕였다.

"다른 사람들한텐 말하지 말아줄래요?" 그가 물었다. "내가 여기 붙으려고 뒤에서 손을 썼다거나 뭐 그런 식으로 누가 의심하는 건 싫거든요."

"당연히 안 할게요."

또 잠깐 뒤에 그는 혼자서 웃었다. "나 왜 헛소리하고 있지?" 그가 말했다. "그냥, 내가 커뮤니티 칼리지 나왔다는 걸 저 사람들이 아는 게 싫어서요."

"무슨 소리예요." 내가 말했다. "학교 지원체계가 근거로 삼는 게 거의 전적으로 우리가 제출한 작품 견본이라는 거 모르는 사람 없잖아요. 게다가 커뮤니티 칼리지 나와서 아이비리그 대학원으로 진학했다는 건 자랑스러워할 일이고요." 칭찬할 의도로 한 말이었는데 해놓고 보니 아부처럼 들렸다. "내 말은 그런 뜻이 아니고요, 인상적이라고요, 그럴 수 있다는 게…"

"그래요, 멋지죠." 그가 말했다. "개천에서 뱀 난 전형적인 사례가 나니까."

화제를 바꾸려고 나는 그에게 다른 대학원생 대부분처럼 모닝사이드 하이츠에 있는 대학 기숙사에 있느냐고 물었지만, 그는 이스트 빌리지에 산다고 했다.

"정확히 어디?"

"내가 일하는 바 근천데, '이글스 네스트'라고 알아요? 10번가랑 1번로가 만나는 길모퉁이에 있는데."

"저는 저 건너 스타이 타운 살아요." 내가 말했다.

"스타이 타운? 그럼 뉴욕시가 아니에요?"

"진짜 도시town는 아니고요." 내가 설명했다. "스타이브슨트 타운이라고, 이스트 빌리지 바로 북동쪽에 있는 주거단지예요. 굉장히 넓어요. 아파트 건물이 100채쯤 있고."

"거기서 얼마나 오래 살았어요?"

"학부 1학년 때부터요. 법적으로는 우리 대고모 집이에요." 나는 그다음 부분을 털어놓을 때면 언제나 짓곤 하는 멋쩍은 미소를 지었다. "임대료규제법 적용 아파트●예요. 저는 말하자면 불법으로 전대轉貸를 하고 있어요."

좀 더 길게 설명하자면 이랬다. 이스트 빌리지와 고급진 그래머시 공원에 인접하지 않았더라면 이름 없는 곳이 되었을 지역에 위

● 뉴욕시에서 1974년 이전에 지어졌고 일정 비율로만 임대료 인상이 가능한 아파트. 주택 소유주가 집세를 계속 인상하는 것으로부터 세입자를 보호하기 위해 만들어진 임대료규제법에 따른다.

치해 있는데도, 스타이 타운의 임대료규제법 적용 아파트에 들어가려면 대기 열이 길어 몇 년씩 기다려야 했다. 1970년부터 그곳에 방 두 개짜리 집을 얻어 살고 있던 대고모는 내가 뉴욕대 입학허가를 받은 해에, 새로운 남성 동반자의 뉴저지 집으로 옮겨 가살기 위해 그곳을 떠났다. 이혼을 하고 화학공학 기술자로 일해받는 월급으로 내 교육비를 전담하고 있던 우리 아버지는 대고모에게 내가 그 집에 살아도 되는지 물었다. 그렇게 하면 대학에 내야 하는 값비싼 기숙사비를 아낄 수 있었으니까. 많은 세입자들이쫓겨날 것을 각오하고 영리적으로 그리고 불법적으로 전대를 하지만, 대고모는 아버지가 자기에게 집세를 내고 내가 룸메이트를들여 들킬 확률을 높이지 않는다는 조건하에 승낙했다. 허드슨강건너편에서 일이 잘 풀리지 않을 경우에 대비해 대고모는 자기 임대차계약을 계속 유지하고 싶어했던 것이다.

그렇게 해서, 대학 생활이 시작되자 나는 이층침대가 딸린 기숙사방 열쇠 대신 나 혼자 쓸 수 있는 방 두 개짜리 아파트의 열쇠한 벌을 건네받았다. 대고모의 관계는 잘 풀려나갔고, 나는 그때부터 스타이 타운 관리협회에 발각되지 않기 위해 계속 유령처럼 살금살금 숨어 다녔으며, 파티 따위는 절대 열지 않았고 엘리베이터에서 이웃 사람과 대화하는 것도 피해왔다.

"그럼 거기 살고 있다는 걸 집주인이 알면 쫓겨날 수도 있는 거예요?" 빌리가 물었다.

"집주인이 개인이 아니고 관리협회긴 하지만, 네. 하지만 그건 곧 바뀔 거라서요." 나는 내가 그해 봄이 되어서야 알게 된 법률상의 구멍에 대해 설명했다. 어느 파티에서 만난 부동산업자가 내게 알려주기를, 뉴욕시 법에 따르면 내가 대고모와 12개월 동안 동거 관계를 성립시킬 경우 임대차계약 양도가 가능하다고 했다. 내 이름으로 공과금이 한 가지만 나오면 충분하다는 것이었다. 그때 대고모는 남은 생을 뉴저지에서 보내려고 계획하고 있었으므로 소유권을 양도하는 데 이의가 없었고, 6월이 되어 나는 전화요금을 내 이름으로 등록함으로써 교묘한 부동산 속임수를 두 배로 교묘하게 만들었다. 그다음 해 여름이 되면, 이렇게 가짜로 동거 사실을 주장함으로써 나는 이 살벌한 맨해튼에서 다들 엄청나게 얻고 싶어하는 재산인 임대료규제법 적용 주택에 대한 권리를 합법적으로 또한 영구히 가질 수 있게 되며, 이것은 내가 예술계에서 커리어를 시작하는 데도 강력한 이점이 될 것이었다.

우리 집 집세가 얼마나 싼지, 평수가 얼마나 곤란할 정도로 넓은지는 말하지 않았다. 내가 컬럼비아대 대학원에 들어가 '수익성 높은 미래'를 향해 갓 태어난 망아지처럼 비틀비틀 첫걸음을 내딛게 되자, 거기에 고무된 아버지가 인심 후하게도 이 년간 수업료뿐 아니라 집세와 생활비까지 내주기로 했으며, 내가 학부 때보다 한층 더한 죄책감을 느끼면서 그 종합 격려 세트를 받아들였다는 것 역시 나는 말하지 않았다.

"듣고 보니 지킬 만한 가치가 있는 집이네요." 빌리가 말했다. "이 동네 집세가 제정신이 아닌데."

"상당히 낡은 아파트긴 해도 있어서 다행이긴 해요." 겸손해 보이려고 늘 하던 말을 약간 변형해서 내가 말했다.

'무미아를 석방하라' 티셔츠를 입은 한 남자가 와서 컬럼비아대 대학원생이냐고 묻는 바람에 우리는 대화를 멈췄다. 우리가 그렇다고 하자 그 남자는 우리에게 전단지 한 장씩을 건넸다. "저희가 조합을 만들려고 하고 있거든요." 남자가 말했다. "다음 주에 첫 모임이 있어요."

"여기 갈 거예요?" 남자가 자리를 뜬 뒤 빌리가 물었다.

"이건 순수예술 석사과정보다는 박사과정들을 위한 모임 같은데요. 그 사람들은 강의를 해야 되니까." 내가 말하며 전단지를 바에 올려놓았다. "어쨌든 저는 뭔가에 참여하는 걸 그렇게 좋아하지는 않아서. 학교 다니면서 수업 외의 활동에 참여해본 적이 한 번도 없어요."

"나도 없어요. 농구부만 빼고." 빌리가 디지털시계를 확인했다. "젠장, 일하러 가야겠다. 다음 주에 봐요."

그는 남은 술을 마저 마시고 다른 누구에게도 작별인사를 하지 않고 나갔다. 나는 남아 있는 한 무리의 글 쓰는 인간들 속으로 섞여들었다.

"소설 얼마나 진행됐어요?" 그날 첫 순서로 합평을 받았던 올리비아가 물었다.

"오늘 합평한 챕터가 다예요." 내가 거짓말을 했다. "근데 오늘 반응이 너무 뜨거워서 500페이지짜리 대서사시로 고쳐 써야 될 것 같아요."

걱정스러운 표정이 그의 얼굴에 스쳤다.

"농담이에요." 내가 말했다. "좋게 받아들여지지 않은 게 명백했으니까. 다음번엔 '더 잘 실패'해야죠, 뭐."

"아이고." 올리비아가 동정심을 가득 담아 말했다. 진심으로 들리지는 않았지만.

나는 주변부를 맴돌면서 다른 부적응자들을 찾아 말을 걸었는데, 어떤 모임에서든 그게 내 스타일이었다. 수업 외 활동에 참여하지 않은 것에 대해 말하자면, 내게는 자발적으로든 아니든 절대 어딘가에 제대로 속하지는 않은 채 여러 집단의 경계에 머무르기만 하면서 불청객으로 지내온 오랜 역사가 있었다. '방랑자'라는 말은 내게 과분할 것 같았다. 그 말에는 민첩한 사회성과 무리에 섞여들 수 있는 카멜레온 같은 능력이라는 의미가 함축돼 있었는데 내게는 그런 붙임성이 결코 없었다. 나는 대화를 할 때면 보통 내 역할을 다할 수 있었고 경청하는 법과 농담을 건네는 법도 알았지만, 그건 연기였고, 남들이 어떻게 상호작용이라는 걸 하는지 봐뒀다가 눈치 빠르게 모방한 것이었다. 다시 말해, 이런 순간에는 흔쾌히 고개를 끄덕이고 저런 단계에서는 의견이나 에피소드를 말하거나 질문을 던지고, 또 뭔가 유쾌하지 못한 사실이 드러나는 그런 순간에는 걱정스러운 표정('아이고')을 짓는 것이다. 내가 '대본 읽기'라고 여기는 행위, 즉 만나고 헤어질 때 늘 똑같은 경쾌한 인사말을 한결같이 읊어대거나, 무언가에 대한 감상 혹은 이야기를 한 단어 한 단어 그대로 옮겨 재활용하는 방법을 통해 손쉽게 빠져나가는 길을 택한 적은 거의 없었다. 토크쇼 진행자처럼 세련된 사람은 못 됐지만 나는 어색해하거나 무뚝뚝하게 굴지도 않았다. 노력했다는 흔적은 잘 숨겨져 있었고 최종 결과물은 정상처럼 보였다. 아무 노력 없이 그렇게 하는 것처럼 보이기 위해 얼마나 많은 노력이 들어가는지 아는 사람은 오직 나뿐이었다.

뉴욕대 기숙사가 아니라 스타이 타운에 사는 일이 대학 생활에 도움이 되지는 않았다. 나는 학교 중심부에 가까이 있으면 만들기 편한 대학 1학년 때의 인간관계, 한밤중에 복도를 걸어가다 누군가를 우연히 만나 이어지는 네 시간 동안의 대화 같은 것들을 대부분 놓쳤다. 그런 다음에는, 졸업한 뒤에 사무실에서 일하는 정규직이 되지 못했다는 사실 때문에 삶의 다양한 영역에서 더욱 면변두리로 밀려났다. 내 삶에서 동료 직원들이란 내가 다음 임시직 일자리로 옮겨 가기 전의 한 주 또는 두 주 동안만 존재하는 사람들이었고, 너무 짧은 기간이라 그들이 내 이름조차 못 외울 때도 많았다. 그 과정에서 개인적으로 친해져 저녁을 같이 먹고, 술을 마시며 수다를 떨고, 친구네 모임이 놀러가는 자리에 내가 따라가고, 뭐 그랬던 친구들도 있긴 했다. 하지만 지난 육 년 동안 나는 내가 아는 또래 인간 중 누구보다도 많은 시간을 내 거주 구역에서 혼자 보냈고, 사교에 필요한 근육들은 쪼그라든 상태였다.

바에 있던 한 여자 수강생이 자기 아파트에서 쥐를 발견한 이야기를 시작했다. 쥐를 죽일 엄두가 안 나서 잔인하지 않은 방식의 덫을 샀는데 주말 동안 나갔다 돌아와 보니 48시간 동안 갇혀 있다 굶어 죽은 쥐의 사체가 덫 안에 있었고, 그건 가능한 죽음 가운데 최고로 잔인한 죽음이었다는 얘기였다. 이 이야기 때문에 다른 수강생들은 저마다 해충과 들끓는 벌레들이 등장하는 이야기를 꺼내놓게 되었다. 스포트라이트를 비춰달라고 떠들어대는 건 늘 그렇듯 싫었기에 조용히 있었지만, 나는 그런 것이 사람들로부터 나를 더 멀어지게 하는 일상적인 소심함이고, 침묵의 방호복 속에 내가 오래 숨어 있을수록 그걸 벗어버리기는 더 어려워질 것이며, 내가 세상에나 벌써 스물네 살이나 먹었고, 이 정도로 작은 일이 그렇게 고통스러울 리는 없다고 되뇌었다.

가벼운 농담 사이에 틈이 생겼을 때 나는 난생처음 다이빙대에 올라 조용히 걸어 나가는 어린아이처럼 두려움을 안고, 그 틈을 억지로 비집고 들어갔다.

"저는 이번 여름에 일주일 동안 아파트를 비웠다가 돌아왔는데요." 모두의 눈동자가 나를 향했고 내 심장 박동이 빨라졌다. "찬장 안에, 실수로 열어놓고 나간 설탕 봉지 주위에 개미 수백 마리가 기어 다니고 있더라고요." 감탄과 불쾌감이 뒤섞인 반응들이 터져 나왔다.

"그래서 어떻게 했어요?" 제이컵이 물었다.

나는 전에 이 이야기를 한 적이 없었고 촌철살인 역할을 할 만한 구절 역시 준비하지 않았는데, 그 주된 이유는, 내가 그제야 깨달았지만 그 이야기에 이야기라고 할 만한 것이 별로 없어서였다. 나는 그냥 한 시간 동안 그 개미들을 죽였던 것이다.

"걔네들 지금 저한테 다들 집세 내요." 내가 말했다. "그러니 모든 게 잘됐죠."

사람들이 웃었고, 나는 안도감을 느꼈고, 그다음엔 케빈이라는 지저분한 차림의 남자가, 언젠가 멤피스 거리에서 '망할 놈의 거대 너구리'가 자신을 쫓아 차 보닛 위까지 올라온 이야기를 해서 우리를 즐겁게 해주었다. 이야기의 세부도 웃겼지만 우리 모두를 정말로 사로잡은 건 그의 전달력이었다. 극적인 대목에서 말을 끊고 여러 종류의 이상한 목소리로 갈아타면서 일곱 명의 낯선 사람에게 마치 오랜 친구와 일대일로 마주 앉은 것처럼 편안하게 이야기를 하는 그는 타고난 이야기꾼이었다.

나는 케빈 같은 사람들에게 자극을 받곤 했고 연습하면 나도 그런 종류의 자연스러움을 얻을 수 있을 거라 생각했다. 하지만 나이가 들수록 그런 건 타고나는 거라는 확신이 두터워졌다.

다운타운행 지하철 9호선에 올라 빌리의 합평 제출작인 『노 맨스 랜드No Man's Land』라는 장편의 첫 챕터를 읽었다. 원고는 쿠리어체 10포인트로 행간을 띄우지 않고 타이핑되어 있었고, 페이지 여백도 좁았다. 이름이 드러나 있지 않은 화자는 능력에 맞는 일을 충분히 하지 못하고 있는 중년의 기계공으로, 어린 아들이 세상을 떠난 뒤 이혼을 하고, 경제적으로 침체된, 내 눈에는 빌리의 고향처럼 보이는 중서부의 작은 도시에 살고 있었다. 이야기는 최근에 돌아가신 아버지로부터 물려받은 1967년형 세비 임팔라의 엔진을 소생시키려는 화자의 노력을 다루고 있었지만, 그는 보통 그 작업을 핑계로 자동차의 내부 작동 방식, 날씨, 한때는 활기를 띠었으나 지금은 사라져버린 사업체와 시설 들에 대해 되새기는 데 몰두했다.

줄거리만 보면 젠체하는 데다 졸릴 만큼 지루한 이야기가 될 수도 있었을 텐데, 정신을 차려보니 나는 거의 모든 문장에 밑줄을 긋고 확인 표시를 하고 있었고, 그 문장들은 장식이 없고 엄격하면서도 회화적인 은유와 이미지로 가득 차 있었다. 『노 맨스 랜드』는 번지르르한 잡지사를 배경으로 한, 너무 많은 것을 채워 넣어 완전히 실패해버린 내 뉴욕 장편소설이 그런 모습이었으면 했던 바로 그 소설이었다. 간결한 서사는 냉혹한 서정성을 통해 전달되었는데, 어느 파리똥만 한 도시에 사는 한 사내의 머릿속에 모든 관심을 집중하고 있었다. 그 소설은 영화평론가 매니 파버가 '흰개미 예술'이라고 명명한 것, 즉 작은 캔버스에 담긴 채 자신의 한계를 체계적으로 파먹어 들어가면서, 제한이 많은 그 공간에서, 부풀려진 영웅 서사가 볼드체로 강조된 '중요한 주제'들을 가지고 해온 것보다 더욱 많은 이야기를 하는 예술에 속했다. 빌리에게는 첫 작품을 쓰는 아주 많은 소설가들—특히 권위 있는 테이블에서 한자리를 차지할 자격이 자기에게 있다는 증명에 굶주린 젊은 남자들—이 가진 과시적인 허세 없이 소설을 써내는 조용한 자신감이 있었다.

그 초고에 그가 어떤 문장들을 썼었는지, 지금은 바다 한가운데서 길을 잃어버린 것처럼 내 기억 속에는 없다. 다만 기억나는 건, 내가 십 대 초반에 문학을 발견하며 느꼈던, 그러나 시간이 흘러 나이를 먹고 전문 교육을 받으며 서서히 허물어져버린 열정을 다시 느끼면서 내가 그 소설을 읽었다는 사실이다. 읽기를 끝냈을 때 지하철은 하우스턴가 역으로 미끄러져 들어가고 있었는데, 내가 갈아타는 14번가 역에서 두 역이나 지나친 곳이었다. 상관없었다. 나는 흔치 않은 문학적 재능과 우연히 마주친 것이었고, 동료 수강생의 탁월함에 설령 내가 어떤 질투를 느꼈을지는 몰라도 그런 질투의 감정은 빌리의 겸손함과 관대함 때문에 누그러져 있었다. 빌리는 자신이 얼마나 훌륭한지 잘 모를 거라고 나는 생각했다.

L선에서 나와 1번로의 서늘한 진회색빛 저녁 공기 속으로 들어선 다음 그레이스 파파야 매장과 피자 할인매장들 근처를 지나갈

때, 밤이 끝나지 않았으면 하는 생각이 들었다. 나는 14번가의 남쪽 입구를 통해 스타이 타운으로 들어간 다음, 수만 명이 거주하는, 거의 똑같이 생긴 붉은 벽돌 건물들이 촘촘히 늘어서 이루고 있는 숲을 통과해 동쪽으로 걸었고, 단지 내부의 측면 도로와 포장된 산책로를 따라 거닐며, 운동장과 잔디밭, 농구 코트, 벤치가 빙 둘러 놓인 커다란 타원형 시멘트 광장 한가운데의 분수를 지났다. C로에 있는 단지 경계까지 쭉 걸어간 다음, FDR 드라이브를 쌩쌩 지나가는 고속도로 차량들의 소리로 시끄러운 길로 나왔고, 그 너머로, 타블로이드 신문을 읽고 자란 내 상상에 의하면 강바닥에 다수의 시체들이 묶인 채 가라앉아 있을 고요한 이스트강을 바라보았으며, 20번가를 가로질러 거기 인접해 있는(그리고 찍어낸 것처럼 똑같이 생긴) 피터 쿠퍼 빌리지로 들어섰고, 그곳의 북쪽 끝이 23번가와 만나는 곳으로 향한 다음, 마침내 20번가와 1번로가 만나는 남동쪽 모퉁이를 돌아 내 집이 있는 건물로 향했다.

집 문을 들어서자 언제나처럼 더웠다. 에어컨을 설치하려면 건물 배선을 바꾸는 일이 필요해질 테고 공과금이 포함된 집세도 급격히 상승할 것이었으므로, 나는 에어컨은 포기하고 지냈다. 7월과 8월에는 뉴욕시 다섯 개 자치구 전체의 습기가 아파트 8층에 모여드는 것 같았고, 겨울에는 건물에서 관리하는 라디에이터들이 끊임없이 쉿쉿, 달칵달칵 소리를 내며, 죽을 때까지 값싼 아파트에 달라붙어 지내는 단지의 많은 노인 주민들을 폐렴으로부터 지키는 안전장치 역할을 했다.

움푹한 수조 두 개가 달린 주방 싱크대에서 유리잔에 미지근한 물을 받고, 낡아빠진 냉장고 안의 트레이에서 각얼음 몇 개를 빼냈다. 냉장고 내부의 금속 박스에는 벽을 따라 얼음층이 자라나 있었다. 나는 이 얼음층을 몇 달에 한 번씩 칼로 조금씩 깎아내야 했는데, 그때마다 빙하 분리 기술에 만족감을 느끼며 두꺼운 얼음 덩어리들을 제거했다. (더욱 보람찬 건 두 번째 단계였는데, 이 단계에서는 델 정도로 뜨거운 물줄기 밑에 얼음판을 갖다 대서 얼음이 녹아 구멍 여러 개가 뚫리게 했다.)

나는 물 잔을 들고 거실로 나왔다. 거실에 놓인 가구와 골동품들은 모두 대고모의 물건이었다. 우툴두툴한 커버가 피부병을 앓는 것처럼 벗겨져나가는 채로, 믿을 수 없이 편안한 소파가 벽에 기대 놓여 있었다. 현관 근처에는 낮은 대리석 테이블이 카세트 플레이어와 전축이 든 나무 콘솔을 받치고 있었다. 책장에는 대고모가 알 수 없는 이유로 수년간 모아놓은 푸른색과 녹색 유리병 수십 개가 늘어서 있었다. 그리고 가장 인상적인 물건으로는 상판에 녹색 가죽이 깔린 빈티지 마호가니 책상이 있었는데, 거기 달린 놋쇠 손잡이들은 하나같이 거만한 CEO처럼 주인 행세를 하고 있었다. 거의 모든 물건의 표면에 고운 모래 먼지가 막처럼 덮여 더러웠는데, 가을만 빼고 모든 계절에 창문을 열어놓고 지낸 결과였다.

나는 커버를 씌운 라디에이터 위에 걸터앉아 동료 수강생들이 『교열팀장』에 대해 써준 제안 사항들과 수정해준 부분들을 다시 읽으면서 창문 밖으로 담뱃재를 떨었다. 번화가를 벗어난 곳에 엠파이어스테이트 빌딩이 푸른색과 흰색 조명을 밝히고 서 있었다. 그 밑으로는 그리스티즈 슈퍼마켓, 가게 외관도 패션도 성혁명 이전 스타일로 보이는 특징 없는 여성복 상점, 식품 잡화점, 좁고 어둑어둑하지만 먹을 만한 태국 식당 들이 늘어선 평범한 블록이 있었다. 구급차 한 대가 사이렌을 울리며 대로를 달려갔다. 스타이 타운이 병원 밀집지역 한가운데 위치해 있어서 주기적으로 마주치는 광경이었다. 보행자들이 만들어내는 풍경을 보고 있으면 삶에 이익을 가져다주는 일이란 이곳이 아닌 다른 곳에 존재한다는 사실을 언제나 알 수 있었지만, 바로 그런 담백함이 섬의 나머지 지역에서는 찾아볼 수 없는 정통성을, 위엄이나 열정과 끈기 따위의 과시도 소설과 영화 속에서 이 공간에 있다고 재현되는 과장된 모습들도 쏙 뺀 뉴욕을 만들어냈다. 학부 때 예술가-관찰자의 자의식 가득한 태도로 창가에서 담배를 피우고 있노라면 이런 느낌이 증폭되었고, 내가 그저 친척을 통해 공짜나 다름없는 집을 운 좋게 얻어낸 보스턴 교외 출신 애송이가 아니라, 수십 년간 생각에 잠긴 표정으로 똑같은 행동을 하며, 자신이 들어앉은 비좁은 둥지에서, 뭐라 설명할 수 없이 덩굴을 뻗어나가는 방식으로 이 도시와의 연관성을 발견해온 그 부류 사람들의 일원인 것처럼 느껴졌다.

그러나 『노 맨스 랜드』를 읽고 난 그날 밤은 예외적이게도 맨해튼이 더 이상 내게 문학적 소재의 가장 심오한 원천처럼 다가오지 않았다. 빌리가 그려낸 이름 없는 중서부의 도시, 그 생기 없고 황량한 풍경과 다 허물어져가는 집들, 앞면이 널빤지로 막힌 가게들이 있는 그곳이야말로 그 모든 겉모습이 반대를 가리킴에도, 진짜 삶이 박동하고 진동하는 곳이었다. 그곳이 진정으로 미국의 심장부, 하틀랜드였다. 뉴욕은 현란하지만 그냥 쓰고 버려도 되는 말단 도시였다.

실비아의 코멘트를 다시 읽고 나서―강의실에서 했던 말보다 원고에서는 그저 조금 덜 가혹한 정도였다―나는 빌리가 가져갔던 내 합평작 복사본을 찾아냈다. 문장들은 줄을 긋고 단어를 지우거나 제안을 덧붙여서 수정되어 있었고, 페이지 여백에는 다른 수강생들이 써준 것보다 훨씬 많은 글이 적혀 있어 어지러웠다. 거의 여학생처럼 꼼꼼한 글씨체로 그는 마지막 페이지 여백에 총평을 적어놓았는데, 합평에서 한 말들만큼이나 지나칠 정도로 그 챕터를 칭찬하는 내용이었다. 실비아의 평가와 그 뒤에 따라온 난도질을 내가 잊었다고 할 수는 없었지만, 빌리의 메모와 그가 내 작품에 쏟아준 세심한 관심이 약간 지혈을 해주었다. 빌리는 진지하고 재능 있는 작가였고, 다른 누구도 그러지 않았다 해도 그런 그가 내게 가능성이 있다고 말하고 있었다. 그 가능성은 어쩌면

『교열팀장』에서는 피어나지 않았을지 몰라도 다른 어딘가에서 꽃을 피울 것이었다.

마지막 페이지 뒷면에 그는 다른 색깔 펜으로, 명백히 합평 도중에 이렇게 썼다. "추신: 다른 사람들 말 듣지 말아요. 이 소설은 '감정적인 공들을 충분히 허공에 던져 올렸어요'. 그게 대체 무슨 뜻이건 간에."

나는 내 합평작 복사본 십여 벌의 순서를 이리저리 바꿔 깔끔한 하나의 파일로 만든 다음 『교열팀장』을 책상 맨 아래 서랍에 넣어 두었다.

2

다음 주에 우리는 빌리의 장편에서 발췌한 원고를 합평했다. 실비아는 이번에도 먼저 합평의 시작을 알리면서, 빌리가 기계공을 그려낸 방식에 "감상적이거나 생색내는 태도의 흔적이 전혀 없다"고 단언했다. 다른 모든 사람들도 똑같은 방식으로 자기 동료 수강생이 묘사해낸 중서부의 노동계급에 대해 극찬을 했고, '적나라하다' '있는 그대로다' '현실적이다' 같은 말이 세 번의 평에 연속으로 등장했다.

"저는 『노 맨스 랜드』를 상실에 의해 정체성이 규정된 한 남자의 자화상으로 읽었습니다." 대화가 서서히 줄어들 무렵, 적어두었던 제안 사항 메모를 바탕으로 인용해가며 내가 말했다. "이 남자가 사는 도시는, 그 자신의 확장으로서, 쇠락해가고 있습니다. 남자의 일감은 고갈되었고요. 엔진 부품을 대신해서 이 남자가 다룰 수 있는 대상이 된 건 언어입니다. 그럼으로써 그는 다시 자신을 쓸모 있다고 느낄 수 있죠. 작품의 제목은, 미국의 이런 소외된 지역들에서 그와 같은 남성들이 점차 사라져가고 힘을 잃고 있다는 은유로 읽을 수 있어요."

나로서는 수업에서 칼질을 당한 뒤로 처음 발언한 것이었다. 언제나처럼 부지런히 필기를 하고 있는 빌리를 제외한 모두가 나를 쳐다보고 있었다.

"하지만 좀 더 설득력 있는 해석이 있다면 이 제목이 이 남자의 남성 혈통이 지워지는 걸 의미한다고 보는 거겠죠." 내가 말을 이었다. "과거의, 그리고 미래의 남성 가족구성원들에 대한 그의 연결은 아버지, 그리고 아들의 죽음을 거치면서 끊어져버렸죠. 그에게는 살아 있는 부계 쪽 조상도 없고, 유산을 이어갈 후손도 없어요. 생물학적으로 '노 맨스 랜드'에 있는 거죠."

"잠깐만, 이 사람한테 죽은 아들이 있다고요?" 제이컵이 물었다. "저만 못 알아차린 거예요?" 강의실의 술렁임으로 판단하건대 그렇지는 않았다.

"몇몇 부분에 살짝 힌트가 주어져 있는 것 같은데요." 내가 읽은 방식에 확신이 없는 상태로, 동의를 구하려고 빌리를 힐끗 보며 내가 말했지만 빌리는 계속 무표정을 유지하고 있었다.

"하지만 그렇게 큰일이 있었다면 이 남자는 '항상' 그 일에 대해 생각하게 되지 않을까요?" 제이컵이 물었다.

"어쩌면요. 하지만 그게 꼭 서술에 반영될 필요는 없죠."

"하지만 서술이 곧 이 남자의 생각이잖아요. 일인칭이니까요."

"반드시 그렇지는 않죠." 주위의 미심쩍어하는 얼굴들을 보니 이제 나도 내가 틀렸음을 알 수 있었지만, 나는 그럼에도 방어적으로 말했다. "서술이란 건 가상의 청중을 향해서든, 그 자신을 향해서든 그가 말하기로 선택한 거죠. 아들에 관한 생각은 이 남자가 표면으로 떠올리기에는 너무 고통스러워요."

아무도 그 의견을 받아들이는 것 같지 않았고 나도 더 이상 말하지 않았다. 수업이 끝난 뒤 우리는 모두들 바로 자리를 옮겼고, 서먹한 분위기를 메꾸기 위해 다시 한번 다트에 의지했다.

"어이, 친구." 게임 사이에, 바에서 빌리가 내게 말했다. "수업에서 그렇게 말해줄 필요까진 없었는데요. 지난주에 내가 그쪽 작품에 대해 무슨 말을 했다는 이유만으로."

"진심이었어요." 내가 말했다.

빌리가 자기 위스키값을 냈다. "젠장." 그가 찡그리며 말했다. "뉴욕에 오니 자금 출혈이 정말 크네요."

"여기선 집 밖으로 나가기만 해도 10달러는 기본으로 날아가죠." 이 도시에서 사는 동안 나도 그 주제로 세상 환멸 난다는 얘기를 수없이 해왔는데, 컬럼비아에서의 내 생활에 아버지가 돈을 대기로 하면서부터는 그 얘기 속에 임대료규제법 관련 사기행위에 대해 내가 느끼는 감정도 섞여들게 되었다.

빌리의 시계에서 삐 소리가 났고 그가 일하러 가야 한다고 했다. 그는 위스키를 단숨에 마시고 잔을 바에 내려놓고는 셔츠 가장자리로 몇 방울을 문질러 닦았다.

"같이 나가죠." 내가 말했다. "같은 지하철역으로 가거든요."

우리가 승차권을 회전식 개찰구에 밀어 넣었을 때 9호선 지하철이 110번가 역에 도착했다. 빌리가 앞장을 서서 우리는 출입문을 향해 전속력으로 달렸다. 그 행동에 기운이 솟아올라―마지막으로 내가 어딘가를 달려본 게 언제였는지 알 수 없었다―나는 문안으로 들어서면서 껑충 뛰어올랐는데, 그만 정수리를 지하철 차량 문틀에 꽝 부딪치고 말았다. 무쇠 프라이팬으로 머리통을 얻어맞는 것 같았다.

"아이코." 그 소리를 들은 게 틀림없는 빌리가 머리를 문지르는 나를 보며 말했다. "괜찮아요?"

나는 괜찮다고 중얼거렸다.

"〈인디아나 존스〉에서 모자 구해내는 장면 생각나네." 그가 말했다. "그거의 뉴욕 버전이네요."

나는 고개를 끄덕였지만 그게 무슨 장면 얘긴지는 알지 못했다. 나는 〈인디아나 존스〉 1편만, 그것도 어린 시절에 딱 한 번 봤을 뿐이었다.

"그쪽 소설 얘기하는 거 지겹지 않다면 말인데요." 통증이 줄어

들었을 때 내가 말했다. "조금 다른 의견이 있어요."

"그쪽이야말로 아직 안 지겨워요?"

지하철에서 내가 주기적으로 마주치는 사내가 우리 칸에 들어와 돈을 구걸했다. 그는 몸 전체에 심한 화상을 입은 것 같았는데 모자와 선글라스를 써서 얼굴이 부분적으로 가려져 있었다. 빌리와 나는 둘 다 대화를 멈추고 시선을 떨어뜨렸다. 사내가 지나갈 때 빌리는 그의 컵에 25센트짜리 동전 하나를 집어넣었다.

"그냥 수업 끝나고 생각난 것들이 있어서요." 사내가 다음 칸으로 사라지자 내가 말했다. "하지만 꼭 듣지 않아도 괜찮아요."

빌리는 기꺼이 배낭에서 공책과 펜 하나를 꺼냈다. 그의 두 손은 몸의 다른 부분보다 나이 들어 보였지만 손가락은 날씬했고 거의 우아할 정도였다. 그는 이따금씩 정확한 뜻을 물어가며 내가 하는 모든 말을 받아 적었다. 전에는 그저 그의 동료 수강생이 되어 서서히 영향을 받으며 배울 수 있다는 것만으로 기뻤지만, 이제는 이것이 대학원 생활이 내게 선사하길 바랐던 친밀하면서도 서로에게 도움이 되는 관계, 다시 말해 한 사람이 예술적으로 성장하는 데 필수적이라고 내가 늘 생각해온, 헤밍웨이와 피츠제럴드처럼 상호보완적인 한 쌍의 관계로 피어날지도 모른다는 생각에 마음이 들떴다. 나는 한 번도 멘토라는 걸 가져본 적이 없었고 실비아는 그 역할에 맞지 않는다는 게 이미 분명했지만, 어쩌면 참호 안의 동료 병사가 더 나을 수도 있었다.

"있죠, 나는 이 용어들 전부 처음 들어봐요." 우리가 L선으로 갈아타고 나서 메모들을 다시 읽어보던 빌리가 말했다. "'흥미 유발 요소' '내포된 설명'이라니. 진짜 전문가네."

"그냥 다른 수업에서 들은 거예요." 내가 말했다. "그쪽 소설 보니까 어떤 책 생각나는지 알아요? 『와인즈버그, 오하이오』. 읽어 봤어요?"

"네." 그가 말했다. "굉장히 좋아했는데."

"거기서 영향받은 것 같다고 생각했어요. 내 생각이 맞나?"

"허." 그가 말했다. "그런 생각은 못 해봤는데요. 아마 무의식적으로 스며들었나 보네."

우리는 1번로 역에 도착해 계단을 올라갔다. 날이 어두워져 있었다. 빌리는 피드백을 해줘서 고맙다고 다시 한번 말하고는 남쪽으로 걸어갔다. 나는 아파트로 돌아가면 뭘 할지 생각해봤지만, 제대로 책을 읽기에는 너무 많이 마셨고 수요일 밤에는 볼 만한 텔레비전 프로도 없었다.

"저기, 그, 일한다는 바에서 한잔만 더 할까 봐." 내가 빌리의 등 뒤에 대고 소리쳤다. "괜찮으면."

"당연히 괜찮지." 그가 말했다. "근데 거기 완전 후졌는데."

"나 그런 저렴한 술집 좋아해." 내가 말했다.

몇 분 뒤 우리는 '이글스 네스트'에 있었다. 창문에 밀러 맥주 네온사인 하나가 걸려 있을 뿐인 수수한 외관을 지나 안으로 들어가자, 거무칙칙하고 짙은 빨간색 비닐로 된 칸막이 자리 네 개, 당구대 하나, 레드 제플린의 〈오버 더 힐스 앤드 파 어웨이〉의 오프닝 기타 솔로가 조용하게 흘러나오는 주크박스 하나가 나왔다. 손님이라고는 에드워드 호퍼의 그림 속 인물들처럼 바 끄트머리 자리에 앉은 얼굴이 누렇게 뜬 남자 두 명과, 납작한 헤링본 트위드 모자를 쓰고 칸막이 자리에 혼자 앉아 파이프담배를 피우며 〈뉴욕 포스트〉지를 읽고 있는 나이 지긋한 사내가 다였다. 바 위쪽으로는, 험악한 표정을 하고 두 발의 발톱으로 라이플총과 성조기를 엑스 자 모양으로 움켜쥔 흰머리수리 한 마리의 벽화가 펼쳐져 있었는데, 구도가 짜인 방식에도 전시된 방식에도 내 눈에는 이스트 빌리지식 아이러니 정신으로 보이는 무언가가 스며들어 있었다. 카운터를 닦고 있는 사람은 우리보다 서른 살쯤은 나이가 많아 보이는, 머리가 헝클어지고 토마토색 습진 자국이 얼굴에 점점이 남아 있는 남자였다. 그는 행주를 바 아래로 던져 넣더니 도개교처럼 생긴 문으로 빠져나왔고, 그가 있던 자리로 빌리가 미끄러져 들어가자 말없이 고개를 끄덕여 보였다.

나는 내가 진짜 싸구려 술집의 바텐더, 그것도 가게의 지저분함에 대한 자기만족이 없는 바텐더를 알고 있다는 사실에 기뻐하며 스툴에 올라앉았다. 우리가 학교 근처 바에서 마시던 게 위스키 온 더 록이어서 나는 계속 그걸 마시기로 했다. 이곳은 복잡한 칵테일을 제조하는 종류의 가게가 아니었고, 술맛은 점점 내 마음에 들었으며, 식도가 타들어가는 기분 좋은 느낌은 배 속에 자그만 화롯불을 피워놓았고, 그 따뜻함은 테이블보 위에 천천히 번져가는 얼룩처럼 몸 바깥쪽으로 퍼져 나왔다.

빌리가 내게 한 잔을 따라주고 그 자신을 위해 또 한 잔을 따르고 나서, 나는 지갑을 꺼냈다. 그가 고개를 저으며 손바닥을 들어 올리기에, 나는 1달러짜리 세 장을 팁으로 바 위에 올려놓았다.

"어때? 멋진 곳이지?" 그가 물었다.

"마음에 들어." 내가 말했다. "특히 벽화가. 애국심이 넘치는데."

"여기 주인이 베트남전 참전용사거든."

나는 총을 운반하고 있는 독수리 그림이 일종의 농담인 줄 알았다는 말은 하지 않았다. "그럼 학교 다니는 동안 쭉 여기서 일할 생각이야?"

"어쩌면." 그가 말했다. "내가 살아남으면. 이 동네가 내 돈을 쭉쭉 쥐어짜내고 있어. 컬럼비아에서 전액 장학금을 받았는데도 그래. 지난주에 합평 때문에 원고 복사하는 데 40달러나 들었어."

"장학금 받아서 다행이다. 여러 명한테 주는 거 아닌데."

"그거 못 받았으면 여기까지 올 방법이 없었어. 학자금 대출은 안 받으려고 애를 쓰고 있는데 내가 더 이상 버틸 수 있을지 잘 모르겠어."

"그렇구나." 내가 말했다.

"너는 대출받았어?"

그에 비해 내가 얼마나 쉽게 자금을 손에 넣었는지 인정하기가 부끄러워서, 나는 잠깐 동안 나 역시 재정적으로 압박을 받고 있다거나, 아니면 최소한 아버지한테 갚아야 할 돈이 있다고 말할까 생각해봤다. 하지만 빌리의 어떤 부분인가가—어쩌면 그 문제에 대한 솔직함, 그리고 그가 자신에게나 남들에게나 늘 정직했으리라는 내 직감이—그에게 마음 편하게 진실을 말할 수 있게 했다.

"사실 난 아버지가 수업료를 내주셔." 내가 말했다. "내 생각엔 그게 엄마를 떠난 것에 대해 보상하는 아버지만의 방식인 것 같아. 십 년도 더 지난 얘기지만."

"우리 아버지는 내가 두 살 때 떠났는데." 그가 말했다.

그가 그렇게 말해줘서 나는 기뻤다. 나는 이혼가정 자녀들과 더 쉽게 마음이 통하곤 했던 것이다. "그럼 지금은 어디 계셔?" 『노 맨스 랜드』로 미뤄보면 이미 돌아가셨을 수도 있겠다고 생각하며 내가 물었다.

"네브래스카."

"일하러 가신 거야?"

빌리가 웃었다. "존 캠벨이라는 작자는 말이야, 정부에다 사기를 쳐서 돈은 받고 일은 안 할 수 있는 방법이란 방법은 죄다 써본 인간이야. 그 인간이랑 연락 안 한 지 오 년 됐어." 그가 혀로 뺨 안쪽을 탐색하듯 훑었다. "훨씬 더 나쁠 수도 있었지. 그래도 엄마나 나를 때리거나 뭐 그러진 않았으니까. 그냥 돈 떼먹는 게 습관인 미친놈이야. 아직도 빚쟁이들한테서 전화가 와."

나는 위스키를 마셨다. 내가 중상위층에 속한다는 느낌이 뚜렷이 들었다.

"너 외동이야?" 내가 물었다.

"내가 아는 한에서는."

"나돈데."

"희한하네." 그가 말했다. "자라는 동안에 외동인 다른 애는 못 봤거든."

"나도 마찬가지야."

"어머니가 너를 좀 늦게 낳으셨나 봐?" 그가 물었다.

"아니야, 스물… 여덟에 낳으셨어."

"그럼 부모님이 둘째는 그냥 생각이 없으셨던 거야?"

"엄마는 있었는지도 모르겠어."

"아버지는 아니었고?"

"사실 잘 몰라." 내가 말했다. "근데 너 아까 그만둘 생각 하고 있다고 그러지 않았어?"

그가 술꾼 중 한 명에게 술을 더 따라주고 돌아왔다.

"컬럼비아에도 다녀봤으니 이제 물가가 더 싼 도시에 있는 학교로 옮겨도 되겠다는 생각이 들어. 장학금이랑 급여 둘 다 주는 학교로." 그가 말했다. "학위는 그냥 언젠가 교수가 될 수 있게 따두려고. 어느 학교에서 받는지는 크게 상관없거든."

"여기 있으면 소설 계약하는 데 도움이 될 텐데." 내가 지적했다. "어쩌면 돈을 많이 벌어서 가르치는 일을 안 해도 될지도 모르고."

"그래, 참 그렇게 되겠다."

"자주 일어나는 일이야. 마이클 셰이본, 제프리 유제니디스, 릭 무디 같은 사람들 봐. 전부 석사학위 있잖아. 무디는 사실 컬럼비아에서 받았어. 그리고 데이비드 포스터 월리스 첫 책은 '학부' 졸업논문이었는데, 그 사람은 그 책을 대학원 다니면서 냈어."

"그게 누군데?"

"데이비드 포스터 월리스?"『끝없는 농담』이 그해 봄에 나왔고, 그건 출판계에 조금이라도 관심이 있다면 모르기 어려운 책이었다. 그해 초에 나는 사람이 꽉 차서 입석밖에 없는 KGB 바에서 열린 그 작가의 낭독회에 갔다가 책을 구입했는데, 전화번호부를 방불케 하는 무게와 부록으로 딸린, 짧은 소설 한 권 분량은 될 법한 미주들에 읽을 의욕이 꺾여버리고 말았다.

"알아야 되는 사람이야?"

"되게 아방가르드한 걸 쓰는 사람이야." 내가 말했다. "사실 일리노이주 출신에다 거기서 강의도 해. 네가 알면 좋아할 거야."

"난 동시대 작가들은 별로 아는 사람이 없거든." 빌리가 말했다. "말하자면 아직 따라 읽고 있는 중이라서."

"아무튼, 그 사람 최근에 나온 책이 대박이었어. 어쩌면 네 책도 그럴 수 있을 거고. 요점이 뭐냐면, 그런 건 알 수 없는 일이라는 거야."

"중서부에 사는 어떤 기계공에 관한 장편 하나 써서 백만 달러를 벌 순 없어. 나도 그 정도는 잘 알아." 빌리가 말했다. "하지만 가르치는 일을 고정적으로 할 수 있다면 큰 상관은 없을 거야. 그리고 난 글 쓰면서 빚에 파묻히지 않을 수 있으면 좋겠거든."

그런 현실적인 접근법은 내가 처음에는 회의적이었던 아버지에게 컬럼비아대학 문예창작 프로그램을 영업하는 데 쓴 방법이기도 했다. 나는 아버지에게 과대 선전을 한 무더기 늘어놓으면서, 대학원생 대부분이 나중에는 교수가 된다고, 문학계 피라미드에서 작가들은 다른 작가들에게 봉급을 줘서 대학원생들을 가르치게 하고 그 대학원생들 역시 결국에는 봉급을 받으며 가르치는 일을 하게 되는데, 교수는 그런 피라미드에서 내가 올라갈 다음 단계라고 말했었다.

"한 가지 말할 수 있는 건 여기 여자애들이 정말 예쁘다는 거야." 빌리가 말했다.

"그건 맞아. 여기 컬럼비아에서 눈에 들어오는 애 있어?"

"모르겠네. 넌 있어? 아니면 여자친구 있어?"

"아니." 내가 말했다. "오리엔테이션에서 여자애들 몇 명이 눈에 띄긴 했어. 근데 같은 프로그램 사람이랑 얽히는 게 좋은 생각인지는 모르겠어."

"맞아, 누울 자리 보고 다리 뻗으라 그랬지." 빌리가 말했다. "게

다가 난 이 년 동안 사귀던 사람이랑 최근에 끝나기도 했고."

"네가 여기 오게 돼서 끝난 거야?"

"걔는 나랑 같이 이리로 오고 싶어했어. 나는 그걸 원치 않았고. 그리고 걔는 아이들도 갖고 싶어했어. 일이 년 안에."

"와우." 내가 말했다. "너무 빠른 거 아니야?"

"내가 살던 동네에선 그렇지도 않아. 걔네 언니는 애가 셋인데 지금 스물여덟 살이야." 그가 몸서리를 쳤다. "전 여자친구 사진 있어?"

"아니." 나는 잔을 흔들어 각얼음을 달그락거렸다. "누굴 오래 사귀어본 적이 별로 없어서."

"나도 그래. 앨리슨은 예외였지만." 빌리가 말했다. "걔가 나보고, 보이지 않는 상처 때문에 관계기피증이 생긴 거래."

"보이지 않는 상처?"

"걔가 읽던 자기계발서에 나오는 말이야. 걔는 그런 책을 정말 좋아했어. 나한테 맨날 쓰던 말 또 하나 있는데…" 그는 집중해 생각하더니 손가락을 딱 튕겼다. "'은폐 가능한 낙인.' 이건 걔한테 설명을 들어도 전혀 이해가 안 되더라고."

"'보이지 않는 상처'는 이해가 됐고?"

"아, 걔는 그냥 항상, 우리 아버지가 나를 망쳐났다는 둥, 내가 아버지한테처럼 다른 사람한테도 거절당할까 봐 두려워서 경계심을 늦추지 않는 거라는 둥, 내가 문제를 직시하기 싫어한다는 둥,

뭐 그런 흔한 헛소리를 하곤 했거든." 빌리가 콧방귀를 뀌었다. "그래서 내가 그랬지. '너는 내가 왜 어떤 남자랑 그 아버지에 관한 소설을 쓰고 있는 것 같아?'"

"그랬더니 뭐래?"

"이러더라고. '그건 문제를 해결하는 게 아니잖아. 그냥 소설 속에서 문제를 드러내 보이는 거지.'" 여러 가지를 잔뜩 털어놓은 빌리가 미소를 지었다. "젠장, 이봐, 바텐더는 나라고. 속 얘기를 털어놓는 건 손님 쪽이어야 되는 거 아니냐. 그래서 너의 중대한 문제는 뭐야?"

나는 잔을 빙글빙글 돌리며 생각해봤다.

"보이지 않는 상처로 인한 관계기피증." 내가 말했다.

"전 세계적인 문제로구나." 그가 말했다.

다른 손님 한 명이 맥주를 달라고 했고 더 많은 손님들의 무리가 병목 현상을 일으키며 밀려들어와서 빌리가 돌아오기까지는 약간 시간이 걸렸다.

"나 저걸로 바꿔서 마실까 봐." 가운데 있는 주류 선반을 가리키며 내가 말했다. "래프라이그로."

"있지, 부탁 하나만 들어줄래?" 술을 부으며 빌리가 물었다. "혹시 수업에서 내가 어떤 단어든 잘못 발음하면 나한테 말해줄 수 있어?"

"그럴게." 내가 말했다. "내가 술 이름 틀리게 말했어?"

"내 생각에 이건 '라프로이그'인 것 같거든." 빌리가 말했다. "그건 중요한 게 아니고. 근데 나는 3음절로 된 단어는 뭐든 발음하는 게 겁이 나. 읽기를 늦게 시작하면 그렇게 된대. 그리고 주위에 책 읽는 사람이 아무도 없으면."

"너는 어렸을 때 담요 뒤집어쓰고 손전등 켜고 책 읽었을 것 같다고 생각했는데."

"안 그랬어. 고등학교 졸업할 때까지는 즐거움을 위해서 책을 읽어본 적이 없는걸. 그리고 글을 쓰기 시작한 것도 겨우 최근 몇 년 전이야. 너는 언제 시작했어?" 그는 스스로의 말에 웃었다. "맙소사. 나 꼭 학교에서 진로 소개 수업 듣는 열 살짜리 같네."

"7학년 끝나고 여름부터."

"극단적으로 정확하잖아." 그가 말했다. "아니면 혹시 그때가 부모님이 이혼하셨던 때야?"

"그건 그다음 해 겨울. 그 여름엔 그냥, 집에 있었는데 할 일이 별로 없었고, 그래서 책을 많이 읽기 시작했고, 여름이 끝날 무렵에는 작가가 되고 싶다고 마음을 정했어."

"그냥 지루함 때문이었다고?"

"더하기, 왜 그 흔한 중학생 특유의 소외감 때문이었을 거야, 아마도." 내가 말했다. "다른 애들하고 내가 조금 다르다고 느꼈거든."

빌리가 자기 잔 가장자리 위로 나를 바라보았다. 헤드라이트처럼 빛나는 그의 시선이 조금 불편해서 나는 눈길을 돌렸다.

"사실 이런 얘기, 고향 친구들하고는 전혀 할 수가 없었어." 빌리가 말했다.

"글 쓰는 거?"

"전부 다. 걔네, 다들 어렸을 때 파던 유치한 쓰레기들을 아직도 똑같이 파고 있어. 베어스, 불스, 화이트 삭스, 농구, 비디오게임, 그런 것들 말이야. 걔네한테 내가 소설을 쓰고 있다고 단 한 번도 말할 수가 없었어."

"컬럼비아 입학한 건?"

"그건 숨길 수가 없었지." 그가 말했다. "MFA가 뭐의 약자냐고 묻길래 순수예술 석사과정Master of Fine Arts이라고 했더니, 그걸 '자위하는 호모 예술Masturbating Fag Art'이라고 부르기 시작하더라."

"그럼 걔네한테 의견을 들으려고 소설을 보내지는 않는 모양이구나."

그의 얼굴에 미소가 떠오르더니, 떠오른 것만큼이나 빠르게 자취를 감췄다. "떠나던 날에도 말 안 하고 왔는걸."

"아일랜드식 이별이네." 내가 말했다. "그거, 내가 실천하고 있는 건데."

"난 스코틀랜드식이야." 그가 말했다.

나는 거리를 조금 걸어 내려가면 있는 가게에서 우리가 먹을 피자를 사 가지고 돌아왔고, 빌리가 돈을 내겠다는 걸 못 하게 했다. 그가 내게 계속 공짜로 술을 마시게 해주고 있어서였다. 나는 문 닫을 시간까지 마지막 손님으로 남아 있다가 빌리에게 그의 아파트가 어디냐고 물었다.

"음, 말하자면 여기서 그렇게 멀진 않은데."

"무슨 뜻이야?"

"보여줄게." 빌리는 가게 문을 잠그더니 내게 '직원 전용'이라고 표시된 문을 통해 따라오라는 손짓을 했다. 그가 체인을 홱 잡아당겼고, 우리는 전구 하나의 불빛에 의지해 까슬까슬한 난간을 붙잡고 더듬더듬 지하실로 내려갔다. "상자들 조심해." 보관되어 있는 주류들 사이로 지그재그 나아갈 때 빌리가 말했고, 이내 우리는 또 다른 문 앞에 도착했다. 그가 문을 열고는 탁, 전등 스위치를 켰다. 그곳은 비어 있는 창고로, 러그 위에 에어매트리스 한 장이 깔려 있고 그 옆에는 책 한 무더기와 포장 상자 몇 개가 놓여 있었다. 로커룸에서 나는 것 같은 곰팡이 냄새가 공간에 배어 있었다.

"아담하게 잘 꾸며놨네." 내가 한 말이지만 공허했다.

"보기보다 편안하답니다." 그가 말했다. "그리고 놀랄 만큼 깨끗해. 주인이 보통 낮잠 자는 공간으로 쓰거든. 그 사람이 나를 9월 말까지 여기 있게 해줬어."

그 두 개의 공간이 지하실의 전부인 것 같았다. "샤워는 어디서 해?"

"학교 체육관에서."

"그럼 글은 어디서 쓰고?"

"우선 공책에 써놔. 그런 다음에 컴퓨터로 옮기고." 나는 상자 뒤쪽에 숨어 있던 데스크톱 컴퓨터를 그제야 알아차렸다. "근데 여기선 플러그를 꽂을 수가 없어서 학교 랩실을 이용하고 있었어. 여기, 진짜로 그렇게 나쁘지 않아. 게다가 공짜고."

그곳은 내가 처음 생각한 것보다는 정말 더 깨끗해 보였지만, 잠을 자기에는 여전히 우울한 공간이었다.

"오늘 밤에 우리 집에서 자고 가도 돼." 내가 제안했다.

"고맙네, 친구." 빌리가 말했다. "근데 난 여기 익숙해져서."

"정말 괜찮겠어? 하룻밤 편하게 자고, 샤워도 혼자 하면 좋을 텐데."

"내가 장담하는데 이 매트리스 되게 좋아. 아마 너희 집 소파보다 나을 거야."

"안 쓰는 방이 하나 있어서 그래." 내가 말했다. "침대도 다 정돈돼 있고. 정말 나는 아무 상관 없어."

빌리가 에어매트리스를 바라보았다. "부담 안 되는 거 확실해?"

나는 부담 안 된다고 그를 안심시켰다. 잠깐 동안 망설이다가 빌리는 내게 고맙다고 말하고는 책 더미 옆에 있던 파인트 잔에서 칫솔 하나를, 포장 상자에서 사각팬티 한 장, 양말, 그리고 티셔츠 한 장을 끄집어냈다. 그의 소지품이 변변찮다는 것도 그랬지만, 그것들이 단정하게 정돈돼 있는 방식에도 어딘가 가슴 아픈 구석이 있었다.

빌리는 바 뒤에 있던 배낭에 물건들을 던져 넣고는 마지막으로 정리정돈을 하면서, 그날 밤에 번 돈을 봉투에 넣어 안쪽 방으로 가져갔다. 금전등록기 만지는 일을 한 번도 해본 적이 없는 나는 빌리가 그것을 다루는 능숙한 솜씨에, 부드럽게 밀려나오는 서랍에, 내용물을 꺼내고 마치 손으로 발레를 하듯 서로 다른 단위의 돈을 헤아리는 그의 동작에 깊은 인상을 받았다.

집으로 걸어오는 길에 우리는 많은 말을 하지 않았다. 내 아파트에 들어서자마자 빌리는 스니커를 벗었다. "안 벗어도 돼." 내가 말했다.

"습관이 돼서." 그는 벗은 신발을 대리석 테이블 밑에 두었다. "엠파이어스테이트 빌딩이잖아." 전망을 알아본 그가 말했다. "멋지다. 근데 왜 파란색이랑 오렌지색이지?"

"이긴 지역 팀 색깔로 불을 밝히는 거야."

"그럼 뉴욕 메트로폴리탄스가 정말로 한 게임 이겼다는 거네."

"메트로폴리탄스?"

"메츠." 빌리가 말했다. "〈에디 머피의 구혼작전〉에 나오는 에디 머피 대사 몰라? '뉴욕 자이언츠가 그린베이 패커스랑 대결을 했어요' 이러는 거?"

"아, 그래." 내가 말했다.

나는 빌리에게 여분의 작은방을 보여주었다. 그는 문 옆 복도에 잠시 멈춰 서서 액자에 담긴, 공황기를 배경으로 한 네 장의 흑백 사진—잡화점 바깥에 있는 노스캐롤라이나 농부들, 할렘의 어느 붐비는 구역, 간이식당의 노동자들—을 자세히 살펴보고는, 인쇄되어 있는 캡션을 마지막 것까지 소리 내 읽었다. "책상에 앉아 인사부장과 이야기하는 아메리칸 레드 펜슬 컴퍼니 노조 사무장."

"그 사진들은 전부 우리 종조부가 찍으신 거야." 내가 말했다. "공공사업진흥국에서 공황기 동안 전국을 돌면서 사람들 사진 찍는 일을 맡겼거든."

"미국 곳곳을 여행하면서 사진을 찍으라고 정부에서 돈을 줬다고?"

"그것도 상당히 많이." 내가 말했다. "나쁘지 않은 일자리였지."

"정부에서 그랬다면 실력이 대단하셨나 보네."

"그렇지도 않아." 내가 말했다. "이때가 그분 경력에서 최고 전성기였어. 대고모 말로는 그분 작업에서는 영혼이 안 보였고, 그래서 발전이 없었대."

빌리가 다시 한번 사진을 들여다보았다. "그래도, 멋진데? 가족 중에 예술가가 있다니."

"내가 세 살 때 돌아가셨어." 빌리가 방에 들어갈 수 있게 옆으로 물러나며 내가 말했다. 그해 봄 다른 도시에 사는 대학 친구가 자고 간 뒤로 트윈 침대는 사용한 적이 없었다. 나는 아침에 쓰라고 빌리에게 깨끗한 수건 한 장을 건넸다.

"고마워, 친구." 빌리가 말했다. "이것 참 감사한걸?"

"감사는." 내가 말했다.

보통 하룻밤 묵어가는 손님이 있을 때면 누군가가 내 공간을 침범하고 있다는 불안감이 희미하게 느껴지곤 했지만 그날은 그렇지 않았다. 한낮의 차들이 내는 소리에 잠을 깨 보니, 빌리의 스니커는 여전히 현관문 앞에 있었다. 나는 밖으로 나가 길모퉁이에 있는, 부드럽고 거대한 도우로 유명한 '에싸베이글'에 가서 크림치즈 베이글을 두 개 샀다. 돌아와 보니 빌리는 샤워를 하고 있었고 나는 함께 마실 커피를 프레스 포트로 내렸다.

"굉장히 새콤새콤한 샴푸네." 옷을 다 입은 그가 머리를 수건으로 닦으며 욕실을 나오면서 말했다. "내 머리에서 자몽 향이 나."

나는 종이봉지를 들어 올렸다. "같이 먹으려고 베이글 사 왔고 커피도 내렸어."

"그거 좋네. 하지만 그건 내가 낼게."

나는 그 말을 무시하고 빌리에게 베이글을 건네주었다.

"이야," 한 입을 베어 문 그가 말했다. "이거 진짜 끝내준다."

"그치." 내가 말했다. "사람들이 뉴욕 최고의 베이글이나 피자 가게나 뭐 그런 게 우연히도 자기 집 근처에 있다고 할 때면 나도 짜증이 나긴 하는데, 이건 정말 최고가 아닐까 해."

"난 비교할 대상을 찾을 수가 없네."

"너야 지금 막 이사 왔잖아."

빌리가 미소 지었다. "좀 민망한데, 전에 어디서도 베이글이란 걸 먹어본 적이 없거든. 내가 떠나던 그 주에 우리 고향에 처음으로 베이글 가게가 문을 열었는데 난 안 가봤어." 그가 말했다. "진짜 대박 큰 가게였는데."

"공항 같은 데서 먹어본 적도 없어?"

그가 또 한 번, 이번엔 좀 더 불편한 미소를 지었다. "나 진짜 촌놈 같아 보이겠다. 나 비행기도 안 타봤어."

"아." 나는 베이글을 베어 물고는 다른 할 말을 찾으려 애썼지만 찾지 못했다. 우리는 중간중간 커피를 마셔가며 잠깐 동안 묵묵히 먹었다. 성적으로든 플라토닉하게든, 처음으로 누군가의 집에서 자고 나면 두 사람 모두 어쩔 수 없이 상대방을 더 편하게, 동시에 더 불편하게 느끼게 된다. 함께 친밀감의 울타리를 뛰어넘지만 뒤이어 적나라한 아침 빛 속에서 서로를 보게 되는 것이다.

"책상 멋지다." 빌리가 말했다. "대통령 집무실이 연상되는데."

위엄 있게 가죽이 깔린 책상 상판이 민망했다. '난 어린 시절에 수없이 비행기를 타봤어'라는 신호를 보내고 있어서였다. "우리 대고모 거야." 내가 말했다.

그는 좀 더 꼼꼼하게 책상을 뜯어보았다. "여기 앉으면 진지한 작가가 된 기분이겠다."

"가끔은 그런 것 같아." 내가 말했다. "하지만 대체로는 사기꾼이

된 기분이 들어. 이렇게 커다란 고급 책상에 앉아서 진짜 할 일은 안 하고 있는 것 같은."

"누구나 자기가 사기꾼이라고 생각하는걸." 그가 말했다. "진짜 사기꾼들만 빼고."

빌리는 알지 못하는 것 같기도 했지만 그는 정말 사기꾼 같은 게 아니었다. 그가 가진 재능은 선물 같은 것이었고, 그건 단지 그 재능이 가져다줄 수 있는 외적인 보상 때문만은 아니었다. 그것은 평생 동안, 그저 자기의심만 하게 되는 게 아니라 성취감을 줄 작업이 눈앞에 펼쳐져 있다는 뜻이었다. 대부분의 사람은, 심지어는 그냥 운이 좋아서 기회가 많았던 사람들도 그런 안도감은 느끼지 못했다. 자신들이 하도록 운명 지어진, 직업이라기보다는 소명에 가까운 바로 그 일을 하고 있다는 안도감을.

"그럼 바 주인이 나가라고 하면 어디로 옮길 거야?" 내가 물었다.

"뭔가 방법을 생각해내야겠지." 그가 말했다.

그가 무엇을 찾아내든 지하실에 있는 그의 방보다 아주 조금 나은 헛간 같은 집일 것이었다. 그는 경제적으로 파산하지 않고 버티기 위해—단지 뉴욕에서만이 아니라 어디서든—항상 발버둥을 쳐야 하겠지만, 나는 항상 괜찮을 것이었다. 순전히 우리 아버지는 전문직이고 그의 아버지는 게으름뱅이라는 이유만으로. 내게는 풍부한 자원이 있었고, 이곳은 내가 그 자원을 공유할 구체적인 방법이 될 수 있는 장소였다.

하지만 알고 지낸 지 겨우 일주일 된 빌리더러 여기 들어와 함께 살자고 하는 건 아무래도 이상할 것 같았다. 그리고 그와 함께 지내느라 관리협회나 참견하기 좋아하는 이웃들의 레이더에 한 사람이 더 노출되면 발각될 가능성도 늘어날 것이었다. 그런 위험을 무릅쓸 가치는 없었다.

"오늘은 무슨 일이 있어?" 아침식사가 끝나자 빌리가 물었다.

"치과 예약이 돼 있어." 내가 말했다.

그가 고맙다는 인사를 하고 집을 나가자 아파트에는 기묘한 공허함이 맴돌았다. 방금 손님을 치르지 않았더라면 알아차리지 못했을 부재의 감각이었다. 그가 잠을 잤던 방의 문을 닫자 분위기는 원래대로 돌아왔고 나는 나갈 준비를 했다.

미드타운의 병원 대기실에는 사람이 많았지만 조용했다. 에어컨 바람이 과하게 나오고 있어서 인조가죽 의자의 금속 팔걸이에 양 손목이 스칠 때마다 몸이 떨렸다. 벽에 걸린 일련의 민속 예술 복제화들은 공항 터미널처럼 몰개성적인 느낌만 강조할 뿐이었다.

환자들이 새로 도착할 때마다 복도의 엘리베이터에서 나는 땡 소리가 병원의 고요함을 간헐적으로 깨뜨렸다. 한번은 어느 젊은 커플이 나타났는데, 아이 엄마는 유아차를 밀고 있었다. 아이 아빠가 접수 담당자를 향해 갔다. "의사 선생님을 뵈러 왔는데요… 성함을 잊었는데 비뇨기과 전문의이신 분이요." 그가 말했다.

"블룸 박사님이요." 접수 담당자가 말했다. "처음 오셨나요?"

"제가 아니고요." 아이 아빠가 말했다. "저희 아들이 진료받으려고요."

담당자가 그에게 클립보드를 건네자 가족은 대기실 한쪽 구석으로 물러났고, 거기서 아이 엄마가 모유수유를 하는 동안 아이아빠는 얼굴을 찡그리고 체크리스트와 자신이 대답해야 할 거라고 생각해보지 못한, 그런 질문이 존재할 거라고 상상조차 해보지못한 질문들 사이를 헤쳐나갔다. 우리 아버지도 내 초기 진료가예약돼 있던 날들에, 내가 태어난 직후의 날들에 병원에 왔었는지,아니면 내가 좀 더 자란 뒤에 그랬던 것처럼 일 때문에 못 오겠다고 하고는 내가 혼자서 병원에 다닐 수 있게 될 때까지 매번 나를데리고 다닌 엄마에게 떠넘겼는지 궁금했다.

과제를 읽고 출석해야 하는 다른 강의 하나와 세미나 두 개('장면과 감성Scenes and Sensibility' '통사적으로 산문에 접근하기')가있어서, 나는 빌리에 대해서는 많이 생각하지 않았다. 그 주 주말에는 뉴욕대에서 같이 수업을 들었던 친구가 여는 파티에 갔다.내가 아는 사람들은 이제 내가 뭘 하면서 사는지에 지난 이 년간그랬던 것보다 더 인상 깊어 하는 것 같았다. 예전에 그들은 혼자서 위험을 무릅쓰고 작가가 되려는 내 '용기'에 선심 쓰듯 감탄을 표했었다. 반면 컬럼비아 대학원 프로그램은 그들이 잘 이해하는 기성체제 안에서의 보증된 한 걸음이었다.

그 주 수요일, 워크숍은 똑같은 순서로 진행됐다. 합평, 다트, 바텐더 일을 위해 일찍 자리를 뜨는 빌리.

"SF소설 좋아하나 봐?" 다트 게임이 마무리되고 나서, 첫째 주에 우주선 이야기를 써 왔던 제이컵에게 내가 물었다.

"걸작들만." 그가 말했다. "아시모프, 하인라인, 딕, 르 귄, 그런 작가들 좋아해."

그 장르에 대해 아는 게 없었던 나는 관련된 질문이나 합평에 관한 또 다른 이야기, 혹은 개인적이면서도 질문하면 안 될 만큼 개인적이지는 않은 무언가를 찾으려고 애써봤다. 하지만 아무 생각도 떠오르지 않자, 제이컵이 나를 겁먹게 하거나 적대적으로 대한 부분은 전혀 없는데도 땀이 나기 시작했다.

"여기가 좀 덥나?" 내가 물었다.

"별로 안 더운데?" 제이컵이 말했다.

이다음은 홍수겠구나, 나는 직감했다. 그래서 그 일이 벌어지기 전에 화장실에 가서 얼굴과 목을 찬물로 적시고, 종이수건도 적셔서 등 아래쪽을 문질러 닦았다. 하지만 소용없었다. 봉인이 풀려버렸고, 벌써 땀이 내 헤더 그레이 셔츠를 점점이 물들이고 있었다. 나는 이것과 정확히 똑같은 장면—사람들에게서 도망쳐서 화장실에 숨어, 모공을 틀어막고 흉한 모습을 피해보려고 발버둥을 치는 장면―을 수도 없이 겪었다. 적어도 워크숍 첫 주에 증상이 나타난 건 원인이라도 이해가 됐지만, 이번 증상은 단지 대화가 중간에 멎어버린 것 때문에 터져 나왔다. 심각할 정도로 곤란한 건 아니었고 많은 사람들이 쉽게 무시하거나 농담거리로 삼을 만큼 미미한 육체적 결함이었지만, 그 일이 일어날 때마다 내가 인생에서 대부분의 시간 동안 느껴온 감정은 더욱 굳어지기만 했다. 이런 특수한 문제는 다른 누구에게도 없고, 내게는 뭔가 이상한 면이 있으며, 나는 바에서 동료들과 술을 마시는 것 같은 단순한 활동조차 해낼 수 없는 근본적으로 결함 있는 존재라는 느낌이었다.

이런 경우 보통 그랬던 것처럼 나는 누구에게도 말하지 않고 자리를 빠져나왔다.

지하철에서 내려 밖으로 나와 스타이 타운 쪽으로 향하기 전에 잠시 발을 멈췄다. 네 블록 떨어진 곳에 빌리가 있었다. 잠깐 들러 간단하게 한잔 마신다고 이상한 일이 되진 않을 것 같았다.

"어이, 친구." 내가 이글스 네스트에 들어서자 빌리가 인사했다. 가게에는 지난주에 본, 트위드 모자를 쓴 나이 지긋한 사내 말고는 아무도 없었는데, 사내는 이번에도 같은 칸막이 자리에 앉아 파이프담배를 피우며 〈뉴욕 포스트〉지를 읽고 있었다.

"그냥 한잔 더 할까 해서 왔어." 내가 말했다. "네가 괜찮다면."

그는 자신과 나에게 기본 위스키 칵테일을 한 잔씩 만들어주었지만, 계산은 여전히 못 하게 했다. "베이글 얻어먹은 거 답례."

"그 베이글은 여기서 엄청 얻어 마신 걸 갚으려고 산 건데."

"그럼 우리 사이 이제 셈은 끝난 건가." 빌리가 말했다. 그 말은 내가 꺼냈다가는 우스꽝스러워지고 말 종류의 표현이었고, 내가 본 어떤 70년대 영화에 나오는 대화를 격식 있게 흉내 내는 것처럼 들렸다.

"그건 그렇고, '모방의 오류'가 무슨 뜻이야?" 그가 물었다. "내 소설 관련해서 네가 적어준 메모에 있던데."

"이야기나 소설의 목소리를 정확히 주인공과 똑같아지게 할 필요는 없다는 거야." 내가 말했다. "그러니까 예를 들면 일반적인 기계공은 하늘을 묘사하면서 '세룰리안블루'라는 단어를 쓰지 않겠지만, 그래도 괜찮다는 거지."

"그럼 그 사람이 자기 아들에 대해 대놓고 생각하지 않는 것도 괜찮겠네." 빌리가 말했다. "그걸 알아본 유일한 사람이 너였어. 심지어 실비아도 그런 얘긴 안 했는데."

나는 의기양양해진 마음이 탄로 나지 않도록 겸손하게 고개를 끄덕였다.

"그리고 네가 말했던 그 용어 뭐더라? '흰개미 예술?'"

"그건 기본적으로 좁은 프레임 안에서 많은 걸 한다는 뜻이야. 자기가 사는 곳 경계를 파먹어 들어가는 흰개미처럼."

빌리는 생각에 잠긴 듯 보였다.

"아니면 지하실에 사는 나처럼인가." 그가 말했다.

나이 든 사내가 헛기침을 하고는 손가락 하나를 들어 올렸다. 빌리는 내게 미소 짓더니, 파인트 잔 하나를 기네스 맥주로 채우고는, 부풀어 오르는 윗부분을 맥주 거품 제거하는 은색 막대로 걷어낸 다음 사내에게 가져갔다.

"저 사람 저번에도 여기서 봤는데." 빌리가 돌아왔을 때, 흐르는 브루스 스프링스틴의 노래 밑으로 내가 속삭였다.

"저 사람은 매일 밤 여기 와." 빌리가 말했다. "가끔은 칸막이 자리에서 곯아떨어져서 문 닫을 때 깨워야 돼."

사내는 재킷 안주머니에서 손수건 한 장을 꺼내더니 거품 묻은 콧수염 중간쯤을 톡톡 두드렸다. 여든, 아니면 여든다섯 살은 돼 보였다.

"네 지하실 방 얘기가 나와서 말인데," 내가 말했다. "네가 우리 집 남는 방에 들어와서 지내면 어떨까 생각하고 있었어. 더 좋은 선택지가 있는 게 아니라면."

그의 얼굴이 불편하게 굳어졌다. 자기가 죄책감을 유발해서 내가 그런 제안을 한다고 그가 생각하는 건지 나는 궁금해졌다. "네 방은 나한테 안 줘도 돼. 지낼 곳은 내가 찾을 수 있어."

"알아. 하지만 그냥 비어 있는 방이라서. 아까워서 그래."

"손님들이 그 방 쓰지 않아?"

"손님들은 소파에서 자면 되지."

"글쎄, 참 고맙긴 한데 말이야." 그가 말했다. "너한테 방해가 되고 싶지는 않아."

"너는 방 하나를 따로 쓸 텐데 나한테 무슨 방해가 된다는 건지 나는 잘 모르겠는데. 솔직히 집 전체가 나 혼자 쓰기에는 너무 넓거든."

"네 책상이 거실에 있잖아. 나 때문에 계속 일을 제대로 못 할 거야."

"침실로 옮기면 돼. 공간 엄청 넉넉해." 내가 말했다. "남는 방은 책상을 놓기에는 좁으니까, 네가 쓸 책상은 거실에다 놓으면 되겠다. 정신이 좀 분산되긴 하겠지만, 그래도 괜찮다면."

"그건 내가 알아서 할 수 있을 거야. 근데 난 어쨌든 룸메이트 한 명하고 같이 사는 건 비용적인 면에서 좀 부담이 돼서. 세 명이나 네 명이면 또 몰라도."

"이런. 너한테 돈 내라고는 안 할 거야." 그의 말에 담긴 뜻에 기분이 상할 뻔했다는 게 티 나는 말투로 내가 말했다.

"뭐야." 그가 회의적인 표정으로 고개를 삐딱하게 기울였다. "어떤 사람, 그것도 알고 지낸 지 달랑 2주밖에 안 된 어떤 사람이 '공짜로' 같이 산다는데 괜찮다고?"

"집세가 정말 싸거든." 내가 말했다. "그리고 실은 내가 학교 다니는 동안 우리 아버지가 집세를 내주고 있고."

"하지만 너 거기 사는 거, 합법 아니라며." 그가 물었다.

"6월이 되면 합법이 돼."

"만약에 같이 살다 걸리면 어떻게 되는데?"

"라이커스섬 교도소 독방에 갇히겠지." 내가 말했다. "근데 진짜, 뉴요커들 이런 식으로 많이들 살아. 나는 육 년 살았는데 한 번도 문제가 없었어. 파티를 못 열 뿐이야."

빌리가 술을 한 모금 마시더니 입술을 꾹 다물었다.

"너 참 통 크구나." 그가 마침내 말했다. "하지만 집세를 안 내면 내가 불편할 것 같아. 아무리 너희 아버지가 내주고 있다고 해도."

빌리를 설득하는 동안 내 생각은 그를 룸메이트로 삼는 쪽으로 기울었다. 그의 예산을 넘어가지 않는 저렴한 비용에 방을 제공할 수도 있었지만, 냉담한 거래처럼 제안을 하고 그의 집주인이 돼버리기는 싫었다. 나 자신도 집세를 안 내고 있는 마당에.

"집세를 돈 대신 다른 걸로 내면 어때?" 내가 제안했다.

"무슨 뜻이야?"

"집안일을 좀 한다거나. 일주일에 몇 번 정도 저녁식사 준비를 한다거나, 뭐 그런 걸로? 혹시 요리하는 거 좋아하면."

"나 요리는 엄청 잘해." 그가 말했다.

"음, 나는 완전 젬병이라 항상 테이크아웃해 와서 먹으니까, 네가 요리를 하면 나도 돈이 굳고, 너도 아무 돈도 안 내도 되겠다. 물론 식료품값은 나눠서 내고."

그는 계약에 딸린 이 추가 조건에 대해 생각해보더니 이내 고개를 저었다.

"난 일주일에 사나흘 저녁은 일하고, 학교에서 일주일에 한 번씩은 낭독회가 있는 데다, 저녁은 치즈 플레이트로 만들어 먹어. 그걸 빼고 나면 많아봤자 일주일에 저녁식사 두 번, 아니면 세 번이야. 집세를 안 내는데 그거로는 충분하지 않지." 그가 조리대 위의 땅콩 부스러기를 손바닥에 쓸어 담더니 쓰레기통에 던져 넣었다. "혹시 내가, 아니다, 멍청하긴."

"말해봐."

"글쎄, 혹시 내가 너희 집 청소를 하면 어떨까?"

그는 우리 집 구석구석에 쌓인 먼지를, 욕실 타일 사이 그라우트에 담쟁이덩굴처럼 번져나가고 있던 까만 물때를 알아차린 게 틀림없었다. 요리는 전혀 달라서, 그가 좋아하면서도 어딘가를 집처럼 느껴지게 해주는 활동이었지만, 내가 어질러놓은 곳을 청소하는 일은 명백하게 굴종적인 일이었다.

"너한테 그걸 시키면 내가 기분이 안 좋을 것 같은데."

"사실 나는 청소하는 거 괜찮거든." 빌리가 말했다. "약간 좋아하는 편이기도 하고. 일주일에 한 번쯤은 할 수 있어. 내가 너한테 돈을 안 내고도 기분이 괜찮을 유일한 방법은 그거야."

"거래 완료." 흥정을 하려다 거꾸로 돼버린 이상한 경우이긴 했지만 내가 말했다. "잔을 짠 하든지 뭐 그래야 되나?"

"짠 할 때면 항상 바보 같다고 생각했어. 악수를 하자."

우리는 그렇게 했다. 손이 닿을 때 빌리는 조금 놀라는 것처럼 보였고, 나는 내 손이 부드러워서 그러나 싶었다. 내가 과하게 땀을 흘리는 것에도 한 가지 장점이 있었는데, 피부에 지속적으로 보습이 된다는 점이었고, 수년간 사람들은 내 두 손이 자기들이 태어나 만져본 손 중에 최고로 부드럽다고 말하곤 했다. 그 지적을 하는 사람이 여자일 때는 나쁠 게 없었고 심지어 종종 칭찬처럼 들리기도 했지만―나중에 노화가 찾아올 걸 생각하면 좋은 일이었으니까―남자가 그 말을 할 때면 나는 항상 조금 당황스러운 기분이 되곤 했다.

빌리는 무거운 짐을 날려버리듯 숨을 크게 내쉬고는 술을 벌컥벌컥 들이켰다. "하, 친구. 이걸로 모든 게 달라질 거야. 나 진짜로 뉴욕에 계속 있을 수 있게 됐네." 그가 자신의 빈 잔을 내려다보았다. "이 좆같은 상태보다 조금은 더 괜찮아질 수 있다고."

그는 몸을 휙 돌려 바를 향해 가더니 맨 위 선반에 놓인 스카치 병을 향해 손을 뻗었다. 선반이 높아서 그의 셔츠가 등을 따라 올라갔고, 청바지 위쪽으로 살이 약간 드러나 보였다.

"무슨 말을 해야 할지 모르겠다, 친구." 병을 내려 우리의 잔에 새로 술을 부으면서 그가 말했다. "정말 너한테 큰 신세 졌다."

"신세는 무슨." 내가 말했다.

3

　그 주 토요일 오후에 나는 이글스 네스트에서 스타이 타운으로 빌리의 짐을 전부 옮기는 일을 도왔다. 옷가지가 든 더플백 하나를 빼고는 짐은 많지 않아서, 금속으로 된 서랍 세 개짜리 파일 캐비닛 하나, 이미 구식이 된 베이지색 데스크톱 컴퓨터, 잡동사니가 든 상자 몇 개가 전부였다. 운이 좋았는지 우리는 도로 연석 위에서 삐걱거리는 나무 책상 하나와 싸구려 회전의자 하나를 우연히 발견했고, 대고모가 현관문 옆 벽장에 보관해둔 가구용 대차로 그것들을 실어 날랐다. 가죽이 깔린 내 책상은 내 방으로 옮겨서 빌리의 책상과 파일 캐비닛 놓을 공간을 만들었다.

　빌리가 짐을 풀고 정리하는 동안 나는 소파에 앉아 다음 합평 작품을 읽었고, 해 질 무렵이 되자 우리가 먹을 저녁식사를 주문했다. 빌리는 자기 방에서 나오더니 펜들이 꽂힌 '초크 풀 오너츠' 캔을 자기 책상 위에 배치했다. "이 구역을 식민지로 만든 기분이군." 그가 말했다.

나는 그래도 괜찮았다. 육 년 동안 이 아파트가 너무 텅 빈 것처럼 느껴졌는데, 마치 그러기로 되어 있었다는 듯 단 하루 만에 그 공백이 채워졌으니까. "내 집이 네 집이지." 내가 말했다.

배달원이 로비 인터콤 벨을 울렸다. 나는 빌리에게 태국 음식을 주문했노라고 말했다.

"좋지." 빌리가 지갑을 꺼냈다. "근데 얼마였어?"

"내가 살게."

"원래 계약이 내가 우리 둘이 먹을 요리를 하는 거였다고 기억하는데."

"집들이 선물이라고 생각해." 나는 문간에 놓인 음식이 논쟁을 끝내주길 기다렸다가 접시 두 개에 음식을 나눠 담았다.

"맥주가 없네." 내가 부엌에서 소리쳤다. "레드 와인 괜찮아?"

"절대 안 되지." 그가 말했다. "괜찮아, 난 뭐든지 잘 마셔."

음식을 먹는 동안 이웃집에서 누군가가 고함지르는 소리가 집 안까지 들려왔다. 이 건물에 대고모보다 먼저 살기 시작한 팔십 대 여자였다. 집 밖에 나와 있는 걸 본 적은 없었고, 가끔 복도에 있는 그를 현관문 구멍으로 내다본 적만 있었다. 그는 깨어 있는 시간 대부분을 운 나쁘게도 그 집에 소환된 요양보호사와 배달원들에게 열변을 토하면서 보내는 것 같았다. 이사에 앞서 나는 빌리에게 그에 대해 경고했었다. 우리는 씹는 걸 멈추고 더 잘 들으려고 해봤지만 빗발치는 욕설을 구체적으로 알아들을 수는 없었다.

"어쩌다 한 번씩만 저렇게 시끄러워져." 내가 말했다. "작업하는 동안 그렇게 방해가 되는 일은 없을 거야."

"친구." 포크로 면을 감아올리며 빌리가 말했다. "저기 바깥에는 원래 비극적인 삶이 많아."

"이거 먹고 밖에 나가서 한잔할까?" 빌리에게 저녁 내내 옆집 여자의 소리를 듣게 하고 싶지는 않아서 내가 물었다. "오늘 밤엔 작업 안 할 거지?"

"응, 확실히." 그가 말했다. "이글스 네스트만 빼고 어디든 좋아."

나는 웨스트 빌리지에 있는, 예전에는 주류 밀매점이었던 '첨리스'를 제안했다. "헤밍웨이랑 피츠제럴드가 거기서 마시곤 했어." 걸어서 가기에는 좀 먼 거리에 대한 변명으로 내가 말했다.

샤워를 한 뒤 빌리는 내게 샤워 꼭지 구멍 일부가 막힌 것 같은데 알고 있었느냐고 물었다. 나는 응급상황이 아닌 이상 스타이타운 관리협회에 전화를 걸어달라고 대고모에게 부탁하지는 않으려 하고 있다고 대답했다. 수리공한테 문을 열어주는 사람이 왜 나인지 질문을 받게 될 테니까.

"내가 좀 봐도 될까?" 빌리가 물었다.

"얼마든지." 내가 말했다.

가지고 들어오는 건 못 봤는데, 그는 침대 밑에서 연장 세트 하나를 끄집어내더니 욕실로 가져가서 열었다. 안쪽은 십여 개의 공구들로 번쩍거렸다. "제대로 된 연장 세트네." 내가 말했다.

"내가 열세 살 됐을 때 아버지가 준 거야. 웃기는 게, 아버지는 수리 같은 건 개뿔 하나도 할 줄 몰랐거든." 빌리가 일부러 우거지상을 하고는 목소리를 앵앵거리는 소리로 바꿨다. "그러고는 우리를 망가진 집에 두고 떠나버렸어요." 그는 세트를 뒤져 공구 몇 가지를 꺼내더니 욕조 안에 맨발로 들어가 섰다. "샤워 꼭지 필터를 마지막으로 청소한 게 언젠지 기억나?"

"거기 필터가 있는지도 몰랐어." 문간에서 내가 말했다. "다시 말해, 한 번도 안 한 거지."

"그럼 아마 그게 문젠 거 같네. 그리고 구멍들은 시간이 지나면 미네랄 침전물이 생겨서 막혀."

빌리는 샤워 커튼을 끝까지 홱 잡아당겨놨지만, 커튼이 몰려 있어서 내가 있는 곳에서는 그가 샤워 꼭지를 다루는 모습이 잘 보이지 않았다. 보이는 거라곤 그가 샤워 꼭지를 돌려 빼서 공구로 비틀고 만지작거리고 있다는 것과, 그의 왼쪽 이두박근이 불끈거리고 있다는 것뿐이었다.

"아버지가 안 하셨으면, 그럼 누가 이런 걸 가르쳐줬대?" 내가 물었다.

"이런 걸 좀 아는 사촌 형이 있었어." 빌리가 말했다. "나머지는 집에서 시행착오를 거치면서 하나씩 배운 거고."

"그럼 차 수리하는 것도 그렇게 해서 배운 거야?"

"차 수리에 대해선 아무것도 모르는데?"

"하지만… 네 소설에서."

"아." 그가 말했다. "그건 그냥 매뉴얼 여러 개를 읽은 다음에, 그 남자가 뭔가 하는 걸 보여줘야 할 때마다 단어만 좀 바꿔서 집어넣은 거야. 나 운전도 전혀 잘하는 편 아니야. 면허 딸 때 두 번이나 떨어지고 나서야 붙었어."

"장난 아니네." 내가 말했다. "그렇게 구체적으로 묘사해놓고. 수강생 전체를 감쪽같이 속였잖아."

"만약 다른 누군가가 그런 소설을 썼다면 조사해서 쓴 거라고들 생각하겠지." 그가 말했다. "하지만 그 사람들, 나 같은 사람 혈관에는 엔진 오일이 흐른다거나 뭐 그런 식으로 생각하잖아."

빌리가 샤워 꼭지를 완전히 분리하더니 혹시 더러워져도 되는 칫솔이 있느냐고 물었다. 나는 내가 쓰고 있던 칫솔을 건네주었다. 개강하기 전에 치과에 가서 스케일링을 받고 새 칫솔도 받아두었으니까. 그는 욕조 수도꼭지 아래쪽의 작은 플라스틱으로 된 부분을 문지르고, 샤워 꼭지 구멍들을 문질러 닦더니, 화장지를 달라고 해서 그걸로 구멍들 사이를 공들여 깨끗하게 닦았다. 그런 다음 화장지를 뭉쳐 공처럼 만든 다음 농구하듯 호를 그리며 던졌다.

"조던!" 화장지 공이 휴지통에 들어가자 빌리가 외쳤다. 조금 쑥스러워하는 듯했다. "이것저것 막 던지고 놀던 열네 살 때로 돌아간 것 같네. 너는 버드맨?"

"뭐?"

"래리 버드 말이야." 샤워 꼭지를 도로 돌려 끼우며 빌리가 말했다. "네가 셀틱스 좋아하지 않나 싶어서."

"아. 난 네가 나보고 반은 새고 반은 인간인 뭐 그런 거냐고 묻는 줄 알았어."

나는 셀틱스를 좋아하지 않았고, 내 어린 시절 영광의 승리를 이어간 팀인데도 그 팀이나 그 팀의 스포츠에 어떤 관심도 없었지만, 뉴잉글랜드권의 극단적인 팬덤을 보고 자랐다는 건 기본적인 이해는 하는 척할 만큼 정보를 이것저것 주워들었다는 뜻이었다.

"난 항상 버드가 매직보다 낫다고 생각했어. 허리만 빼면." 필터와 샤워 꼭지를 제자리에 끼우면서 빌리가 말했다. "근데 조던은 다른 리그에 있지."

"그러게." 내가 말했다.

"아직도 작년에 매직이 돌아왔다는 걸 못 믿겠어. 그 사람 가드하는 거 상상할 수 있냐? 무슨 일이 생길 수 있을지 알면서?"

나는 고개를 끄덕였다.

"매직에 관한 루머들이 사실인지 궁금해." 빌리가 말했다. 그가 욕조 밖으로 나와 수도꼭지를 틀었다. 모든 구멍에서 물이 흘러나왔다.

"멋진데?" 내가 말했다. "우리 계획이 벌써 성과를 내고 있어."

빌리는 약장을 열고 벽에 파인 작은 홈을 가리켰다. "근데 이건 뭐야?"

"거기다 다 쓴 면도날을 넣으라고 대고모가 그러셨어. 아직 넣어보진 않았는데."

"그럼 어떻게 다시 꺼내?"

"못 꺼내지."

"그냥 '영구히' 벽 속에 박혀 있는 거야?"

나는 어깨를 으쓱했다.

"그럼 이 아파트 철거할 때 사람들이 벽 속에서 천구백몇년도부터 쌓여 있던 면도날 한 움큼을 발견하겠네?"

"여기 1947년에 지어졌어." 내가 말했다. "그러니까, 그래, 그렇겠네."

"아주 멋진데?" 그가 말했다. "미니 타임캡슐이잖아."

빌리는 욕실에서 걸어 나왔고, 자기 방으로 들어가려다 벽에 걸린 연필 회사 노조 대표의 사진이 기울어져 있는 걸 알아차렸다. 사진을 바로잡다가 그는 지탱하고 있던 못이 헐거워져 있는 걸 발견했다. 연장 세트에 있던 망치를 꺼낸 그는 깔끔하게 한 번 쳐서 못을 깊숙이 때려 박았다.

"이 집에 있는 헐거워진 못들 전부 다 손보려고 생각하고 있었거든." 내가 말했다. "근데 망치를 찾을 수가 없었어."

"낫도 없었고." 빌리가 진지한 표정으로 농담을 했다.

"내 생각엔 그래서 공산주의가 죽어버린 것 같아." 내가 말했다.

우리는 L선을 타고 1호선으로 갈아탄 다음 크리스토퍼 스트리트 역에서 나왔고, 마구잡이식으로 교차하는 길들과 파티를 즐기러 나와 서성거리는, 주로 남자인 사람들로 혼란스러운 거리를 걸어갔다. 빌리의 고개는 15센티짜리 통굽 구두를 신고 뽐내며 걸어가는 어느 드래그 퀸을 따라 빙 돌아갔다. 베드포드에 있는 눈에 띄지 않는 목적지로 가는 동안 우리는 체육관에서 얻은 듯한, 터질 것 같은 근육을 가진 두 남자를 지나쳤다.

"안녕, 여러분." 한 남자가 말했다.

빌리는 다음 횡단보도까지 아무 말도 하지 않았다. "그러니까 여긴 확실히 게이들 지역인가 봐?"

"첼시가 주로 그렇고, 여긴 조금 더 복잡해." 내가 말했다. "근데 우리가 가는 바는 안 그래."

첨리스의 후줄근한 목제 칸막이 자리로 밀고 들어가는 사람들의 무리에는 여자들이 많았고, 나는 거기에 안도감을 느꼈다. 우리는 바 옆쪽 트인 자리에 몸을 밀어 넣었는데, 맞은편에는 사뮈엘 베케트, 그리고 다른 작고한 작가들의 사진과 함께 책 표지들이 걸려 있었다. 부드러운 호박색 조명에 흠뻑 잠긴 옛날식 분위기가 언제까지나 위로가 되는 방식으로 지속될 것처럼 느껴졌다. 나는 내 계산서에 달아두라고 하고 위스키를 두 잔 주문하면서, 빌리에게는 이렇게 하는 게 더 편하니까 나중에 갚으면 된다고 했지만 그에게 계산서 얘기는 다시 안 꺼낼 생각이었다. 이사 온 첫날 저녁이니 그에게 한턱내고 싶었던 것이다.

"헤밍웨이가 여기 마시러 왔었다고?" 그가 물었다.

"피츠제럴드도." 내가 말했다. "그리고 딜런 토머스랑 다른 많은 사람들도."

"그럼 여기 있는 사람들, 전부 문학 하는 사람들이라거나 뭐 그런 거야?"

"아닐걸?" 우리 옆에 있던 남자가 대답했다. 신경 써서 가르마를 탄 숱 많은 백발에 헐렁한 버튼다운 셔츠를 입은 남자였다. "이 멍청이들 중 절반쯤은 금융업 종사자들이야." 그는 자신을 짐이라고 소개했다. "여기 처음 왔나?" 그가 빌리에게 물었다.

"저만요." 빌리가 대답했다. "이 친구는 전에 와봤고요."

"난 여기 삼십삼 년째 오고 있어." 짐이 알려주었다. "처음 온 건 1963년 11월 22일, 케네디가 총에 맞은 날 밤이었지."

"저는 흰색 브롱코 추격전*이 있던 날 밤에 여기 왔어요." 내가 말했다. "농담 아니고 진짜로요. 모두들 텔레비전을 보려고 스

● 1994년 6월 17일 미국의 전직 미식축구 선수 O.J.심슨이 살인 혐의로 경찰에게 쫓기면서 흰색 브롱코를 타고 도주한 사건.

포츠 바로 옮겨 가더라고요."

"그게 우리의 세대 차이겠군." 짐이 말했다. "나한테 JFK가 자네한텐 O.J. 겠네."

"거기다가 선생님은 달 착륙도 보셨겠네요." 빌리가 덧붙였다.

"음, 저희한텐 크리스털 펩시*가 있어요." 내가 말했다. "그리고 지마**도요."

짐은 희미하게 미소 짓더니 우리가 하는 일을 물었다. 나는 컬럼비아의 프로그램에 대해 말해주었다. "1965년 가을에 내가 쓴 희곡이 오프브로드웨이 연극으로 상연됐었는데." 짐이 말했다.

"극작가를 만나 뵙는 건 처음이네요." 빌리가 말했다.

"그랬는데 내가 결혼을 했네." 짐이 말을 이었다. "그리고 애들이 생겼고, 나는 생명보험 회사에서 일을 했고. 나는 내가 글을 계속 쓸 수 있을 줄 알았어. 밤에나 이른 아침에, 아니면 주말에, 월리스 스티븐스처럼 말이지. 그런데 내가 알게 된 게 뭔지 알아?" 그는 한 박자 쉬며 기다렸지만, 빌리도 나도 그가 말할 답을 입 밖에 낼 생각은 없었다. "남는 시간에 희곡을 쓰는 것보다 시를 쓰는 게 죽어라 더 쉽다는 거였네. 다시는 희곡 한 편도 끝내지 못했어."

"글쎄요, 그래도 아내 되시는 분은 아마 경제적 안정에 대해서

● 1990년대 초반 펩시사가 출시한 투명한 무색의 콜라.
●● 1993년 쿠어스 맥주 회사가 출시한 알코올이 함유된 탄산음료.

고맙게 생각하시지 않았을까요." 내가 말했다.

"이—혼했는데." 짐이 단조로운 말투로 말했다.

"아니면 자녀분들이나요." 빌리가 말해보았다.

짐은 눈썹을 씰룩이고는 두 다리를 떨어댔다. 그는 조금 전까지는 취한 상태를 숨겼으나 이제는 신경 쓰지 않는 게 분명해 보였다. "뭔가 근사한 걸 시작했는데 그러고는 멈춰버렸어." 짐이 말했다. 나는 그가 말하는 것이 자신의 경력인지, 혹은 특정한 희곡 작품인지 알 수 없었다.

"이제 언제든지 다시 시작하실 수 있잖아요." 빌리가 말했다.

"너무 늦었어." 짐이 말했다. "나는 내 시대라는 관절에서 빠져버렸어. 진짜로 어디에도 없는 사람인 거지. 관점 같은 것도 없고.● 내가 해야 하는 말에 아무도 더 이상 신경 안 쓴다네."

"아니에요." 빌리가 말했는데, 의심할 여지 없이 바에서 절망에 빠진 술주정뱅이들을 수년간 위로해온 연륜에서 나오는 태도였다. "선생님은 어디에도 없는 사람이 아니에요. 아직 여기 계시잖아요. 우리 모두 아직 여기 있어요."

짐이 몽롱한 눈으로 실내를 바라보다. "어쩌면 그럴지도." 그는 그렇게 말하고 자기 잔을 들어 올리더니 군중 속으로 사라졌다.

빌리는 주머니에 들어가는 크기의 메모장에 무언가를 끄적이고

● 비틀스의 노래 〈Nowhere Man〉의 가사를 인용해서 한 말.

있었다. "뭐 써?" 내가 물었다. "'결혼하거나 아이들을 낳지 말 것'이라고 쓰는 거야?"

"미안, 잠깐만." 그가 말했다. "그 사람이 한 말을 적어두려고." 그가 쓰고 있는 페이지는 여백마다 단정한 글씨로 빼곡했다.

"센스 있네." 그가 다 썼을 때 내가 말했다. "난 메모장 같은 거 안 갖고 다니는데."

그가 메모장을 탁 덮더니 주머니에 도로 넣었다. "사람들 있는 데서는 너무 자주는 안 꺼내려고 해."

"아니야, 좋은 습관인데 왜." 내가 말했다.

빌리는 짐이 사라진 쪽을 돌아보았다. "우리가 하고 있는 거, 멍청한 짓일까?" 그가 물었다.

"어디 딴 데로 가도 돼."

"바 얘기가 아니고. 문예창작 학위 따는 거 말이야. 멍청한 거지, 그치?"

"왜? 저 사람이 한 얘기 때문에?"

빌리는 뺨이 쏙 들어가도록 담배를 깊이 빨아들이더니 기계의 안전밸브처럼 콧구멍으로 연기를 뿜어냈다. "어쩌면 난 그냥 이 안에 숨기고 있는 건지도 몰라."

"뭘 숨기고 있다고?" 내가 물었다.

"이 안에 '숨어' 있다고." 그가 내 말을 바로잡았다. 바가 시끄러웠다. "현실 세계랑 진짜 직업으로부터. 몇 년 작가 행세 좀 해보겠다고 허튼소리나 늘어놓으면서 학교에서 어슬렁대고 있잖아."

학부 때, 빌리가 말하는 그런 행동을 하고 다니는 작가 지망생들을 만나본 적이 있었다. 얼음처럼 차가운 조앤 디디온 워너비들, 자기가 찰스 부코스키 스타일의 부적응자라거나 토머스 핀천 같은 천재, 혹은 블라디미르 나보코프식의 탐미지상주의자라고 상상하는 남학생들이었다. 습작을 하던 한 학생은 학교에서 열리는 모든 낭독회에 슈트와 보타이 차림을 하고 와서는 맨 앞줄에 앉아 가죽으로 장정된 공책을 펴고 과시하듯 무언가를 적어 넣곤 했다.

"너는 진짜야."

"고마워." 빌리가 말했다. "고맙다, 친구. 가끔씩―실비아를 포함해서―학교 사람들이 나를 많이 봐주는 것 같은, 아니면 아부를 하는 것 같은 느낌이 들 때가 있어. 하지만 네가 해주는 말이라면 의미가 있겠지. 그렇지만, 논의의 여지는 있지만 설령 그게 사실이라고 해도, 내가 생활비를 벌 생각이라면 이건 거기까지 가는 최악의 방법이야."

"더 나쁠 수도 있었어." 내가 말했다. "너는 시를 공부하고 있을 수도 있었다고." 나는 위스키 마지막 모금을 들이켰다. "한 잔씩 더 할래?"

"사실은 우리 그만 집에 가서 조금이라도 글을 써야 되지 않을까 생각하고 있었어."

"아, 그래." 그날 밤이 그토록 때 이른 결말을 맞게 된 데 실망하고, 겨우 한 잔밖에 안 마실 거면 그가 왜 웨스트 빌리지까지 먼 길을 오는 데 동의했는지 의아해하면서 내가 말했다.

"농담이야." 빌리가 사악하게 웃었다. "코가 비뚤어지게 마셔보자고."

내가 수신호를 해서 바텐더를 부르는데, 바를 향해 기동작전을 전개 중이던 어떤 여자가 빌리와 충돌 사고를 일으켰다. "정말 죄송해요." 여자가 영국식 억양으로 말하며 한 손을 빌리의 어깨에 올렸다.

"괜찮아요." 빌리가 중얼거렸다. 그는 길을 비켜주려 했지만 공간이 너무 좁았다.

"제가 마실 거 주문해드릴게요." 내가 여자에게 소리쳤다.

"사실 두 잔 주문하려던 참이었는데, 제 친구 것까지요."

나는 그들에게 뭘 마실지 물어본 다음 우리 모두의 음료를 주문했다. "음, 그러니까 그쪽 분들, 지금 저희랑 같이 시간 보내고 싶다는 거죠?" 여자가 장난꾸러기처럼 물었다.

빌리와 나는 서로를 쳐다보았다.

"건너와요." 여자가 말하고 칸막이 자리로 걸어갔다.

내 짧은 경험상, 바에서 여자가 자기와 자기 친구가 있는 자리에 합석하라고 초대하면 주저 없이 응하는 게 맞았지만, 빌리는 내키지 않는 듯했다. "이래도 괜찮겠어?" 우리가 사람들을 뚫고 나아갈 때 내가 속삭였다.

"응." 빌리가 대답했다.

우리는 칸막이 자리에 앉은 두 여자에게 합류했는데, 그 테이블에는 술 마신 손님들의 이름이 고대의 문서처럼 거듭 새겨져 있었다. 바 쪽에서 봤던 나오미는 길고 숱이 많고 윤기 나는 검은 머리에, 옆머리에는 수전 손택 스타일로 한 줄기 흰머리가 있었고, 클레어는 혀에 한 피어싱이 동굴 같은 입속에서 젖은 조약돌처럼 반짝거렸다. 둘 다 꽃무늬 원피스를 입고 있었는데, 그 스타일은 보아하니 대서양을 건너온 것 같았다. 아니나 다를까 런던에서 "휴가차"와 있다고 했다.

"클레어가 시를 써요." 뉴욕에서 무슨 일을 하냐는 질문에 내가 대답하고 나자 나오미가 말했다. "그래서 이 바에 온 거예요."

"멋지네요." 내가 말했다. "미국에서 출간된 작품이 있나요?"

클레어가 맥주잔을 내려다보며 미소 지었다. "아직 어디서도 출간된 건 없어요."

"저희도 마찬가지예요. 최소한 저는 없어요. 넌 있냐?" 빌리를 대화에 끼게 하려고 내가 물었다. 조용히 자기소개를 한 걸 빼면 빌리는 내내 말이 없었던 것이다.

"아니." 빌리가 대답했다.

우리 각자가 어디 사는지, 여행하는 동안 그들이 뭘 했는지에 관한 대화가 더 이어진 뒤에, 계속 거의 아무 말이 없던 빌리가 양해를 구하고 화장실로 갔다.

"그쪽 친구분, 말은 할 수 있어요?" 나오미가 물었다.

"처음 만난 사람들 앞에서 낯을 조금 가리는 것뿐이에요." 내가 말했고, 그건 사실인 듯했다. 빌리는 동료 수강생들 앞에서도 처음에는 조용했고, 최근 들어서야 수업에서, 그리고 합평 후 술자리에서 입을 열기 시작했으니까.

"친구분한테 우리가 아주 괜찮은 사람들이라고 말해줘요."

"그럴게요."

"그리고 그분한테 이 말도 해주세요. 내가 보기에 겁나 매력적인 남자 같다고요."

왜 내 얼굴이 붉어지는지 나는 알 수가 없었다.

"있죠," 빌리가 돌아오자 나오미가 말했다. "근처 어디 춤추러 갈 만한 곳이 있을까요?"

나는 뉴욕대 사람들과 함께 갔었던, 워싱턴 스퀘어 공원 근처에 있는 댄스플로어 딸린 저렴한 술집을 언급했다. 나오미와 클레어가 일어섰다. 빌리와 나는 그대로 앉아 있었다.

"갈 거예요, 말 거예요?" 나오미가 물었다. "맙소사. 그쪽 두 분한테는 하나하나 다 풀어서 설명해줘야 하는 것 같네요. 미국인들은 뉘앙스라는 건 잘 모르나 봐요?"

내가 계산을 했고, 우리는 그들과 함께 밖으로 나갔다. 빌리와 내가 앞장을 서서 둘씩 짝을 지어 담배를 피우며 걸었다. 밤바람이 가을의 서늘한 첫 기운을 실어왔다. 새 학년의 만남들이 있는 가을은 내가 죽음보다는 부활의 시기 중 하나로 여기는 계절이었다.

"나오미, 너한테 빠졌더라." 내가 조그맣게 속삭였다.

"아니거든." 빌리가 말했다.

"네가 화장실 갔을 때 나한테 그러던데."

"진짜? 뭐랬는데?"

나는 말을 멈췄다.

"기억은 안 나는데 아주 분명하게 그런 뜻으로 말했어." 내가 말했다.

빌리가 뒤쪽을 흘끗 보았다. "쟤네들, 내 속을 들여다보고 있는 느낌이야."

"무슨 소리야?"

"런던에서 왔잖아." 빌리가 말했다. "쟤네, 내가 암것도 없는 동네 출신인 거 아는 거 같아."

"너 지금 맨해튼에 살잖아." 내가 말했다. "컬럼비아대 대학원생이고. 아마 너한테 주눅 들었을걸?"

그가 의심스럽다는 듯 눈썹을 둥그렇게 찡그렸다.

"그리고 네가 어디 출신인지 아무도 신경 안 써." 내가 말했다. "넌 지금 여기 있잖아."

그 바는 눅눅한 동굴 같았고, 경계선이 느슨하게 그어진 댄스플로어에는 우리와 비슷해 보이는 사람들이 나와 있었다. 미국의 인구통계학상 대도시에 사는 젊은이들은, 언제나 그런 것 같지만 그

때도 기본적으로 모두 비슷해 보였고, 세련된 방식으로 유사하면서도, 항상 최신 시세에 밝은 데서 오는 꾸밈음 같은 차이점도 각자 지니고 있었다―재단법과 워싱 방법에 있어 그런대로 다양한 청바지, 그런지풍 플란넬 셔츠와 커트 코베인 스타일의 카디건, 각각 리버 피닉스와 위노나 라이더의 초기 십 년간 머리 모양으로부터 영향을 받았고 거의 성별 간 차이가 없어지는 지점까지 간, 남자들의 흐늘거리는 긴 머리와 여자들의 픽시 커트*가 그것이었다. 이 사람들을 이끌어가는 신조는 외모에 돈을 많이 들인 것처럼 보여서도 안 되고, 진짜로 가난해 보여서도 안 된다는 것으로, 여기에는 중용이 필요했다. 당시는 멋대가리라고는 없는 아주 짧은 시기, 패션 역사상 쓰레기통 속으로 사라지는 게 최선인, 온통 뒤섞인 1970년대의 유물들―나팔바지 몇 종류, 신천옹 날개처럼 펼쳐지는 칼라, 구레나룻(제이슨 프리스틀리와 루크 페리)―이 담긴 포푸리 같은 시기였다. 이론에 의하면 문화적인 향수는 대략 이십 년 주기로 작동하는데, 이는 영향을 받기 쉬운 십 대가 성인이 되어 자신의 젊은 시절을 장밋빛으로 떠올리게 하는 것들에서 위안을 찾고 유행을 주도하게 되는 데 걸리는 시간이다.

나는 빌리가 긴장을 풀기를 바라며 모두에게 보드카를 한 잔씩 샀지만 빌리는 여전히 과묵함을 유지했다.

---

* 쇼트커트의 한 종류로 뒷머리와 옆머리는 짧고 머리 윗부분은 길게 남기는 커트.

"춤을 그렇게 잘 춘다면서요." 다음 잔을 마신 뒤에 나오미가 빌리에게 말했다. 빌리는 마지못해, 깨진 이가 간신히 보일 정도로 작은 미소만 지어 보였다. "어디서 그런 얘길 들었어요?"

"모두가 다 그 얘기던데요." 나오미가 말했다. "증명해볼래요?"

빌리는 부끄러워하는 표정이었다. "네가 나가면 나도 나갈게." 그가 내게 말했다.

내가 동의했고 우리 넷은 댄스플로어로 옮겨 갔다. 빌리는 처음에는 몸을 사렸지만, 내가 모두에게 술을 계속 권했고, 이내 술 때문인지 대화에서 해방된 것 때문인지 빌리에게 효과가 나타났다. 하지만 그의 춤은 우아한 것과는 거리가 멀었다. 동작은 급하고 격했고, 시종일관 박자를 놓쳤으며, 난폭하게 몸을 돌리는 바람에 옆 사람과 충돌하거나 팔꿈치로 얼굴을 찌를까 봐 걱정스러웠다. 그래도 그가 어떻게 자연스레 어울릴지 불안했던 사람으로서 말하자면, 그는 댄스플로어에서 자기가 어떻게 보일지 신경 쓰지 않는 것 같았고, 그건 기술적으로 능숙한 것보다 중요한 특징이었다.

오아시스의 〈돈 룩 백 인 앵거〉가 나오자 우리는 다른 사람들과 마찬가지로 춤추기를 멈췄지만, 실내의 모두가 '샐리의 기다림'이라는 사소한 문제가 등장하는 그 노래를 따라 불렀고―집단적으로 가진 거라곤 그 노래뿐, 우리는 시위용 노래라곤 몰랐고, 시위할 거리도 별로 없었다―나는 가슴속이 부풀어 오르는 걸, 기쁨이 치밀어 올라 두 팔과 두 다리에 피어나는 걸 느꼈다. 자기 자신과 세상을 향해 자신이 젊고, 술에 취했고, 책임 때문에 발목 잡혀 있지도 않으며, 미래가 눈앞에 캘리포니아 고속도로처럼 끝없이 펼쳐져 있음을 알릴 방법으로 무리 속에서 떼창에 맞춰 흥얼흥얼 노래하는 것만 한 건 없으니까.

우리의 피부는 질척한 공기로 칠을 해놓은 것처럼 됐는데, 그중에서도 유독 내 피부가 그랬다. 내 등은 방금 샤워라도 한 것처럼 흠뻑 젖었지만 러닝셔츠가 피해의 대부분을 흡수했다. 빌리의 회색 티셔츠 가슴께와 겨드랑이 부분도 짙게 물들어 있었다. 빌리는 알아차리지 못했거나, 적어도 그것 때문에 동요하지는 않는 것 같았다. 얼래니스 모리셋의 〈아이러닉〉 코러스 부분이 시작됐을 때, 빌리의 춤은 마치 균형을 잃고 흔들리며 돌아가는 팽이처럼 더욱 광적으로 변했다. 다른 사람들에게 부딪치는 바람에 그는 사과를 해야 했다. 나는 남들의 시선이 신경 쓰이기 시작했고 속도를 늦춰 부자연스럽게 몸을 흔들었다.

클레어 역시 그랬다. "춤추기에 아주 좋은 노래는 아니네요."

"아이러닉하지 않아요?" 내가 말했다.

"우리가 댄스플로어에 있고 이 곡이 춤추기 좋은 노래가 아니라고 해서 이 상황이 아이러닉한 게 되지는 않죠." 클레어가 지적했다. "이 노래는 대중들이 아이러니에 대해 잘못 이해하게 만들어놨어요."

"'결혼식 날에 비가 오는 게' 아이러닉한 게 아닌 것처럼, 그냥 운이 나쁜 거죠."

"바로 그거예요."

"하지만 어쩌면" 나는 긴장이 조성될 수 있게 틈을 두었다. "바로 그 점이 이 노래의 궁극적인 아이러니인지도 몰라요."

"'아이러닉'이 제목인 데다 다양한 아이러니에 관한 내용일 거라고 추측되는 노래가 아이러니의 정의를 잘못 내리고 있다는 거군요." 클레어가 동의의 뜻으로 고개를 끄덕였다. "나쁘지 않네요. 그거 그쪽이 생각해낸 거예요?"

"그래요." 내가 말했다. "내가 혼자 생각한 거예요."

"그런데 나는 지금 그쪽이 머리에 든 게 없다고 생각하고 있었네요."

"4학년 때 공연했던 〈오즈의 마법사〉에서 진짜로 허수아비 역을 하긴 했어요." 내가 농담을 했다.

"두뇌만 주어진다면," 클레어가 말했다. 그러고는 생각이 떠올랐다는 놀랍고 기쁜 표정으로 덧붙였다. "결혼식 날에!"

클레어는 불빛이 비출 때면 물기를 머금은 것처럼 보이는 검은 두 눈, 시시덕거리는 놀림과 짓궂은 농담 사이로 비치는 수줍은 미소의 소유자였다. 우리는 만나자마자 친밀감을 느꼈는데, 그건 내가 한동안 여자에게서 느껴본 그 어떤 친밀감보다도 자연스러웠다. 우리가 좀 더 진도를 나가려는데 빌리가 내 팔을 붙잡았다.

"계속 춰." 빌리는 명령하듯 말하고는 다른 손으로는 나오미를 붙잡았는데, 나오미는 클레어와 손을 잡았고, 클레어는 내 손을 잡았고, 우리는 일종의 '링 어라운드 더 로지' 놀이를 하듯 원을 그리면서 춤을 추었고, 곧 나는 조금도 불편하지 않게 됐고, 심지어 나오미가 클레어에게 "미친, 우리 지금 뉴욕에서 춤추고 있다고!" 하고 소리쳤을 때도 그랬는데, 비록 그 말이 지나치게 몰입해서 없어 보이는 관광객다운 감상이긴 했지만, 우리 모두가 경험하고 있던 보드카처럼 맑은 통찰의 순간을 구체화하고 있어서였다. 그 통찰이란, 우리 삶의 거의 모든 시간은 뉴욕에서 춤추는 데 쓰이지 않고, 대신 일하는 데, 출퇴근하는 데, 샴푸로 머리를 감고 치실질을 하고 냄비에서 음식물을 긁어내는 데 낭비되며, 우리 삶의 봄날에 단 한 시간 동안만이라도 뉴욕과 춤이라는 그 두 가지 변수를 결합한다는 건 추앙할 만한 일이라는 것이었다.

"너희 둘, 재밌다." 클레어가 내게 말했고, 그 복수로 된 주어와 문장의 나머지 부분이 내 안에 또다시 찌릿, 작은 전하를 흐르게 했다. 빌리와 나는 재미있는 일을 '하고' 있을 뿐 아니라 '재미있는' 사람들이었고, 직렬로 연결되어 이미 가슴 설레는 체험들을 함께 해나가고 있었다.

나오미가 모두 같이 우리 집으로 가자고 제안했다. 우리는 택시 한 대에 뛰어들어 탔고, 나를 뺀 세 명은 뒷자리에서 웃어댔으며, 도시는 어지러운 몽롱함 속에서 우리를 스쳐 지나갔다. 나는 그들이 무엇 때문에 웃고 있는지 알아내려고 계속 고개를 돌려 플렉시

글라스 판유리를 통해 쳐다봤지만, 어떻게 해도 대화 전체를 제대로 알아들을 수는 없었다.

나는 길모퉁이 식품 잡화점에서 여섯 개들이 맥주 두 세트를 샀고, 우리는 거실에서 마시면서 하나같이 격양된 목소리로 이야기했다. 그러다 나오미가 빌리에게 물었다. "어떤 게 네 방이야?"

"보여줄게." 빌리가 말했고, 그들은 더 이상 아무 말 없이 자리를 떴다.

클레어와 나는 입술을 꼭 다문 채 서로를 보며 미소 지었다. 댄스플로어의 황홀감은 이미 사라졌고 주의를 끄는 다른 사람들도 이젠 없었다. 클레어가 양쪽 귀 뒤로 머리를 넘겼고, 나는 다리를 꼬고 앉아 한쪽 발을 가볍게 흔들었다.

"할 얘기가 있는데, 중요한 거야." 클레어가 말했다.

째깍째깍 몇 초가 흘러갔다.

"웃긴 대사를 생각해내려고 애쓰고 있는데 아무 생각도 안 나." 클레어가 말했다. "이런 상황은 좀 어색해서."

"음." 내가 말했다. "내 방 보여줄까?"

클레어가 웃었다. "그래, 네 동판화들 보고 싶어."●

불편한 침묵이 또 이어질까 봐 나는 시계 달린 라디오를 켰다.

● 앨프리드 히치콕의 1929년 영화 〈협박〉에서 뉴욕에 사는 남자 예술가가 누드 동판화들이 있는 자신의 집으로 여자를 유혹하면서 동판화들을 보러 오라고 말하는 대사를 변형한 것.

클레어는 침대에 앉아 희미한 독서등 불빛 속에서 책장들을 훑어
보았다.

"서점에 가서 네 책이 알파벳 순서상 서가 어디에 꽂히게 될지
궁금해해본 적 있어? 어떤 작가 옆에 있게 될지라든가?" 클레어가
물었다.

"한두 번쯤." 사실은 더 자주 그랬지만 나는 그렇게 말했다.

"난 '갈 때마다' 그래." 클레어가 말했다. "얼마나 딱한 자기애냐
고. 게다가 난 내가 글을 쓰는 게 다른 사람들을 위한 무언가를 만
들어내기 위해서라고 나 자신한테 말하거든. 마치 내 두뇌에 접속
할 수 있게 해주는 걸로 세상 사람들한테 무슨 대단한 봉사라도
하고 있는 것처럼."

"그렇게 심한 자기애는 아닌 것 같은데? 적어도 넌 새로운 뭔가
를 창조해내고 있지, 뭘 파괴하고 있는 게 아니잖아."

"여기 죽은 백인 남자들 진짜 많다." 클레어가 논평을 했다.

그 말이 맞았다. 하드커버 표지와 얄따란 페이퍼백의 들쭉날쭉
한 스카이라인을 이루는 저자 대부분은 백인 남성이었고 세상을
떠난 지 오래였다. 그들의 정체성 가운데 앞의 두 가지에 대해서
는 변명할 말이 별로 없었지만, 죽음은 내게 있어 언제나 신비함
과 천재성을 부여하는 무언가였다. 만약 그들이 내 동시대 작가였
더라면 나는 그들을 그토록 신화화하지는 않았을 것이었다.

"난 내가 언젠가 저 사람들의 대열에 낄 수 있기를 간절히 바라

나 봐." 내가 말했다.

"네가 언젠가 죽은 백인 남자가 되리라는 건 장담할 수 있어."

"그보다는, 나는 항상 생각해왔거든. 나보다 오래 살아남는 무언가를 쓸 수만 있다면 만족할 수 있을 것 같다고." 내가 말했다. "심지어 딱 한 권만이라도. 내가 죽은 뒤에 출간된대도 괜찮아. 백 년 뒤에 누군가가 그 책을 집어 들기만 한다면."

"세상에!" 클레어가 말했다. "난 지금 그저 책 한 권 써서 몇몇 사람이 좋아해주면 좋겠다고 생각하고 있는데, 너는 네 이름이 '영원히' 살아남기를 바라는구나. 전형적인 남자의 특징이야." 클레어가 내 옆구리를 팔꿈치로 슬쩍 찔렀다. "나의 위업을 보라, 너희 강대한 자들이여, 그리고 절망하라."•

"사람들 대부분은 자기의 무언가를 남겨놓고 싶어해." 내가 말했다. "책을 쓰는 건 그중 상당히 소박한 방법이고."

"네 말이 맞아. 나무 몇 그루는 베어내야 되지만 인구 과잉을 초래하지는 않지." 클레어는 『와인즈버그, 오하이오』의 페이지를 휙휙 넘겨보더니 첫 챕터의 제목을 소리 내 읽었다. "'괴상한 사람들에 관한 책'."

"그거 읽어봤어?" 내가 물었다.

"아니. 좋아?"

• 퍼시 비시 셸리의 소네트 「오지만디아스」의 한 구절.

"그 책을 처음 읽고 나서 작가가 되고 싶어졌어."

"그게 언젠데?"

"열세 살 때."

"그럼 넌 사춘기가 '막' 덮쳤을 때 작가가 되겠다고 결심한 거네." 클레어가 말했다. "정말 믿기 힘든 우연의 일치다. 나도 그랬거든. 나한테 그랬던 것만큼 너한테도 십 대 시절이 재밌었겠구나."

두 명의 작가가 데이트를 하는 건 재앙을 초래하는 일일 거라고 언제나 생각해왔고(작가들은 연기를 하듯 자신을 과시하거나, 말이 없거나, 아니면 그 두 극단 사이를 미친 듯 왔다 갔다 했고, 우리가 할 얘기라고는 그날 뭘 썼는지, 아니면 아무것도 생산해내지 못해서 얼마나 우울한지가 전부일 것이며, 그 모든 것이 고립된 섬 생활 같은 데다 근친상간적일 것이었다), 지리상으로 볼 때 장애물이 한둘이 아닐 것으로 예상되긴 했지만, 나는 클레어와 문학적인 삶을 함께하는 환상을 품기 시작했다. 그 환상이란 우디 앨런 영화들에서 도용해온 클리셰였는데, 우리가 서로의 작품을 고쳐주고, 낭독회와 작가 사인회에 함께 다니며, 그런 다음에는 내가 원 나이트 스탠드와 2주쯤 이어지는 가벼운 관계들의 역사에서 누구와도 해본 적 없는 그 모든 평범한 일들을 같이 하는 것이었다(주말 내내 침대에서 보내기, 우리 둘 다 가본 적 없는 나라로 여행하기, 상대방 가족과 어울리기). 우리 부모 세대 남자들이 자기가 어떻게 결혼하게 됐는지 얘기하면서 하는 말들, 젊은 시절에 한 여자를 만나고, 죽이 맞아서, 결국 함께 살게 되었다는 그런 말들이 갑자기 너무도 쉽게 느껴졌다. 새로운 파트너들과 이런 낭만적인 상상 속으로 도피하며 즐거워하는 일이 이렇게까지 드물다는 것, 그 사실 자체가 내가 수년간 나 자신을 위해 구축해온 껍질을 드러내는 건강하지 못한 신호였다. 사람은 상처받을 수 있을 만큼 마음을 여는 일을 허락해야 하는데, 내 마음은 완강한 피스타치오 껍질처럼 굳게 닫혀 있었고, 아주 의욕적으로 꼬치꼬치 캐는 사람이나 겨우 들어올 만한 한 조각의 공간만 있을 뿐이었다.

라디오에서 밥 시거의 〈위브 갓 투나이트〉 피아노 전주가 기습 공격처럼 쿵쿵 울려 나왔다. "이 노래 너무 좋아." 클레어가 말했다. 클레어는 첫 두 소절을 부르더니, 그런 다음엔 아마도 우리의 상황과 다음 두 소절 내용이 당황스럽게도 일치한다는 걸 깨닫고는, 멋 부린 오페라풍 목소리로 힘껏 질러냈다. "아직 우린 여기 있네, 둘 다 외로이, 우리가 보는 모든 것으로부터, 쉴 곳 그리며."

그때까지, 나는 거의 모든 사람이 내면에 일정량의 외로움을 품고 살고, 그건 그냥 평생 동안 하나의 육체와 정신 속에 갇혀 있어야 하는 인간의 조건이며, 그러니 내가 느끼는 어떤 고립감이든 정상적이고 보편적인 거라고 여겨왔다. 그러나 시거의 가사를 들으며, 나는 예술이 청중에게 느끼게 해주도록 되어 있는 대로 다른 누군가가 비슷한 감정들을 표현해놓은 것에 동일시가 되기보다는, 내 고립감에 남들과는 다른 특징이 있으며, 그것은 오직 하나밖에 없고 독특하고 괴상하다는, 외로움 중에서도 외로운 맛이라는 생각이 들었다—하지만 아마도 나는 또 진정한 외로움이란 그런 것이고, 그 톨스토이적인 고유성이 그것을 그렇게 만들었으며, 거기서 벗어나는 유일한 방법은 다른 누군가에게 자신의 외로움을 정의해 보이고 그런 다음에도 그들이 받아주기를 바라는 것이라고, 또한 거절당하는 것보다 유일하게 외로운 운명은 거절당할 가능성에 자신을 절대 노출하지 않는 것이라고도 생각했던 것 같다.

나는 클레어에게 키스했다. 내가 독서등을 끈 다음, 우리는 옷을 벗고 침대 시트 속으로 미끄러져 들어갔다. 피할 수 없는 다음 단계로 보이는 순간이 되자 나는 침대 옆 협탁의 서랍 속을 더듬어 찾았다.

"그거 뭐야?" 클레어가 물었다.

"콘돔." 하나를 꺼내면서 내가 말했다. "이거 괜찮아?"

"절대 안 괜찮은데. 난 방금 만난 남자한테서 성병 옮았으면 하고 바라고 있었거든." 클레어는 웃더니 맨정신으로 돌아왔다. "너 그런 건 없지, 그치?"

"없어."

"그럼 콘돔 없이 해도 되겠네. 그리고 난 네 사생아를 데리고 영국으로 돌아가면 되고." 클레어가 말했다. "농담이야. 끼고 하자."

하지만 포장을 벗겼을 때 나는 흥분이 급속도로 사그라지는 걸 느꼈다. 발기를 되살리려고 마음속으로 애를 써봤지만 소용없었다.

"왜 그래?" 클레어가 물었다.

"그게… 말하자면 죽어버렸어." 내가 사실대로 말했다.

"저런." 클레어가 말했다. "괜찮아. 이리 와봐, 내가 도와줄게."

클레어의 손이 나를 어루만지며 배를 따라 내려왔다. 기분이 좋았지만, 나는 그 느낌을 즐기기엔 너무 신경이 곤두서서 계속 축 늘어져 있었다. 그러자 다른 손이 더 아래쪽에 닿았다.

"허." 여기저기를 손으로 더듬던 클레어가 어색하고 혼란스러운 웃음소리를 냈다.

"그만." 클레어의 두 손을 밀어내며 내가 말했다. "신경 쓰지 마. 그냥 내가 너무 많이 마셔서 그래."

클레어가 두 팔을 빼더니 등을 대고 누웠다. 나는 침대 옆 협탁에 올려놓은 사각팬티를 낚아챈 다음 침대에서 나가지 않은 채로 몸을 뒤틀어 두 다리를 거기 꿰었다. 우리 둘 다 잠깐 동안 아무 말도 하지 않았다.

"정말 피곤하다." 내가 말했다. "그래서 그런 것도 있어. 마지막에 그 맥주를 안 마셨어야 되는데."

"괜찮아." 클레어의 목소리는 따스했고 위로가 되었다. "결혼식 날에 비가 오는 거랑 비슷한 거야."

"그냥 운이 나쁜 거고." 내가 말했다.

우리는 다시 조용해졌다.

"이제 그만 자도 될까?" 내가 물었다.

"그럼." 클레어가 말했다.

나는 클레어에게서 등을 돌렸다. 우리의 숨소리와 쓰레기 수거차 한 대가 씨근거리는 소리만이 들리는 것의 전부였다. 약간의 시간이 흐른 뒤에—오 분? 한 시간?—내가 깨어 있는지 시험하려는 듯 클레어의 손이 내 등 한가운데를 스쳤다. 낯선 외국인의 방에 찾아온 누군가의 몸짓. 한밤중에, 바로 그 순간 그곳 아파트 안에서, 아마도 두 사람이 언젠가 결혼을 할지 아니면 서로를 다시는 보지 않을지가 갈리는 지점에서, 우리 둘 다 외로이 쉴 곳을 원하고 있을 때.

나는 잠든 척했다.

다음 날 아침 우리 모두는 아침을 먹기 위해 12번가와 1번로가 만나는 곳에 있는 저렴한 폴란드 식당으로 향하면서, 그 블록을 내려가면 나오는 조금 더 트렌디한 식당 바깥에 줄을 서 있는 순진하고 낙천적인 사람들을 지나쳤다.

"소련에서는 인민들이 빵을 받으려고 줄 서서 기다리는데," 빌리가 야코프 스미노프*를 흉내 내 말했다. "미국에서는 사람들이 브런치를 먹으려고 줄 서서 기다리네. 멋진 나라야!"

전날 밤 그를 당황하게 했던 과민함은 사라져 있었다. 그와 나오미는 편안한 애정이 넘치는 분위기가 되어 있었는데, 칸막이 자리에 앉은 그의 팔은 나오미의 어깨를 감싸고 있었고 나오미의 손은 그의 앞머리를 배배 꼬고 있었다. 나오미 앞에서 얼어서 말도 못 하는 십 대 같던 그가 겨우 열네 시간이 지나자 그렇게나 편안해진 것에 나는 놀랐다.

그리고 섹스가 촉매로 작용해 그들이 친밀해진 반면, 전날 밤 내가 하려다 실패한 뒤로 클레어와 나 사이에 저절로 쐐기처럼 박혀버린 서먹함은 밤사이 더 굳어져 있었다.

"수업 때문에 읽을 게 많아?" 클레어가 팬케이크를 썰며 예의 바르게 물었다.

"우리는 수업 세 과목 들어. 더하기 워크숍."

"많네."

"응."

나는 중얼거리며 대답을 해서 죄책감이 들었고, 클레어가 빌리가 아니라 나라는 부담스러운 존재와 연결돼서 안됐다는 생각도 들었다. 숙취가 변명의 여지를 제공해주긴 했지만, 나는 전날 저녁을 통째로, 가능한 한 빨리 기억에서 지워버리고 싶었다.

● 우크라이나 출신의 미국 코미디언으로, 1980년대 중반 텔레비전 시트콤 〈멋진 나라야!What a Country!〉로 인기를 얻었다. 〈멋진 나라야!〉는 미국 생활에 혼란과 기쁨을 동시에 느끼는 소련 출신의 순진한 이민자를 주인공으로 했다.

아침을 먹은 뒤 클레어와 나오미는 공항으로 가야 했으므로, 우리는 그들이 호텔에 가서 짐을 찾을 수 있게 택시를 불러주었다. 빌리와 나오미는 우리 앞에서 키스하고 서로 편지를 쓰겠다고 약속했다.

"여기저기 구경 시켜줘서 고마워." 클레어가 내게 말했다.

"천만에." 서로 팔을 쭈뼛거린 끝에 우리는 포옹했다.

"그래서, 넌 걔 마음에 들었어?" 그들이 탄 택시가 출발하자 빌리가 내게 물었다.

"응. 너는?"

그는 고개를 끄덕이고는 담뱃갑을 손바닥의 살 많은 부분에 대고 탁탁 쳤다. "걔가 겉으로는 되게 대담한데 둘만 있을 때는 다르더라고."

"사람들 대부분이 그렇지." 내가 말했다.

"걔한테 콘돔이 있어서 다행이었지, 안 그랬으면 네 방 문을 두드려서 하나 달라고 할 뻔했지 뭐냐." 빌리가 미소 지었다. "아니면 세 개쯤? 아니다, 그냥 하나만. 너는 어땠냐?"

"좋았어." 내가 말했다. "이제 집에 돌아갈까?"

"난 교회에 갈까 생각하고 있었어."

"그래, 나도 그랬어."

"그게 아니고, 진짜로." 그가 말했다. "가끔 한 번씩 가려고 하거든."

"못 살겠네." 내가 말했다. "웃어서 미안해. 내 주위에는 그런 사람이 아무도—난 농담인 줄 알았어."

"너도 갈래? 난 신이든 뭐든 믿지는 않아." 그가 말했다. "그냥 혼자 앉아서 생각하기 좋은 장소라서 그래."

"나는 괜찮아." 내가 말했다. "집에서 보자."

우리는 헤어졌고, 나는 아파트로 돌아가 리처드 예이츠 선집을 읽었다. 클레어에 대해 생각하지 않으려고 애를 썼고 대체로 성공했다. 나중에 돌아온 빌리는 자기 방에서 작업을 했다. 오후에 나는 침대에서 끄덕끄덕 졸았고 깨어났을 때는 날이 어두워져 있었다. 거실 소파로 비틀비틀 걸어 나가 우리 집 텔레비전의 일곱 개 방송국 채널을 이리저리 돌려보았다. 다들 미식축구, 아니면 내게는 그만큼 지루하게 느껴지는 뭔가를 하고 있었고, 11번 채널만 예외였는데 거기서는 〈꿈의 구장〉의 첫 부분이 나오고 있었다. 나는 그 영화를 본 적이 없었고 부분부분 알기만 했는데, 몸을 가누기 힘들어 축축 늘어지는 와중에 첫 시퀀스를 보게 됐고, 그것은 영화 속 케빈 코스트너의 아버지, 죽은 지 오래고 반쯤은 소원했던 아버지의 일대기 가운데 하이라이트를 골라 내레이션으로 들려주는 시퀀스였다.

"〈꿈의 구장〉 한다." 빌리가 비슷하게 혼미한 상태로 거실로 나온 걸 보고 내가 알려주었다. "이 영화, 처음부터 끝까지 제대로 본 적이 없어."

"어째선지 나도 그래." 빌리가 말했다. "억지로 감동을 쥐어짜는 영화 같았어."

"미국에서 안 본 사람 우리 둘밖에 없을 거야." 내가 말하며 소파에 자리를 만들어주었다. 중간에 광고가 나오는 동안 우리는 피자를 시켰고 맥주를 땄다. 영화는 지나치게 달달하긴 해도 재미는 있었다. 마지막에 코스트너는 천상의 존재처럼 잘생기고 젊은 포수로 환생한 자기 아버지와 재회한다. 두 남자가 자신들의 관계를 모르는 채 코스트너가 직접 만든 야구장이 천국인지 아이오와인지를 논하고, 지나치게 긴 작별의 악수를 나눈 뒤, 영화는 마지막으로 준비해둔 유도신문을 하며 결말에 이른다. 아버지가 멀리 옥수수 밭을 향해 걸어가고, 코스트너의 입이 마치 무언가를 말하려 하지만 차마 말할 수 없거나 그러기 두려운 것처럼 벌어졌다 다물어진다.

"저기, 아빠?" 그는 소년 같은 연약함으로 결국 그 질문을 해낸다. "캐치볼 할래요?"

나는 영화의 지독한 감상성에 마음을 굳게 먹고 버티고 있었지만, 내가 버틸 수 있는 건 딱 거기까지였다. 두 남자가 아이오와의 저녁노을 아래 캐치볼을 하는 장면에서 나는 빌리 반대쪽으로 고개를 돌렸다. 크레디트가 올라가자 빌리는 욕실로 향했다. 나는 소매로 눈물을 닦고, 맥주병을 모아 비닐봉지에 담은 다음, 혼자 마음을 추스를 시간을 갖기 위해 복도로 나가 쓰레기 활송 장치 아래로 그것들을 떨어뜨리고는, 언제나 그랬듯 조그맣게 산산조각 나는 소리가 메아리치며 내게 올라오기를 기다렸다. 그건 내게 어린애 같은 흥분을 가져다주는 소리였다.

내가 돌아왔을 때 빌리는 피자 박스를 평평하게 펴서 접고 있었다. 전등 불빛 속에서 보니 빌리의 두 눈도 젖어 있었다.

나는 헛기침을 했다. "음," 내가 꾸며낸 목소리로 말했다. "난 진짜로 언젠가 옥수수 밭에서 아들이랑 그런 캐치볼을 너무 해보고 싶어."

빌리가 웃었다. 그러더니 진지한 표정을 지었다.

"있지, 좀 진부하기는 해도—말장난할 의도는 없어*—그거 좀 괜찮게 들린다." 그가 말했다.

"너는 아이들을 안 갖고 싶어할 줄 알았는데." 내가 말했다.

"왜 그렇게 생각하게 됐는데?"

"전 여친은 아이들을 갖고 싶어했는데 너는 아니었다며."

"그래. 당장은 아니지만 언젠가는 갖고 싶다는 얘기였어. 넌 안 그래?"

"난 사실 그런 생각을 해본 적이 별로 없어서." 내가 말했다. "글 쓰는 데 방해가 될까 봐 겁이 나는 것 같긴 해. 어젯밤 그 사람처럼."

● 'corny진부한'에 'corn옥수수'가 들어 있어서 나온 표현.

"그런 게 있지." 빌리가 동의했다. "하지만 난 뭐랄까, 인생이 공허해질 것 같다는 생각이 항상 들더라고. 단지 아이들이 주위에 없을 거라서가 아니라 그냥 재생산을 안 한다는 게. 끝."

"무슨 뜻이야?"

"종의 구성원으로서 부자연스러운 행동이랄까." 그가 말했다. "특히 남자한테는. 알다시피 그게 원래 우리의 존재 이유잖아? 씨를 퍼뜨리는 거 말이야. 만약 내가 여기까지고 더 이상은 뭐가 없다면, 난 뭐랄까 좀 슬플 것 같아."

"글쎄, 흔적을 남길 다른 방법들도 있잖아." 내가 말했지만, 그는 이 말을 무시했든지, 아니면 피자 박스와 기름으로 번들거리는 접시들을 부엌으로 가져가느라 못 들은 모양이었다.

"있지, 다시 한번 고마워, 친구." 그가 부엌 안쪽에서 말했다. "진짜로 너랑 이 아파트 덕분에 살았어. 장담하는데, 너 아니었으면 난 학기 끝나고 떠났을 거야."

"고맙긴." 내가 말했다. "재밌는 주말이었어."

4

우리 둘 다 월요일에는 수업이 없었다. 그날 아침 내가 비틀비틀 부엌으로 걸어 나가 보니 빌리가 싱크대 밑을 헤집고 있고, 낡은 고무장갑 한 켤레와 키친타월 한 롤이 이미 바닥 위에 나와 있었다.

"이러지 않아도 돼." 내가 그에게 말했다.

"괜찮아." 그가 말했다.

나는 단지 빌리가 내 도움을 받아들이게 하려고 그가 내건 아파트 청소라는 조건에 동의한 것이었는데, 그걸 행동으로 옮기려고 결심한 그를 보니 그러지 말았으면 좋겠다는 생각이 진심으로 들었다. "아니 진짜, 하지 말라고." 내가 말했다. "아니면 최소한 내가 너랑 같이 하든지 그래야겠어."

"이게 우리가 합의한 사항이야." 빌리가 청소용 스프레이 한 병을 끄집어냈는데, 그 스프레이부터 청소를 해야 할 것 같았다. "내가 생활비를 버는 방식이고."

빌리는 내가 자신을 돕지 못하게 했다. 앞에 놓인 일은 엄두가 안 날 정도였다. 나는 일 년에 겨우 두어 번 정도만 대고모의 낡은 진공청소기를 끄집어냈고, 집의 방대한 부분을 돌보지 않은 채 놔두었던 것이다. 내 방은 손대지 않아도 된다고 말한 나는 빌리가 부엌에서 청소를 시작하는 동안 근처에 있지 않으려고 아침을 먹은 뒤 내 방으로 물러났다. 조금 지나자 그가 닫힌 내 방 문 밑을 진공청소기로 빨아들이는 소리가 들렸다. 빌리가 욕실로 옮겨 가자, 나는 아무것도 하지 않고 집 안에 앉아 있는 걸 못 참을 지경이 되었고 볼일이 있어 급히 밖에 나간다고 소리를 질렀다.

나는 한 시간쯤 집 근처를 미적거리면서 내게 별 필요도 없는 물건들을 찾아 형광등으로 밝혀진 그리스티즈 슈퍼마켓의 통로들을 샅샅이 훑었고, 그런 내 머리 위로는 숨 막히도록 암울한 소프트 록 음악이 흘러나왔다. 중도파가 집권한 평화시대의 튼튼한 경제 아래에서 주류 예술은 끔찍해지는 법이다. 내가 돌아왔을 때, 집은 때 묻은 허물을 한 겹 벗어버린 다음이었다. 수년간 날아와 창턱에 쌓여 있던 1번로의 부스러기들을 빌리가 닦아낸 것이었다. 수조 두 개짜리 싱크대는 아름다운 상아빛 협곡처럼 보였다. 가장 믿을 수 없는 것은 욕실의 그라우트가 거의 하얗게 변했다는 것이었다. 빌리가 샤워 꼭지를 닦는 데 쓴 칫솔은 그의 고된 노동을 증명하듯 닳아 해진 채 욕조 가장자리에 놓여 있었다. 아파트가 쭉 지저분했고, 내가 키친타월로 겉만 핥듯 닦아내서 간신히 사람이 살 수 있는 상태로 유지되어왔다는 걸 알고는 있었지만, 그 대청소의 결과는 내게 충격으로 다가왔다. 나는 수년간 불결한 환경에서 사는 데 익숙해져왔고, 그 불결함이 남자 혼자 사는 집의 일반적인 더러움 수준을 넘어선다고는 한 번도 생각해보지 않았던 것이다.

나는 빌리의 방 문을 두드렸다. 빌리는 카프카의 『심판』을 읽고 있었다. "완전 새 아파트 같아." 내가 말했다.

"바탕이 깨끗해졌으니까 앞으로는 이렇게 오래 안 걸릴 거야." 그가 말했다.

나는 그 일에 대해 내내 마음이 불편해서, 점심때가 되자 16번가와 1번로가 만나는 곳에 있는, 내가 일주일에 두세 번쯤 주문해다 먹는 중국 식당에서 그에게 뭔가 먹을 것을 사다 줄까 물었다. 그가 나중에 돈을 내려고 하면 못 하게 할 생각이었다. 빌리는 침대에 올라앉아 큼직한 공책에 글을 쓰고 있었다.

"고맙지만 괜찮아." 그가 말했다. "금방 슈퍼마켓에 다녀올 거거든."

나는 전화로 주문을 한 다음 음식을 가지러 길을 걸어 내려갔다. "어서 오세요!" 카운터 뒤에 있던, 나보다 나이 많아 보이는 여자가 인사를 했다. 여자는 모든 손님에게 똑같이 과장된 인사말을 건넸기에 나를 알아보는지 아닌지는 알 수 없었지만, 내게 조금이라도 친밀한 이웃이라고 할 만한 관계가 있다면 거기에 가장 근접한 사람이었다. 내가 돌아왔을 때, 빌리는 그리스티즈 슈퍼마켓의 쇼핑백 두 개에서 물건을 꺼내고 있었다. 여러 가지 물건 중에 그가 사 온 머스터드 두 병이 눈에 띄었다.

"나 머스터드 있는데." 내가 말했다.

"내가 좀 듬뿍 바르거든." 빌리가 말했다.

나는 책상 앞에 앉아 제너럴 초스 치킨을 먹으면서 그 주 〈뉴요커〉지에 실린 단편소설을 읽어보았는데, 소설 전체가 디너파티에 간 어느 불청객의 머릿속에서 벌어지는 일을 담고 있었다. 곧, 빌리가 자기 컴퓨터를 두드리는 소리가 들려왔다. 나는 등을 둥그렇게 구부리고 몸을 기울였다. 빌리의 옆모습이 보였는데, 필사본을 들여다보는 수도사처럼 무릎에 올려놓은 공책 위로 몸을 구부린 채, 한 손으로 키보드를 찾아 두드리면서 다른 손으로는 샌드위치를 먹고 있었다.

그날 오후 그가 3.5인치 플로피 디스크 한 장을 들고 내게 왔다. "잉크랑 종이 값은 낼 테니까 네 프린터 좀 써도 될까?" 그가 물었다.

"물론 되지. 그리고 돈은 안 내도 돼." 내가 말했다.

내가 의자를 내주자 그가 디스크를 내 컴퓨터에 밀어 넣었다.

"다섯 페이지밖에 안 돼." 내 도트 매트릭스 프린터가 끽끽거리며 문장들을 뱉어내는 동안 그가 말했다. "내가 종이를 더 살게."

"거래할 생각 있냐?" 내가 물었다. "단편을 하나 작업 중인데 새로운 시각이 좀 필요해서."

"얼마든지." 그가 말했다.

나는 단편에서 더 잘 실패하는 것이 더 효율적일 거라고 판단해 『교열팀장』에서는 손을 떼고 단편 하나를 반쯤 쓴 상태였는데, 조지 오웰적이고 우화적인 그 소설은 히피들의 여름캠프가 배경으로, 권력에 정신이 나간 감독관이 캠프를 독재적인 공산주의 강제노동 수용소로 바꿔놓는다는 이야기였다. 아직 쓰지 않은 뒷부분에서는 한 반항적인 지도원이 그에 맞서 반란을 일으키고, 감독관을 근처의 섬으로 통나무배 없이 추방한 다음 매력적인 나디아의 마음을 얻는데, 그 역시 권력에 의해 타락할 거라는 불길한 암시가 따라붙는다.

우리는 프린트를 교환했고, 빌리는 「캠프 레드우드」를 자기 방으로 가져갔고, 나는 『노 맨스 랜드』의 두 번째 챕터를 읽었다. 진짜로 어떤 결함을 지적하고 내가 유용하다고 증명할 수 있으면 좋았겠지만, 잘못 들어간 몇 개의 쉼표나 그 비슷한 것들을 제외하고는 아무것도 덧붙일 게 없었다.

"나라면 아무것도 안 바꿀 것 같아." 빌리가 얘기를 나눌 준비가 되자 내가 말했다. "그냥 표현만 몇 가지 고쳤어. '그러나however'

를 쓰는 방식 같은 거. 그 단어는 세미콜론이나 마침표 다음에는 쓸 수 있지만 쉼표 다음에는 쓸 수 없어."

"고마워, 친구." 그가 말했다.

"그리고 너 중복이 몇 가지 있던데 내가 동그라미 쳐놨어."

"중복?"

"중복되는 단어. 교열 용어야."

빌리는 고개를 끄덕이고는 내 소설을 건네주었다. 『교열팀장』 때와 마찬가지로, 원고는 붉은 잉크로 표시된 소용돌이 모양, 지운 단어, 바꾼 문장 들로 혼돈의 도가니였다.

"넌 플롯을 정말 잘 짜." 그가 말했다. "내가 주로 기대한 건 폴과 나디아 사이에 뭔가가 좀 더 펼쳐지는 거였고."

빌리가 돌아가자 나는 그가 쓴 메모들을 다시 읽었다. 나디아가 나오는 어느 장면에서 그는 여백에 이렇게 적었다. "나디아는 폴에게 뭘 해주지, 예쁘다는 것 말고? 나디아가 주지만 폴이 놓치는 것은? 폴의 '보이지 않는 상처'는 뭐야? (하.)"

나는 그가 교열한 사항들을 모두 원고에 반영하고, 우리 부모님 이야기를 상당히 닮은 폴 부모님의 이혼에 관한 배경 설명을 넣으면서 나디아와 폴에 대한 빌리의 질문들에 답하려고 최선을 다했다. 저녁 먹을 시간이 되자 빌리가 내 방 문을 두드렸다.

"저녁으로 특별히 먹고 싶은 거 있어?" 그가 물었다.

"진짜 나 때문에 요리 안 해도 돼." 내가 말했다. "난 테이크아웃해 와서 먹으면 되거든."

"내 걸 벌써 만들고 있어서 조금 더 만들어도 상관없어. 그리고 그냥 경고해두는 건데 난 일급 셰프는 아니야. 닭고기랑 채소 넣은 파스타는 어때?"

나는 맛있겠다고 했다. 내가 방에서 다시 나왔을 즈음엔 그가 음식을 다 만들어서 우리는 4인용 식탁에 앉아 식사를 했다. 파스타는 맛있었지만 양념이 필요해서, 3번로에 있는 고급 상점에서 사 온 파르메산 치즈 한 덩어리가 냉장고 안에 있는 걸 찾아냈다. "좀 뿌려줄까?" 치즈를 강판에 갈고 나서 내가 물었다.

"고마워." 빌리가 말했다. "그리고 이런 얘기는 좀 이상하지만 혹시 식료품 살 때 돈을 반씩 내면 어떨까?"

"이런, 그걸 깜빡하다니 믿을 수가 없네." 나는 주머니에서 10달러 지폐 한 장을 끄집어냈다. "이거면 될까?"

"그건 절반보다 훨씬 많은데."

"나머지는 네가 가져." 식탁을 가로질러 지폐를 밀며 내가 말했다. "네가 요리 다 했잖아."

나는 빌리가 돈에 관한 교통정리를 우리의 대화 화제로 빈번하게 꺼내리라는 예감이 들었다. 빌리가 내게 빚을 지고 있다거나 무임승차를 하고 있다고 느끼지 않았으면 했지만, 아무리 생각해도 그 문제를 잘 이야기할 방법은 없었다.

"O.J.의 민사 재판, 어떻게 될지 궁금하네." 화제를 돌리려고 내가 말했다.

이런 것이 그해 가을 우리의 일과로 거의 자리 잡았다. 우리는
집에서 많이 읽고 많이 썼고, 서로의 작품을 고쳐주었다(나는 불
균형하게도 도움을 더 많이 받는 쪽으로 계속 남아 있었다. 내가
한 단순 교정에 빌리가 고마워하는 것 같긴 했지만). 빌리는 매일
자기 점심을 만들었고―보통 머스터드를 엄청나게 많이 바른 참
치나 정어리 샌드위치였다―일주일에 몇 번쯤 우리 두 사람 몫으
로 만들기 쉽고 양 많은 저녁을 준비했다. 일요일 오후가 되면 그
는 내 방을 제외한 집 전체를 청소했고 가끔씩은 교회에 다녀와서
했는데, 그는 교회에는 나를 다시 초대하지 않았고 거기에 대해서
는 나도 다시 묻지 않았다. 나는 빌리가 청소를 하는 동안 밖에 나
가 있을 핑계를 지속적으로 만들어냈다. 빌리가 요리한 음식을 얻
어먹는 건 또 달랐지만, 그가 욕조 앞에 무릎을 꿇고 내 죽은 피부
세포들을 문질러 없애는 동안 책상 앞에 앉아 있는 건 마음이 너
무 불편했다.

나는 뉴욕대 친구들을 점점 더 만나지 않게 되었는데, 함께했던
학창 시절로부터 거리가 생기자 우리가 애초에 그리 친한 사이가
전혀 아니었다는 생각이 들었다.

빌리는 결코 텔레비전을 많이 보는 편은 아니었지만, 우리의 일
주일 치 수업이 끝나는 목요일마다 나는 NBC의 '꼭 봐야 할 텔레

비전' 라인업을 함께 보자고 그를 끌어들였다. 빛을 내는 전자 난로 앞에서, 거의 사천만 명의 다른 미국인들과 정확히 똑같은 시간에 〈사인필드〉와 〈프렌즈〉를 보면서 그와 함께 소파에 앉아 있는 건 내게 기운 나는 하나의 의식이 되었는데, 옛날에 그 두 시간짜리 프로그램 묶음을 혼자서 꾸역꾸역 다 보고 나면(메디컬 드라마가 좋았던 적은 단 한 번도 없었으므로 나는 〈ER〉이 시작하기 전에 멈췄다) 약간 우울해지곤 했기 때문에 특히 그랬다.

합평이 끝나면 우리는 동료 수강생들과 함께 다트를 한 다음 둘 다 이글스 네스트로 가곤 했다. 나는 빌리가 일하는 다른 날에도 종종 들렀고, 때때로 그의 교대 근무가 끝날 때까지 머물렀다. 동료들은 모닝사이드 하이츠의 아파트에서 파티를 열거나, 날을 정해 바에 함께 마시러 가거나 하기 시작했다. 빌리와 나도 언제나 같이 갔는데, 우리는 보통 서로의 곁에 있었다.

"쟤들한테 할 얘기라고는, 젠장, 단 한 가지도 생각이 안 나." 그해 10월 어느 파티에서 빌리는 동료 수강생들에 관해 내게 이렇게 말했다.

"날씨 얘기는 언제 해도 괜찮지." 내가 말했다. "여름에는 이렇게 말하는 걸 추천할게. '열기가 아니고 습기 때문인 것 같아.' 그리고 추워지면, 풍속 냉각 효과에 대해 불평하면 사람들이 좋아해."

빌리는 이런 종류의 농담에 거의 웃지 않는 친구였지만, 내가 내 노력을 헛되다고 느끼지 않을 정도로는 미소를 지어주었다.

"근데 어쩌면 나는 사람한테 이야기하는 법 자체를 잘 몰랐던 건지도 몰라. 맥주만 엄청 마시고 취해버리곤 했던 것도, 그러면 그걸 알아차리지 않아도 되니까 그랬던 거고."

"나랑 같네. 너도 회원으로 가입해라." 내가 말했다.

"하지만 넌 회원 가입 같은 거 잘 안 한다며."

"너도 그렇지, 참."

"그럼 이러면 되겠다." 그가 말했다. "우리 두 사람만의 작은 클럽 탄생."

하지만 빌리는 여자들에게 이야기하는 법은 확실히 알았고, 그게 아니라도 최소한 자신이 별다른 노력 없이 그들의 관심을 끌 수 있다는 사실을 모르지는 않았다. 뉴욕에서의 생활이, 혹은 나오미와 했던 경험이 그의 중서부 출신으로서의 열등감을 덜어주었고, 그는 여자 대학원생들과, 그리고 바에서 만나는 여자들과 자기 시작했다. 그럴 때는 항상 여자들 집으로 갔는데 그건 나를 존중하기 위해서인 것 같았다.

"있지, 여자애들 여기로 데려와도 돼." 한번은 일요일 오후가 되어 머리가 헝클어지고 기분 좋게 취한 상태로 집에 돌아온 그에게 내가 말했다. "나는 상관없어."

"알았어." 그는 말했지만 결코 그렇게 하지는 않았다.

대부분의 시간을 혼자 보내는 사람들이 정확히 어떤 식으로 하루 일과를 채우는지에 대해 나는 오랫동안 호기심을 품어왔다. 나는 할 일을 미룬다기보다는 시간을 낭비하는 쪽이라서, 할 일을 다 해놓은 다음 몇 줄 안 되는 잡지 기사를 설렁설렁 읽고, 오 분이면 충분할 텐데 삼십 분 동안 상점들을 돌아다니면서 급한 것 없다는 태도로 남은 시간을 야금야금 까먹었다. 빌리는 자신의 제한된 자유 시간을 인정사정없이 알뜰하게 썼다. 전날 밤에 얼마나 늦게까지 놀았고 많이 마셨든, 그는 다음 날이면 최소한 조금은 글을 썼고, 숙취라든지 밖에서 하고 와야 하는 일 같은 장애물이 없을 때면 한 마리의 짐 끄는 노새가 되어 몇 시간씩 쉬지 않고 작업을 했다. 그에게 재정적으로도 안도감을 주고 자신만의 방이라 부를 만한 것도 제공함으로써 그를 더 편히 지내게 해주었다는 데서 나는 진정한 기쁨을 느꼈다. 그가 자기 책상에서 키보드를 빠르게 두드리는 소리를 들을 때면, 나는 마치 설거지를 하면서 불 켜진 레인지 위에 주전자를 올려놓고 있을 때처럼, 내 도움 없이도 또 다른 일이 동시에 이루어지고 있는데 그것 역시 결국에는 나로 인한 것일 때 느끼곤 했던 종류의 만족감을 느꼈다.

"거기, 반쪽은 어디 갔어요?" 10월의 어느 파티에서 빌리가 화장실에 갔을 때 여자 수강생 한 명이 물었다.

"무슨 뜻이죠?"

"빌리 말이에요. 두 사람, 거의 일심동체잖아요."

어째선지 나는 웃음이 나왔다. "우린 그냥 룸메이트예요." 내가 말했다.

학교에서 매주 열리는 낭독회 중 하나에 참석하기 위해 빌리와 나는 도지 홀에 함께 앉아 있었다. 그 낭독회의 주인공은 학자로서 경력이 화려하게 상승 중인 시인이었다. 좀 더 자세히 말하자면 어딘가에서 종신 재직권을 받을 게 틀림없는 부교수였고, 세월과 좌절, 그리고 자신이 시대에 뒤떨어지는 상황으로부터 오는 상처에 시달린 적이 아직 없으며, 그때까지 이룬 업적보다 앞으로의 전망이 여전히 더 밝은 사람이었다. 2학년 학생 한 명이 나와, 몇 마디 설명이면 족할 것을, 작품을 몇 단락씩 통째로 인용해가며 십 분 동안이나 그를 소개한 뒤, 시인은 매듭 모양으로 정성 들여 맨 스카프 차림으로 강단에 올라왔다. 그는 한 이십 초쯤 말없이 서 있더니, 인사말도 없이 곧장 최대 성량의 '시인 목소리'로, 낭독회 말고는 세상 어디서도 들을 수 없는 그 부자연스러운 억양과 숨소리가 잔뜩 섞인 말투로 낭독을 시작했다. 나는 보통은 낭독되는 시를 잘 따라가지 못했지만, 그 시는 너무 평이해서 못 따라가기가 더 어려웠다—그리고 그런데도, 그 홀마크 카드 같은 감성과 싸구려 아이러니가 시에 등장할 때마다 청중들은 중얼거리는가 하면 자기가 뭘 좀 안다는 '흐으음' 소리를 과시적으로 내면서 화답하는 것이었다.

그 시가 끝나자 시인은 원래의 즐겁게 대화하는 목소리로 완벽하게 돌아와서는 방금 읽은 시를 설명했고, 그 시에 영감을 준 것,

쓰는 동안 힘들었던 점, "끝없이 퇴고를 하고 엄청난 양의 블랙커피를 마셔댄 끝에 마침내 해내도록" 자신을 도와준 유명한 시인 친구들을 언급했는데, 마치 그들 모두가 협력해서 맨해튼 프로젝트쯤 되는 중요한 일이라도 해낸 것 같았다. "이 모든 게 뭘 의미하는지는 저도 아직 확실히 모르겠군요" 하고 그가 요염한 말투로 인정하기는 했지만 말이다. 그는 몇 편의 시를 더 읽었고, 그 사이사이에는 진부한 이야기를 샘처럼 쏟아내면서 "진실한 무언가"를 쓸 수 있도록 "페이지 위에 피를 흘리라"고 우리에게 권했는데, 그 경이로워하고 숭배하는 듯한 태도로 미루어 그게 그 자신이 생각해낸 표현임을 알 수 있었다.

"우리가 하는 일은 중요합니다." 그는 동의의 뜻으로 고개를 끄덕이는 사람들을 향해 말하고는, 마치 우리가 한 번으로는 이해를 못하기라도 하는 것처럼 큰 소리로, 음절 하나하나를 강조하며 했던 말을 다시 반복했다. "우리가 '하는' 일은 중-요-합니다."

빌리가 조용히 킬킬거렸다.

시인이 포스트잇을 붙여 표시해놓은 시집을 이리저리 넘겼다. "그럼, 바로 읽겠습니다…" 그가 말했고, 나는 곧 해방될 수 있으리라는 생각에 날아오를 것 같았으며, 다른 어딘가로 가서 지겨운 문학 낭독회가 부추길 만한 행동은 빼고 다른 몇 안 되는 일 가운데 뭐든 할 수 있기를 간절하고 긴급한 마음으로 바랐지만 이내 시인은 엄청나게 충격적인 결정을 전했다. "세 편 더 읽을게요." 처음 두 편은 다행히도 짧았지만, 마지막의 긴 시를 읽으며 그는 한 연이 끝날 때마다 조용히 손가락을 튕기는 동시에 입으로는 "하나, 둘, 셋, 넷" 하고 세면서 리드미컬하게 일종의 박자를 맞췄다.

빌리는 무릎 아래로 한 손을 내려뜨린 채 시인의 박자에 맞춰 소리 없이 손가락을 튕기며 은밀하게 흉내를 냈다.

"하지 마." 내가 속삭였지만 빌리는 계속했다. "하지 말래도."

"하지 말래도." 그는 나를 흉내 냈고, 그 바람에 나는 더 격하게 웃음이 터질 것 같았다. 우리는 얌전히 행동하는 게 불가능한 지각없는 5학년짜리들이 돼 있었지만, 둘 다 그게 점점 더 우스워져서 더 이상은 빌리가 시인의 행동을 모방할 필요가 없게 됐다. 웃음을 억누르는 것 자체가 즐거움의 원인이 되었던 것이다. 나는 고등학교 이후로 그런 경험을 해본 적이 없었고, 공공연히 반항을 하는 동시에 권위에 대한 두려움을 느끼며 그 느낌을 친구와 공유하는 일이 얼마나 무시무시하게 즐거운지 잊고 있었다.

마침내 시인이 낭독을 멈췄다.

"재미있는 건, 제가 가장 자랑스러워하는 제 시들이 제가 가장 부끄러워하는 것들을 소재로 하고 있다는 겁니다." 그가 말했다.

나는 빌리가 그를 다시 놀리기 시작하기를 기다렸다. 나는 그 시인만큼 부끄러운 줄 모르는 노출증 환자는 본 적이 없었고, 그가 읽은 마지막 시는 이인칭으로 지칭되는, 후회스럽게도 화자가 마음을 다해 사랑할 수 없었던 연인에게 보내는 것으로, 뼛속 깊이 부끄러워한 결과물이라고는 도저히 볼 수 없었다.

하지만 빌리는 조심스럽게 메모장을 꺼내더니 그 문장을 받아 적었다.

최근에 한 출판사에서 편집 보조 일을 시작한 대학 친구 데이비드 랭크퍼드가 문예지 〈오픈 시티〉가 개최하는 파티의 초청자 명단에 나를 넣어줄 수 있다고 했다. 나는 마음이 들떠서는—국립 예술 클럽에서 열렸던, 가족 모두의 친구이자 나보다 나이가 많은 어떤 분이 주인공인 지루한 저자 사인회를 제외하고 나는 어떤 출판계 모임에도 가본 적이 없었다—빌리의 이름도 같이 넣어줄 수 있느냐고 물었다.

"당연히 좋지." 내가 같이 가자고 하자 빌리가 말했다.

파티 당일 저녁이 되어 내가 방문을 두드렸을 때, 빌리는 긴팔 셔츠에 단추를 달고 있었다. 분홍색 꽃무늬가 들어간 상자 하나가 침대 위에 놓여 있었다. 전에 집에서 본 적은 없지만 우리 대고모 물건인 게 분명했다.

"바느질 상자를 어디서 찾았어?" 내가 물었다.

"그거 내 거야." 빌리가 말했다.

"맞아, 네가 열네 살 됐을 때 아버지가 주신 거겠지." 내가 농담을 했다. "어디 있었어? 침대 시트 넣어두는 옷장 안쪽에?"

그는 단추를 단 부분의 탄력을 점검했다. "아니, 진짜 내 거야.

언제 생겼는지는 기억이 안 나."

"아." 내가 말했다. "혹시 필요하면, 우리 블록 따라 내려가면 양복점이 있어."

그는 어깨를 으쓱하고는 조그만 가위로 남은 실을 싹둑 잘라냈다.

행사는 목요일 밤, 손으로 여닫는 격자문이 달린 화물용 엘리베이터를 타고 올라가면 있는 어느 소호 로프트에서 열렸다. 문이 열리자 로비가 나왔고 벽에는 한 남자의 거대한 누드 사진이 걸려 있었는데, 단단하게 웅크린 탄력 있는 몸은 명암의 대조 속에 가려졌지만 늘어진 성기의 윤곽은 드러나 있었다. 빌리는 잠깐 동안 그 사진을 힐끔거렸다.

그 너머에는 방 한가득 말쑥하게 차려입은 젊은 사람들, 혹은 있는 힘을 다해 중년기의 공격을 막아내고 있는 사람들이 있었다. 여자는 거의 모두가 검은색 옷차림이었고, 남자는 출판계의 유니폼으로 통하는 노타이셔츠와 블레이저를 입고 있었는데, 치노 바지는 업계 전문가, 청바지는 작가라는 뜻이었다. 거의 모든 사람이 담배나 찰랑거리는 음료를 손에 들고 몸짓을 섞어가며 이야기를 나누고 있었다. 요크셔테리어 한 마리가 여기저기 빨빨거리고 돌아다니면서 부츠 뒤꿈치들과 스퀘어토 옥스퍼드 슈즈들에 대고 요란하게 짖어댔고, 다각형 모양으로 된 밝은색 가구 위로 뛰어올랐다. 페이브먼트가 부르는 요상한 가사의 노래가 벽 오목한 곳에 설치된 스피커에서 구르듯 흘러나왔다.

클립보드를 든 한 여자가 로비를 살피며 우리에게 이름을 물었다. "그리고 저희가 저희 친구 서맨사의 성 확정 수술을 위해 기부도 부탁드리고 있거든요." 현금으로 채워진 금속 상자를 가리키며 그가 말했다. 나는 5달러 지폐 한 장을 넣었다. 빌리는 마지못해 1달러짜리 두 장을 느릿느릿 내놓았다.

우리가 그 난리판에 끼어들었을 때 데이비드는 보이지 않았고, 그래서 우리는 음식과 술 근처에 자리를 잡고는 레드 와인을 꿀꺽 꿀꺽 마시고 사워크림과 무지갯빛 구슬 모양의 생선 알을 듬뿍 얹은 꽃상추 요리를 먹었다. 빌리는 처음 들어 올린 꽃상추를 마치 그것이 자기를 물어뜯기라도 할 것처럼 경계하면서 입에 넣었다. 몇몇 유명인들, 최소한 뉴욕 중심가에서는 유명한 사람들이 참석해 있었고, 이들은 무관심한 척 몰래 한 방향을 쳐다보고 있던 부유한 일반인들 사이에 전율을 불러일으켰다.

우리 근처에 있던 한 남자와 한 여자가 서로에게 인사를 하면서 발작적으로 기쁨을 터뜨렸다. 그들은 뺨은 대지 않고 입으로만 쪽 소리를 내는 볼인사를 나누고는 자기들이 마지막으로 같은 곳에서, "백 년쯤 전에 조지스에서" 봤을 때 이야기를 했고, 그런 다음엔 여자가 편집을 담당하고 있는 어느 젊은 작가에 관한 업계 이야기로 빠졌는데, 그 작가는 데뷔 소설이 〈뉴요커〉 근간 호에 발췌 수록될 예정이며 "16개국에 팔렸다"고 했다.

"네 친구 어딨는지 보여? 네가 아는 다른 사람이나?" LA 기어신은 발을 바닥에 탁탁 두드리면서 빌리가 물었다.

"아니. 유명한 사람들만 보이네."

"그래? 누구?"

"음, 저쪽은 메리 게이츠킬이야." 작가가 서 있는 쪽으로 슬쩍 고갯짓을 하며 내가 말했다. "창가에 있는 여자는 『프로작 네이션』을 쓴 엘리자베스 워첼이고. 저 기둥 옆에는 배우인 파커 포시. 그리고 내가 보기엔 틀림없는데, 같이 얘기하고 있는 남자는 저 배우가 나온 〈키킹 앤 스크리밍〉을 감독한 노아 바움백이야."

"아무도 들어본 사람이 없네." 빌리가 말했다.

우리는 계속 지켜보았다. 우리보다 나이가 그렇게 많지 않아 보이는, 터틀넥을 입은 두 남자가 고개를 뒤로 젖히고 발작적으로 웃으며 지나갔다.

"이 사람들 잘난 체 장난 아닌 거 같네." 빌리가 말했다.

"그런 사람들이 있지." 내가 인정했다.

빌리는 잔을 비우고는 와인을 거의 넘칠 만큼 다시 채웠다. "적어도 서맨사는 결국 그 여자한테 맞는 성별이 되겠지. 아니, 그 남자한텐가. 그 이름이 새 이름인지 옛날 이름인지도 모르겠더라."

"아마 새 이름일 거야." 내가 말했다. "그러니까 '그 여자'가 맞겠지."

빌리가 억지웃음을 지었다.

"뭐, 왜?"

"말이 되냐?" 그가 말했다. "성 확정 수술?"

"그게 왜?"

"아무것도 아니다." 정말 그 얘기를 그만두려는 것 같아 보였지만 그는 잠시 후 말을 이었다. "누구나 자기 몸에 자기가 원하는 걸 할 수 있지. 하지만 꼭 받아야 하는 것도 아닌 그런 수술을 받고 싶으면 빌어먹을 자기 돈으로 받으라고. 암 같은 게 아니잖아. 그리고 여기 있는 사람들 다들"―빌리가 한 손을 휘둘렀다―"아마 이 파티에 오면서 푼돈이라도 달라고 구걸하는 부랑자는 열 명도 넘게 무시했을 것 같은데? 이런 일에는 전단지 돌리면서 행복해하고 있고."

"어쩌면 네 말이 맞을지도 몰라." 나는 빌리의 회의적인 태도에 압박을 좀 가해볼까 생각했지만, 뉴욕대의 숱한 세미나에서 배운 용어들―사회적 산물, 젠더 수행성, 스펙트럼, 연속체―을 꺼내놓는다고 그의 편견이 무장 해제될 것 같지는 않았다. 빌리는 일리노이주에서 현실에서의 사례는 고사하고 그런 개념들조차도, 설령 접해봤다 해도 많이는 접해보지 않았으리라는 생각이 들었다. 아마도 빌리가 아는 사람들 중엔 오픈리 게이가 없을 것 같았다. 내가 어떤 논쟁을 하든, 그보다는 뉴욕에서 한두 해쯤 살아보는 일이 그에게는 더 효과적인 설득이 될 것이었다.

금속 테 안경에 테일러드슈트 차림을 한 데이비드가 나를 포옹

하며 인사하고는 이어서 빌리에게 자기소개를 하는 바람에 우리는 잠시 불편한 상황에서 벗어났다. "그럼 실비아 헬먼이 하는 워크숍, 같이 듣고 계신 거예요?" 데이비드가 빌리에게 물었다. "제가 그 작가 작품 정말 너무 좋아하는데."

"잘 가르치는 분이세요." 어색하게 고개를 끄덕이며 빌리가 말했다.

데이비드가 주인이라도 된 듯 내 어깨를 꽉 잡았다. "그리고 이 친구 글쓰기는 어떤가요? 어마어마한 몸값 전쟁이 일어나기 전에 제가 이 친구 책 미리 계약해둬야 할 정돈가요?"

데이비드는 항상, 특히 파티에서는 허세가 심했고 나는 전에는 거기 신경 쓰지 않았지만, 이제 처음으로 그의 가식이 당황스러워졌다.

"재능 있는 작가예요." 빌리가 말했다.

"여기서 좀 전에 이선 호크 봤냐?" 데이비드가 목소리를 낮춰 말했다. "내가 진짜 그 인간 소설만 낼 수 있으면."

"소설이 좋아?" 내가 물었다.

"아직 읽어보진 않았어." 분명 나보다 중요한 누군가를 보려고 미안한 기색도 없이 내 등 뒤로 목을 길게 빼며 데이비드가 말했다. "가서 좀 어울려야겠다. 요즘 한창 뜨는 젊은 에이전트들이 여기 많이 와 있거든. 생각 있으면 나중에 소개시켜줄게."

"그래주면 좋지." 내가 말했다.

그가 자리를 뜬 뒤 빌리가 물었다. "저 친구 알고 지낸 지 얼마나 됐다 그랬지?"

"그냥 대학 졸업할 때쯤부턴데," 내가 말했다. "쟤 여자친구랑 나랑 먼저 친구로 지냈거든. 쟤랑은 사실 그렇게 친하지는 않아."

"저 녀석한테 여친이 있다고?"

"지금은 없을 거야, 내 생각엔. 대학 다닐 땐 있었어."

빌리는 잔에 마지막으로 남은 와인을 비웠다. "나 그만 여기서 나가야겠어."

"좀 있으면 괜찮아질 텐데." 내가 말했다.

"비난하는 건 아닌데," 그가 다시 한번 실내를 둘러보았다. "여긴 내가 있을 데가 아닌 것 같아. 에이전트들한테 알랑방귀나 뀌면서 내 시간을 보내고 싶진 않거든."

"알겠어." 나는 그렇게 대답했지만 데이비드의 인맥을 놓치게 되어 실망스러웠다. 빌리라면 아마도 실비아가 자기 에이전트에게 연결해주겠지만, 나는 구할 수 있는 도움이라면 다 구해봐야 했다. "어디 다른 데 갈래?"

우리는 길모퉁이에 있는 초라한 바 하나를 찾아냈다. 오 분이 채 지나지 않아 코걸이를 하고 가죽재킷을 입은 어떤 여자가 빌리와 대화를 나누기 시작했다. 곧 그들은 바 밑에서 무릎을 서로 맞부딪치며 나란히 앉아 있게 됐다. 수년간 알고 지냈지만 여전히 서로에게 낯선 매력을 강렬히 느끼는 사이처럼. 여자가 빌리의 마력에 사로잡히는 것을 지켜보면서, 나는 빌리가 자기가 잘생긴 걸 자각하고 있을지, 그리고 그게 여자들 곁에서 드러나는 그의 타고난 자신감의 원천인지 궁금했다. 아니면 자신의 글쓰기 재능을 스스로 모르는 듯 보였던 것처럼 외모에 대해서도 제대로 자각을 못 하는 건지. 빌리는 허영심이 강하지 않았다. 그는 옷차림에 대해선 명백히 아무런 노력도 기울이지 않았고, 머리 모양 때문에 난리를 피우거나 거울을 보며 멋을 부리는 것 역시 한 번도 본 적이 없었다. 어쩌면 그게 핵심인지도 몰랐다. 그가 자기 외모에 신경조차 쓰지 않는 건 외모가 그에게 고민거리였던 적이 한 번도 없어서였던 것이다. 무언가를 생각하기 싫어서 생각하지 않는 것과, 정말로 남의 눈을 의식할 필요가 없기 때문에 생각하지 않는 것은 달랐다.

여자의 친구 중 한 명이 나타났지만, 나는 채 몇 초도 지나기 전에 그 친구라는 여자에게 나와는 아무것도 같이 하고 싶은 생각이 없음을 분명히 알 수 있었다. 그럼에도 빌리는 소속 가수를 과대 선전하는 기획사 대표처럼 한쪽 팔로 내 허리를 감싸고 있었다. "여기 이 친구가 바로 차세대 F. 스콧 피츠제럴드예요." 빌리가 말했다. "이 친구 책을 계약하려고 어마어마한 몸값 전쟁이 일어날 거예요."

빌리는 전에 다른 파티들에서도 비슷하게 판에 박힌 수작을 부린 적이 있었다. 나를 끼워주려는 선의는 고마웠지만—이 부문에서 우리의 성공률은, 우리 아파트에서 그가 처음으로 여자와 보낸

밤을 제하고도, 더 이상 불균형할 수 없을 정도로 불균형했다—나는 마치 고자가 된 듯한 기분이었고, 나 혼자서는 여자들의 세계를 헤쳐나갈 수단이 없는 것처럼 느껴졌다.

"아니, 더 있다 가, 친구." 내가 집으로 간다고 하자 빌리가 말했다. "이제 좀 마셔보려는데 너 없으면 재미없을 거야."

"아니, 나 피곤해." 내가 말했다. 걸어 나가는데, 목에 온통 난 면도기 상처가 불그스름한 스포츠머리 색깔과 거의 깔 맞춤인 웬 뚱뚱한 남자가 입구 근처에서 나를 막아섰다. "담배 있으믄 하나만 줄래?" 그가 말했다. 술에 취한 목소리였고 혼자 온 것 같았다.

나는 담뱃갑을 꺼냈지만 비어 있었다. "다 피웠네요, 죄송합니다."

"야, 담배 있으믄 하나만 달라고." 남자가 되풀이했다.

"없는데요." 내가 빈 갑을 보여주며 말했다.

남자가 나를 밀쳤다. 그렇게 세게 민 건 아니었지만, 불시에 당한 나는 뒤로 물러나며 비틀거렸다. 주위 사람들은 알아차리지 못했든지, 알아차렸어도 관심이 없든지 둘 중 하나였다. 나의 투쟁-도피 반응이 솟구쳤는데 전적으로 도피 쪽이었다. 나는 술집에서 하는 싸움은 말할 것도 없고, 살면서 말싸움조차 해본 적이 없었다.

"빌어먹을 쫄보 새끼가." 남자가 말했다. "씨발 담배 하나만 달라고."

내가 반응하기도 전에 내 어깨에 누군가의 손이 얹히는 게 느껴졌고, 빌리의 몸이 내 몸 앞으로 나왔다. "여기 있어요, 아저씨." 빌리가 말하며 담배 한 개비를 내밀었다. 남자는 그 화해의 선물이 함정이라도 되는 것처럼 경계심을 품고 바라보더니—빌리가 그보다 힘이 셌고, 덩치도 컸고, 젊었다—그것을 받아서는 바의 높은 의자로 물러났다.

"별 등신 새끼가." 나를 문까지 데려다주며 빌리가 말했다. "일 크게 안 만든 거, 잘했어. 괜찮냐?"

"응, 고마워." 그에 대한 고마움, 나를 구해줄 그가 필요했던 것에 대한 부끄러움을 동시에 느끼면서 내가 말했다. 우리 둘 다 내 육체적 사전에는 '일을 크게 만든다'는 어휘가 없다는 걸 알고 있었던 것이다. 지하철역이 바로 앞에 있었지만 나는 택시를 타고 집으로 돌아왔다.

다음 날 아침, 울리는 전화벨 소리에 잠이 깼다.

"나야." 내가 전화를 받자 빌리가 속삭였다. "깨운 거면 미안. 내가 지금 여자애네 집에 있는데 집에 어떻게 가야 될지를 모르겠어서."

"걔한테 물어보지그래?"

"아직 자고 있어서. 그리고 솔직히 말하면 내가"—빌리는 키득키득 웃었다—"어젯밤에 그렇게 잘 못했거든. 꽝이었어. 그래서 그냥 여기서 나가고 싶은 생각뿐이야."

"누구나 그럴 때가 있지." 내가 말했다. "너 있는 데 지역명이 뭔데?"

"모르겠어. 거기서 택시를 타고 다리를 하나 건넜는데 그것밖에 기억이 안 나. 그리고 내가 지금 돈이 거의 없어."

"그럼 맨해튼에 있는 건 아니네. 창밖에 도로 표지판 같은 거 보여?"

"아니." 그가 말했다. "거의 교외 지역 같아. 나무 천지야."

"어쩌면 브루클린일지도 몰라. 아니면 퀸스나." 내가 말했다. "그 여자애 앞으로 온 우편물 같은 거 있나 찾아봐. 나한테 거리명 색인 들어간 뉴욕시 지도가 있으니까 지하철 몇 호선 타면 되는지 알려줄게."

빌리는 자리를 떴다가 잠시 후에 돌아왔다. "'대니얼 로 테라스' 라고 적혀 있어."

나는 색인에서 그 거리명을 찾아낸 다음, 지도에서 다시 확인했다.

"젠장." 내가 말했다. "너 스태튼 아일랜드 안에 있네. 아니 섬이니까 위에 있다고 해야 되나."

"돌겠네. 여기서 집은 어떻게 가?"

대부분의 뉴요커처럼 나도 거긴 안 가봐서 잘 몰랐다. "택시를 타. 분명히 근처에 현금인출기가 있을 거야."

"나 밖에 나갈 때 현금인출 카드 안 가지고 다녀." 그가 말했다.

"여기 와서 전화하면 내가 데리러 나갈게."

"얼마나 나올 거 같냐?"

"좀 많이 나올 거 같은데." 내가 말했다. "아니면 있잖아, 너 지금 스태튼 아일랜드 선착장에서 상당히 가까운 데 있거든. 거기 있는 사람한테 방향을 물어보고 페리를 탄 다음에, 집까지는 지하철로 와. 요금은 아마 50센트일 거야. 그건 있어?"

"응. 근데 지하철 탈 돈은 안 돼."

"배에서 내려서 택시를 타. 여기 도착하면 내가 내줄게. 그렇게 많이 안 나올 거야."

"고맙다, 친구." 그가 말했다.

나는 다시 자러 갔는데, 몇 시간이 지나 다시 깨어났을 때에도 빌리는 아직 집에 오지 않은 상태였다. 식탁에 앉아 〈타임스〉지를 읽으면서 프레스 포트에서 커피가 끓기를 기다리고 있는데, 땀투성이에다 온통 헝클어진 몰골이 된 그가 문을 열었다.

"너한테 온 전화 소리 못 들었는데." 내가 말했다. "밑에 아직 택시 서 있어?"

"배에서 내려서 걸어왔어." 그가 프레스 포트를 가리켰다. "저거 좀 마셔도 될까?"

나는 그에게 커피를 따라주었다. 그가 한 모금 마시더니 눈을 감았다.

"아, 세상에." 그가 눈을 뜨고 내 쇄골을 한 손으로 툭 치고는 지친 한숨을 내쉬었다. "너를 다시 봐서 정말 죽도록 행복하다."

"집에 돌아온 걸 환영해, 선원." 내가 말했다.

그다음 토요일 밤 이글스 네스트로 걸어가다가, 가게 몇 개만 더 지나면 러시아-터키식 목욕탕이 있는 걸 알게 됐다. 뉴욕대 사람들은 그곳을 격찬했지만 나는 겨우 열 블록 떨어진 곳에 살면서도 가본 적이 없었다. 바에 막 들어가려다가 그곳이 빌리가 일리노이주에서 가본 적 있는 어떤 곳과도 다를 것이며, 돈과 계급으로부터 분리된 새로운 뉴욕의 경험이자, 가식꾼들이 가득한 출판계 파티의 반대 항이 될 거라는 사실을 깨달았다.

나는 한 장에 18달러짜리 입장권을 일요일 것으로 두 장 샀다. 가까운 시일 내에 자리가 남아 있는 날은 그날밖에 없어서였다. 주인 두 명은 보아하니 오랫동안 다툼 중인지 한 주씩 교대로 일했고, 둘 다 다른 주인한테서 산 입장권은 받아주지 않으려 했다. 이글스 네스트에서 나는 빌리에게 갈 생각이 있느냐고 물었다.

"얼만데?"

"나한테 상품권이 두 장 있는데 내일까지 사용해야 돼." 내가 말했다.

다음 날 오후 우리는 그 건물로 향했다. 바깥 표지판에는 '스트레이트 구역'이라고 적혀 있었다.

"저게 내가 생각하는 그 뜻이 맞아?" 빌리가 물었다. "목욕탕이 그런 장소라고 알려져 있는 그거랑 관계된?"

"그런 것 같네." 내가 말했다. "약간 동유럽적인 동성애 혐오지."

알고 보니 일요일은 남성 전용으로 운영되는 날이었다. 탈의실에서 나는 옷을 벗고 청바지 속에 입고 온 수영복 차림이 됐지만, 빌리는 내게 등을 돌린 채 완전히 알몸이 된 다음 허리에 수건을 둘렀다. 나는 그가 준비될 때까지 돌아서 있었고, 이내 우리는 돌을 넣어 지피는 가마로 데워진 러시아실로 조용히 걸어갔다. 수많은 털투성이 러시아 남자들이 벌거벗은 채 긴 의자에 드러누워 모국어로 수다를 떨고 있었다. 가장 덜 숨 막히는 단계인 의자 맨 아랫단에 우리가 앉았을 때, 빌리는 여전히 수건을 두르고 있었다. 숨을 들이쉴 때는 괴로웠지만 열기는 몸을 정화해주는 것처럼 느껴졌고, 나는 많은 땀이 온전히 허용되는 흔치 않은 시공간을 마음껏 맛보았다.

집에서 욕실에 드나드는 빌리의 벗은 상체를 본 적은 있었지만, 그렇게 가까이에서 보기는 처음이었다. 그는 가슴이 넓었고 흉골 근처에는 검은 털이 엉켜 있었으며, 세면대 앞에 서서 자신의 두 뺨이 부드러워 놀라는 모습으로 면도 크림 광고에 나오면 자연스럽게 어울릴 것 같았다. 주초에 채널을 이리저리 돌리다가 〈양들의 침묵〉의 일부분을 보게 됐는데, 여자의 피부로 보디슈트를 만들려는 버팔로 빌의 시도에서 영감을 받아 간단하고 조금 덜 소름 끼치는 시나리오 하나를 떠올리게 됐다. 어떤 방법을 써서든 내가 빌리의 몸을 외골격처럼 입고, 상처받지 않는 그의 육체로 이 세상을 헤쳐나가는 내용이었다.

우리는 말을 거의 하지 않고 에너지를 아끼다가 내가 제안을 해서 증기실로 옮겨 갔고, 거기서는 30센티쯤 서로 떨어져 앉았다. 빌리는 벽에 등을 기대고 한숨을 내쉬었다. 새롭게 활기를 띠며 쏟아져 나온 증기가 방 안을 균일한 안개로 가득 채웠다.

"여기 오기로 한 거, 좋은 생각이었어." 그가 말했다. 또다시 자욱한 증기가 쏟아져 나오자 그는 몸을 식히려고 수건을 풀어 펄럭펄럭 부채질을 했다. 그 수건은 내게 가까운 쪽에서 묶여 있었는데, 그의 신체 일부가 알아볼 수 없을 만큼 흐릿하게 내 눈에 들어왔다. 나는 눈앞에 있는 타일 벽을 쳐다보았다.

"나오미한테서는 다시 연락 왔었어?" 내가 물었다.

"아니." 빌리가 말했다. "넌 클레어랑 연락해?"

"아니." 나는 깊이 숨을 들이마셨고 증기가 모여 폐 속에 머무르게 했다. "그래도 다시 만난다면 싫지 않을 거야. 그때 재밌었거든."

그다음 주에 나는 그 학기에 두 번째이자 마지막으로 합평을 받았고, 합평작은 「캠프 레드우드」였다. 나는 조심스럽게 낙관하면서 수업에 들어갔다. 지난번 합평보다 나쁠 수는 없을 테니까.

"이 작품은 미리 짜놓은 틀에 좀 과도하게 맞춰 쓴 것 같네요." 소설 설정에 대해 열의 없는 칭찬 몇 마디를 하고 나서 실비아가 말했다. "그리고 다른 무엇보다, 아이디어 하나가 거의 전부인 느낌이고."

다른 모든 수강생들이 동의했다. 또다시, 유일하게 나를 방어해준 빌리만 예외였다. 이번에 그들은 아마도 『교열팀장』에 가했던 채찍질에 대한 보상으로 약간은 더 예의를 지켜 말을 했지만, 이번 합평 역시 내게는 실망스러운 결과로 남았다.

"걔네는 엿이나 먹으라 그래." 그날 늦게, 이글스 네스트에서 빌리가 내게 말했다. "그 멍청이들은 꽃 목록이랑 무슨 개똥같은 것들을 잔뜩 집어넣어야 좋은 글이 되는 줄 안다니까." (그 주에 합평을 받은 다른 학생의 소설에는 다른 건 아무것도 없이 그저 풍경 속의 식물군을 병렬식으로 늘어놓은 한 페이지짜리 단락이 나왔다.)

"내 소설에 관해선 걔네 얘기가 맞을지도 몰라." 은근히 칭찬을 바라면서, 하지만 나 자신도 내가 하는 말을 믿으면서 내가 말했다.

"내일 내가 한 번 더 봐줄까?" 빌리가 물었다.

나는 그 소설에 관해서는 잊고 다음 단계로 나아가고 싶다고 대답했다. 하지만 다음 날이 되자, 빌리는 자잘한 몇 군데만 고치면 엄청난 차이가 생길 수도 있을 거라면서 자기가 교열 본 원고를 돌려달라고 했다. 자기 방에서 한동안 원고를 본 뒤 그는 다시 내 방으로 왔다.

"이거 내가 컴퓨터에서 수정해도 될까?" 그가 물었다. "그 편이 더 쉬울 거고, 그런 다음에 네가 어떤 수정사항을 받아들일지 결정하면 돼."

"시간 낭비야."

"그냥 내가 시도만 한번 해볼게." 그가 말했다.

나는 원고를 디스크에 저장했고, 빌리는 그걸 가지고 가서 컴퓨터 앞에 앉아 오후 내내 타닥타닥 소리를 냈다. 〈프렌즈〉 시작할 시간이 됐는데도 그의 작업은 여전히 끝나지 않았다.

"고맙지만, 그 소설은 구제할 길이 없어." 내가 말했다.

"구제할 길이 없는 건 없어." 그가 놀라운 확신을 드러내며 말했다.

나는 더 이상의 논쟁은 하지 않았다. 마침내 금요일이 되어 이글스 네스트에 가기 직전에 빌리는 내게 디스크를 도로 건네주었다. 그가 일하러 가 있는 동안 나는 수정본을 읽었다. 내 합평작은 거의 못 알아볼 만큼 달라져 있었다. 배경, 전반적인 기승전결, 인물들의 이름은 그대로 됐지만 빌리는 이야기 전체를 처음부터 다시 써놓았다. 원래대로인 문장은 거의 찾아보기 어려울 정도였다. 순전히 자신의 산문적 능력만으로, 그는 내가 내 기술 목록에 들어 있기를 바랐던 종류의 흰개미 예술 접근법을 다시 한번 성공시킨 것이었다.

그가 나보다 얼마나 뛰어난지 인정하면서도 나는 질투나 열등감 같은 통상적인 감정에 빠져드는 대신 그가 프로그램의 모든 학생 가운데 도와주기로 선택한 사람이 나라는 사실에 우쭐함을 느꼈고, 그건 이상한 경험이었다.

나는 그에게 고마움을 표하려고 서둘러 이글스 네스트로 갔다. 트위드 모자를 쓴 사내가 늘 앉던 자리에 앉아 있었다.

"정말 많이 나아졌어." 내가 빌리에게 말했다. "하지만 이제 이 소설에는 네 이름을 적어야 될 것 같아. 내 이름이 아니라."

"토대를 마련한 건 너야." 그가 말했다. "난 그냥 표현만 약간 미세하게 조정했을 뿐이고."

그가 자신이 기여한 바를 낮춰 말하고 있음이 분명했지만, 나는 그의 말을 받아들이려고 노력했다. 어쩌면 이건 그냥 훌륭한 편집자가 하는 일인지도 몰랐다. 아니면 좋은 친구나.

"음, 고마워." 내가 말했다. "누구도 내 무언가에 대해 이렇게 많은 관심을 쏟아준 적은 없었어."

"고치는 거 재밌었어." 빌리가 말했다. "넌 존 스톡턴이고, 나는 칼 멀론이야."

내 얼굴에 혼란이 드러난 게 틀림없었다.

"재즈 선수들 몰라?" 그가 말했다.

"사실 재즈를 별로 좋아하지 않아서." 내가 말했다.

빌리가 웃었다. "농구팀 '유타 재즈' 말이야. NBA에서."

나는 억지로 따라 웃었다.

그다음 주에, 나는 빌리나 다른 누구에게도 말하지 않고 집 근처 인쇄소에서 그 소설을 20부 복사했다. 〈뉴요커〉〈하퍼스〉〈파리 리뷰〉부터 〈시인과 작가〉의 목록에 나와 있는 몇몇 작은 대학 잡지사까지, 가능한 한 많은 곳에 발송하기 위해서였다.

우체국에서 봉투들을 부친 다음, 나는 어떻게 빌리에게 보답할 수 있을지 궁리했다. 그에게 내 교열은 필요 없었고, 출간을 위해 직접 발로 뛰는 일에도 그는 관심이 없었지만, 어쩌면 내게 있는 인맥으로 그가 이익을 얻을 수는 있을지도 몰랐다. 어느 날 오후 빌리가 학교에 있을 때, 나는 그의 파일 캐비닛에 보관돼 있는 합평작 수정본들과 비평들 사이에서 『노 맨스 랜드』 처음 몇 챕터의 깨끗한 버전을 발견했다. 언젠가 그 소설이 빌리의 삶을 어떻게 바꿔놓을지 긍정적으로 생각하면서, 나는 그것을 복사해 데이비드 랭크퍼드에게 부쳤다.

"내 룸메이트(그리고 컬럼비아 MFA 프로그램에서 최고의 작가)가 썼음." 나는 포스트잇에 이렇게 썼다. "아마 몸값 전쟁이 시작되기 전에 이 친구랑 계약하게 될걸?"

주문해둔 중국 음식을 찾아오는데, 한 남자가 내 뒤를 따라 우리 건물에 들어왔다. 남자를 위해 문을 잡아주는데, 그의 블레이저 주머니에 핀으로 꽂힌 스타이브슨트 타운 배지가 눈에 들어왔다. 나는 한 달에 한 번쯤 관리협회에서 나온 누군가와 마주쳤는데, 나를 쳐다본다고 해서 그가 그곳에서의 내 불법 거주 사실을 알아볼 수 있는 것도 아닌데 항상 심장이 쿵쾅거리는 반응이 일어났다. 남자는 나를 따라 엘리베이터에 탔고, 자기 층 버튼을 누르려고 손을 뻗었다가 8층 버튼에 이미 불이 들어와 있는 것을 보고 멈췄다. 문이 열리자 그는 먼저 내렸고 복도 양쪽을 둘러본 뒤에 왼쪽으로 갔다.

"밖에 잠깐만 나가지 말아봐." 집에 들어온 나는 빌리에게 속삭였다. "관리협회에서 나온 사람이 우리 층에 있어."

빌리는 고개를 끄덕였고, 까탈스러운 컴퓨터는 그의 원고를 디스크에 백업하느라 윙윙 소화불량에 걸린 소리를 냈다. 그 일이 끝나자 그는 디스크를 파일 캐비닛 안에 넣었다. "그러고 보니 생각난다. 이 아파트랑 뭔가 관계있어 보이는 편지가 한 통 있었는데, 네가 실수로 광고지들이랑 같이 버렸던 것 같거든. 내가 저쪽에다 놔뒀어."

"세입자 보험 갱신하라는 거야." 나는 봉투를 열고 확인했다. "대고모가 유지하고 계셔서."

"그분이 여기 안 사시는데 보험이 무슨 소용이야?"

"가구가 그분 거니까, 화재나 도난 사고로부터 보호하기 위해서인 것 같아. 나중에 돌려받고 싶으실 수도 있으니까." 내가 말했다. "약간 신경과민인 면이 있으시거든. 이거 전해드려야겠다."

"그럼 이제 너희 대고모의 그 희한한 유리병 컬렉션, 실수로 깨뜨릴까 봐 걱정 안 해도 되겠네." 빌리가 농담을 했다.

10월의 태양이 만들어낸 매직 아워magic hour의 햇살이 비스듬히 거실로 들어오며 빌리의 등에 불그스름한 빛을 비추고 있었다. 얇은 골지 면으로 된 흰색 탱크톱이 마치 두 번째 피부처럼 그의 몸에 달라붙어 있었다. 컴퓨터만 빼면, 그의 옷차림과 우중충한 벽들은 마치 비밀 지하 감옥에서 작업 중인 어느 작가를 그린 고풍스러운 그림 같은 분위기를 풍겼다. 빌리의 책상 위에는 심지어 1974년 발행된, 닉슨의 특별검사가 표지를 장식한 〈타임〉지 한 부도 나와 있었다─현관문 옆 벽장 깊숙한 곳, 썩어가는 잡지 더미에서 빌리가 발견한 것이었다. 그에게는 입술에 물 담배 한 대, 더비 해트, 버번이 담긴 텀블러 잔 정도가 필요할 뿐이었다.

나는 내 방 벽장에서 오랫동안 쓰지 않은 폴라로이드 카메라를 꺼내 왔다. "우리가 글 쓰고 있는 거, 사진으로 한 장 찍자." 내가 말했다. "빛이 지금 딱 좋아."

"왜?"

"증거로 남겨놔야지," 내가 말했다. "우리의 덧없는 청춘을. 언젠가 그리워하게 될 테니까."

빌리의 표정은 심드렁했다. "네가 사진 찍는 동안엔 너무 의식이 돼서 글 못 쓸 것 같으니까, 그냥 쓰는 척만 할게."

나는 그의 뒤에서 스리쿼터 앵글로 셔터를 눌렀고, 카메라가 뱉어낸 사진을 흔들어 말렸다. 흐릿한 해상도에서도 그의 어깨 근육들은 뚜렷이 드러나 보였고, 가느다란 여울 하나가 삼각근과 삼두근을 갈라놓고 있었다. 나는 한 장을 더 찍은 다음, 내 책상 앞에 앉은 나도 몇 장 찍어달라고 빌리에게 부탁했다. 우리 둘의 사진이 각자에게 한 장씩 돌아가도록 사진을 나눠 가졌다. 나는 내 사진은 못 본 척하고 그의 사진을 들여다보았다. 내가 사진을 찍고 있다는 걸 그가 알았는데도, 글 쓸 때의 그의 자세가 그냥 그랬을 뿐인데도, 그는 오직 자기 앞에 있는 화면에만 신경 쓰며 깊이 집중하고 있는 것처럼 보였다. 혹은 그것조차 아니고 오직 자신의 머릿속에만 신경 쓰며, 키보드와 모니터는 거기 연결된 단순 입출력 장치로, 거장 연주자의 악기처럼 부리면서. 내가 글을 쓸 때는 모니터에 묻은 작은 얼룩 하나에도 정신이 산만해졌다. 사진 속에 보통 드러나는 내 자의식은 이번 사진에서는 두 배가 돼 있었다. 나는 생각에 몰입해 있지 않았고, 오히려 생각으로부터 도망치려고 할 수 있는 모든 노력을 다하고 있었다.

여기 진정한 작가가 있다, 빌리의 사진들은 그렇게 말하고 있었다. 그건 하나의 목표에 매진하는 그의 태도 때문만은 아니었고, 그런 집중이 그가 자기 마음의 가장 어두운 부분에도 흔들리지 않는다는 걸, 글을 쓸 때의 그는 진실한 무언가를 쓰는 사람이라는 걸 드러내주기 때문이기도 했다.

빌리는 그날 밤 핼러윈 휴가를 얻어 일을 쉬었고, 우리는 코스

틈은 따로 없이 모닝사이드 하이츠에서 열리는 어느 파티에 갔다. 파티를 주최한 학생들은 대학 기숙사로 마련된 비좁은 기차간 식 아파트에서 지내고 있었다. 내 또래들이 어떻게 사는지를 가까이서 보니—여러 명의 룸메이트와 함께, 외풍을 막아주지 못하는 창문이 달리고 바닥에는 발이 쩍쩍 달라붙는 리놀륨이 깔린, 싸구려로 지어진 건물에서—언제나처럼 내가 몇 푼 안 되는 집세만 내면서 스타이 타운에 살고 있다는 사실에 죄책감이 느껴졌다.

우리는 늦게까지, 사람이 열 명쯤 남을 때까지 머물렀다. 거실에서의 화제는 여자들이 입은 노출이 심한 핼러윈 의상으로 흘러갔는데, '안녕하십니까, 핼러윈 술꾼 여러분. 저는 앨 고어입니다'라고 작은 쿠리어체로 적힌 종잇조각을 셔츠에 테이프로 붙인 소설 쓰는 헨리는 그 의상들이 "전적으로 여자들 자신의 자유의지로 입은 것"이라고 주장했다.

"아니, 그렇지 않아요." 어밀리아 에어하트처럼 차려입은 어느 여성 시인이 말했다. "그들은 여성의 섹슈얼리티는 이런 거다, 하고 규정하는 문화적 개념에 순응하고 있는 거예요. 주로 남자들에 의해 승인된 여성의 성적 이미지를 재생산하고 있고요."

"그러니까 댁은 그 사람들이 생각 없는 추종자들이라는 거군요."

"생각 없는 추종자들이 아니에요. 지배 이데올로기에 의해 강제되고 있는 거죠."

"우리 문화에는 남성들의 성적 이미지도 존재해요. 그렇다고 핼러윈에 '남자들이' 자기 몸을 노출하진 않죠. 아마 게이인 남자들을 빼면요."

"그거랑은 완전히 다르죠." 여자가 말했다. "게다가 고도로 성적인 매력이 부여된 남성―그러니까 이성애자 남성―이미지가 대체 뭐가 있죠? 공사장 노동자가 나오는 그 다이어트 콜라 광고 말고?"

심사숙고 끝에 헨리가 대답했다. "레드 핫 칠리 페퍼스요."

"앤서니 키디스가 동영상에서 웃통 벗고 달리는 건 제가 지금 말하는 거랑 비교 자체가 안 되죠."

"그거 말고요." 헨리가 말했다. "그 친구들이 자기들 거시기에 양말을 뒤집어씌우고 나올 때요."

여자의 깔깔거리는 웃음 사이로 연기 한 줄기가 흘러나왔다. "핼러윈 파티에 갔는데 거시기에 양말 끼고 있는 남자들을 떼거지로 보게 되기라도 하면, 그러면 믿을게요. 레드 핫 칠리 페퍼스가 젊은 남자들한테 영향을 끼치는 진정한 사회적 영향력이라고."

"그렇단 말이죠." 헨리가 말했다. "그럼, 그거 내가 할게요." 진심으로 하는 말인지 의심하는 여자와 한동안 주거니 받거니 대화한 끝에 그는 정말로 옷을 벗겠다고 고집했다. 그 자리에 있는 여자들이 자신들의 옷을 벗게 만들 전주곡으로서가 아니라면, 여기에 동조해야 하는 이유가 대체 무엇인지는 알 수 없었다.

"여러분도 할 건가요?" 헨리는 방 안의 다른 남자들에게 물었다. 빌리와 나를 빼면 파티를 주최한 두 명이 있었다. 한 명은 몸이 탄탄하고 한 명은 비쩍 말라서 이상한 한 쌍을 그려놓은 캐리커처 같았다.

"씨발, 못 할 게 뭐야." 탄탄한 주최자가 말했다.

"내 방에 튜브 양말 있어요." 그의 룸메이트가 말했다.

빌리와 나는 시선을 주고받았다. 나는 빌리가 이걸 하고 싶은 건지 아닌지 알 수 없었다.

"잠깐, 이거 〈프렌즈〉 에피소드 아니에요?" 한 여자가 물었다.

"'그들이 페니스에 양말을 씌우게 된 이야기'." 탄탄맨이 복도로 걸어가며 말했다.

"'못생긴 나체남' 생각하는 것 같은데요." 다른 여자가 말했다.

"아뇨, 챈들러가 레이철의 알몸을 보게 돼서 친구들이 챈들러한테 '네 거시기를 레이철한테 보여줘서 보상을 하라'고 그러는 에피소드가 있어요. 하지만 챈들러는 안 하려고 하죠." 탄탄맨이 말했다.

"〈사인필드〉에서도 그랬는데." 비쩍 마른 주최자가 말했다. "'쪼그라든다는 것' 편에서."

두 주최자 뒤에서 걸어가던 헨리가 빌리와 나를 향해 몸을 돌렸다. "같이 갈 건가요?"

"저는 좋아요." 그들을 따라가며 빌리가 말했다. 나는 맨 뒤에서 걸었다.

침실에 들어가자 탄탄맨은 자기 옷장을 샅샅이 뒤지더니 우리에게 양말 몇 켤레를 던져주었다. "이거 어떻게 하는 거죠? 팬티 구멍으로 그걸 빼내나요?" 내가 물었다.

"쫄보가 되고 싶음 그러시고." 헨리가 말했다. "난 속옷 안 입으려고요."

"이것도 〈사인필드〉 얘긴데요." 비쩍맨이 말했다. "크레이머가 자기 정자 수에 겁을 집어먹어가지고 속옷을 안 입기로 해요."

다른 남자들이 등을 돌렸다. 벨트 버클과 열쇠와 동전이 짤랑거리는 소리 속에서 핼러윈 의상, 청바지, 그리고 팬티가 바닥으로 떨어졌다.

"잠깐만." 탄탄맨이 말했다. "양말이 어떻게 거시기에서 안 흘러내리게 하지?"

"불알들도 같이 씌워줘야 돼요. 그러면 걔네가 양말을 제자리에 있게 해주거든요." 헨리가 말했다.

"아하, 그것이 문제로구나." 탄탄맨이 말했다. "이거 뭔가 기분 좋은데요. 괜찮은 데다가 딱 맞아."

다른 사람들은 모두 허리 밑으로는 벌거벗고 있었다. 나는 여전히 벨트 버클을 풀지 못하고 있었다. "우리, 이거, 정확히 왜 하는 거죠?" 내가 물었다.

"왜냐하면 우리는 젊고 술에 취했으니까." 탄탄맨이 말했다.

"그리고 '섹슈얼'하잖아요." 그의 룸메이트가 덧붙였다. "게다가 저기 바깥엔 우리의 철면피 같은 섹슈얼리티 전시에 응답할 여자들이 있고요. 짝짓기 울음소리 같은 거지."

그들의 두 손이 몸 중심부를 만지작거리며 마지막 조율을 하는 동안 공작새peacock에 관한 농담 몇 마디가 오갔다.

"너 괜찮냐, 친구?" 빌리가 조용히 물었다.

"응." 내가 말했다. "그냥, 여기 실내가 좀 덥다."

"모두들 거의 준비 끝났나요?" 헨리가 빌리의 어깨 너머로 물었다.

"너무 늦었네." 내가 말했다. "저는 그만 갈게요."

"이봐요, 챈들러 짓은 하지 말자고요." 헨리가 말했다.

"그게 아니라요. 그냥 피곤해서요."

"빈약해 보일까 봐 겁나는 거면, 콩만 한 자지peacock는 양말이 가려줄 텐데."

반쯤 옷을 벗고 있던 빌리가 몸을 돌리더니 거기 서 있는, 유일하게 옷을 다 입고 둥그렇게 뭉친 양말 두 짝을 손에 든 나를 쳐다보았다.

"나도 그만할게요." 속옷과 청바지를 끌어올리며 그가 말했다. "이건 아니에요. 무슨, 정치적 견해를 증명해 보이겠다고, 단지 그것 때문에 다 같이 옷을 벗고 있다고? 그리고 댁은," 그가 양말 주인을 가리켰다. "우리 거시기를 죄 집어넣었던 양말들을 신고 싶다는 생각이 들어요?" 빌리가 고개를 절레절레 저었다. "겁나 게이 같네요, 친구."

아무도 그의 말에 대답하지 않았다. "여기서 나가자." 빌리가 말하고는 들고 있던 양말을 바닥에 떨어뜨렸다.

"진짜 구린 놈들이네." 우리가 아파트 밖으로 나왔을 때 빌리가 말했다. "몰려다니는 양떼도 아니고."

우리는 집으로 가는 지하철을 탔다. "어디 바에나 가서 한잔할까?" 14번가 역에서 내려 밖으로 나왔을 때 빌리가 물었다. "나 약간 더 놀고 싶거든."

그 밤을 연장하고 싶어하는 빌리의 욕망은 실은 집에 같이 갈 여자를 찾아내려는 것이리라는 생각이 들었고, 그의 들러리나 서기 위해 또다시 바에 가고 싶지는 않았다. "다녀와." 내가 말했다. "바에는 가고 싶은 생각이 없어서."

"그럼 바깥에서 잠깐만 같이 마시면 어때?"

"무슨 뜻이야?"

"그렇게 춥지 않아. 위스키를 좀 산 다음에 앉을 벤치를 찾아보자."

"이 블록 내려가면 아마 아직 영업하는 주류 상점이 있을 거야." 조금 마음이 동해서 내가 말했다.

우리는 상점에서 0.3리터짜리 위스키 한 병을, 식품 잡화점에서 스내플 두 병을 사서 우리 건물 뒤쪽의 안뜰로 가, 낮 동안에는 휙

획 뛰어다니는 아이들과 롤러 하키 선수들이 점령하고 쓰는 직사각형 콘크리트 공간 옆의 벤치에 앉았다. 하루 일과가 끝나고 거기서 수백 번쯤 혼자 담배를 피웠었다. 스타이 타운의 다른 건물들이 우리를 에워싸, 도시의 나머지 지역으로부터 떨어진 채 울타리에 둘러싸인 야외 공간 세트의 분위기를 그곳에 깃들게 해주었다. 빌리가 자기 스내플을 단숨에 들이켰고—나는 내 것을 쏟아버렸다—우리는 빈 병에 위스키를 부었다.

"멋진 구름이네." 달 위로 빠르게 흘러가는 한 무리의 구름을 보며 빌리가 말했다. "누더기가 된 웨딩드레스 같다."

우리는 잠깐 동안 말없이 마셨고, 달콤하게 썩어가는 젖은 낙엽들을 들어 옮겨놓는 부드러운 미풍에 몸을 씻었다.

"여기서 이러고 있으니 뭔가 중요한 문제들을 탐구해야 될 것 같네." 빌리가 말했다. 뭔가를 좀 아는 친구였다. 이렇게 수천 제곱미터의 땅에 사람이라곤 한 명도 보이지 않는 조용한 야외 공간에서의 경험은 뉴욕시에서는 해보기 어려웠던 것이다. 남자들끼리 유대감을 다지고, 인물들이 말없이 서로에게 강렬한 감정을 전하는 소설들이 전형적으로 자연 속 고립된 곳을 배경으로 하는 데엔 이유가 있었다.

"부탁인데 나한테 인생의 의미가 뭐냐고 묻진 말아줘." 내가 말했다.

"안 물을게. 그럼 이건 어때…" 빌리는 생각에 잠긴 듯 담배 한 모금을 깊이 빨아들였다. "넌 제일 두려운 게 뭐냐?"

그게 농담인지 아닌지 알 수 없었다. "잘 모르겠네." 내가 혼자 웃으며 말했다.

우리를 둘러싼 나뭇가지들이 소리를 내며 흔들렸다. 멀리서 핼러윈 술꾼들이 고함을 질러댔다. 빌리가 진심 어린 대답을 듣고 싶어한다는 느낌이 들었다.

"아마, 나를 정말로 이해하는 사람은 아무도 없을 거라는 거겠지." 내가 말했다.

"좋은 대답이네." 빌리가 말했다.

"너는?"

빌리는 눈앞의 텅 빈 놀이구역을 똑바로 응시하고는 위스키를 한 모금 삼켰는데, 벌써 자기 몫을 거의 다 마셔가고 있었다. 우리 또래의 거의 모든 인간들이 과하게 술을 마셔대긴 했지만, 술에 대한 빌리의 욕구는 정말로 굉장했다. "앨리슨이 말한 것처럼, 나한테는 영원히 망가져버린 부분이 있는 것 같아. 그리고 그건 내가 혼자 남게 될 거라는 뜻이고." 빌리가 말했다. "아니면 설령 혼자 남지 않더라도 혼자라고 느낄 거라는 얘긴데, 그건 어쩌면 더 나쁘겠지."

"무슨 뜻인지 알겠어." 내가 말했다. "근데 영원히, 라는 건 잘 모르겠어. 사람은 언제나 변할 수 있잖아. 나이가 들어서도. 구제할 길이 없는 건 아무것도 없어, 안 그래?"

"혹시 상담 같은 거 받아본 적 있어?" 빌리가 물었다. "앨리슨은 항상 내가 상담을 받게 하려고 난리였어."

"열두 살인가 열세 살 때, 딱 일 년 동안."

"너희 부모님이 이혼하신 것 때문에?"

"거의 그랬지." 내가 말했다.

"학교에서 무료로 받을 수 있다고 들었어." 빌리가 말했다. "가끔씩은 궁금해. 나도 시도해보면 도움이 될까? 그 사각지대들을 파내보면."

"누구한테나 사각지대는 있어." 내가 말했다. "혹은 적어도 생각하지 않는 게 더 나은 뭔가가."

"너한테 그런 건 뭔데?"

그때까지 우리는 여러 재미난 일들을 함께 겪었지만, 우리 두 사람이 밤 한가운데 고요하고 외진 곳에서 이야기를 나누고 있는 그 순간은 조금 더 짜릿하게 느껴졌고, 나는 빌리에게 우리 아버지가 내 수업료를 내주고 있다는 이야기를 했을 때 느낀 것과 똑같이 솔직하게 마음을 털어놓고 싶은 충동에 사로잡혔다. 그 충동은, 빌리는 평생 동안 거리를 두고 사람들을 대해온 내가 신뢰할 수 있는 단 한 명의 진정한 친구라는 느낌이었다.

"내가 그걸 알면," 내가 말했다. "그건 사각지대가 아니겠지."

빌리가 씩 웃었다.

"강으로 가자." 그가 말했다. "나 밤에는 강을 본 적이 없어."

우리는 스타이 타운을 통과해 20번가에 있는 출구까지 걸어간
다음 FDR 드라이브로 넘어갔고, 그 도로를 건너 이스트강으로 향
했다. 어두운 강물은 건너편에 자리 잡은 그린포인트까지 닿아 있
었다. 우리는 울타리를 따라 남쪽으로 좁다란 보행자용 길을 걸어
갔고, 그러다 빌리는 발을 멈추고 위스키를 꿀꺽꿀꺽 다 마셔치웠
다.

"만약에 우리가, 두려운 것들에 대해 적어서 병에 넣은 다음에
물속에 던져버리면 그건 바보 같은 짓일까?" 그가 물었다. "아니면
그런 건 그냥 여자애들이 차인 다음에 하는 행동일까?"

"주위를 어지럽히는 건 남자들이 하는 짓이야." 내가 말했다.

"맞아, 영역 표시." 빌리가 말했다. 그는 메모장과 펜을 꺼내더니
종이 두 장을 뜯어냈다. 메모장 위에 종이를 대고 그는 자신의 두
려움을 적었고, 자기 병에 넣고 뚜껑을 돌려 닫은 다음, 펜을 내게
건넸다.

나는 일기를 써본 적이 한 번도 없었는데, 누군가가 발견해서
읽을지도 모른다는 게 항상 두려워서였고, 내 개인적인 생각들을
글로 쓰는 일에도 익숙하지 않았다. 나는 아까 빌리에게 했던 말
을 그대로 적어 아직 위스키가 약간 남아 있는 내 병 속에 밀어 넣
었다.

빌리가 팔을 치켜들어 던질 준비를 했다.

"잠깐만." 내가 말했다. "뚜껑이 닫혀 있으면 병이 물에 뜰 거야,

그치? 근데 우리가 바라는 건 가라앉는 거 아닐까?"

"그런 것 같네." 그는 뚜껑을 돌려 연 다음 자기 병을 울타리 너머로 던졌고, 나도 똑같이 했다. 예상대로 그의 병이 내 것보다 멀리 날아갔다. 우리 뒤 고속도로의 차들이 내는 매끄러운 윙윙 소리를 뚫고 두 번의 풍덩 소리가 당김음처럼 나는가 싶더니, 이내 병 두 개는 가라앉아 영원히 보이지 않게 됐다.

"날 받아줘서 정말 고마워." 우리가 집으로 걸어가는 동안 빌리가 말했다.

"내가 그 방을 쓰지 않는다는 게 항상 마음에 걸렸었어." 내가 말했다.

"아파트 얘기만은 아니고." 그가 말했다. "난 뉴욕에서 날 도와줄 사람이 아무도 없을 줄 알았거든. 그랬더라면 그냥 혼자서 군인처럼 헤쳐나가야 하는 좀 외로운 시간이었을 텐데. 특히 지하실에서 보낸 처음 그 몇 주는. 그래서, 고맙다고, 친구."

빌리가 지하실에서 보낸 처음 몇 주가 내게는 스타이 타운에서 처음으로 보낸 육 년이었을 거라고 나는 생각했다.

"나도 마찬가지야." 내가 말했다.

5

선거일이 될 때까지 긴장되는 분위기는 거의 감돌지 않았다. 클린턴이 재미있는 제삼자인 로스 페로의 특이함에 다시 한번 힘입어 밥 돌을 때려눕혀주기를 모두가 기대했던 것이다. 심지어 민주당 지지자들에게도 이번 선거는 헤비급 챔피언과 영양실조에 걸린 아마추어가 벌이는 한쪽으로 기울어진 시합처럼 기대감이 떨어지는 면이 있었다.

빌리와 나는 개표 방송을 같이 볼 계획을 세웠고, 선거일 오후에 나는 와인, 과카몰레와 감자 칩, 브리 치즈와 크래커를 샀다. 집으로 돌아오는데 베스 이스라엘 병원 앞에서 얼굴이 불그스름하고 나보다 나이가 많아 보이는 한 남자가 택시를 타는 데 어려움을 겪고 있었다. 이유는 잘 알 수가 없었다. 남자는 연석 옆에서 몸을 버둥거렸는데, 결국 택시 기사는 인내심을 잃고 문을 닫으라고 소리 지르고는 서둘러 떠나버렸다. 남자는 땅바닥을 쳐다보았다.

"괜찮으세요, 선생님?" 내가 물었다.

그는 시선을 위로 향하지 않은 채 고개를 끄덕였다.

"다른 택시를 잡아드릴까요?"

"고맙습니다." 그가 조용히 말했다. 내가 한 손을 들자 다른 택시 한 대가 다가와 섰다.

"죄송한데요," 남자가 말했다. "먼저 저를 좀 도와주실 수 있을까요?" 그는 몸을 굽히지 않고 바짓단 한쪽을 끌어올렸다. 헐렁한 양말 위쪽, 살이 있어야 할 곳에 반짝이는 알루미늄 막대가 있었다. 쿡 찌르는 듯한 불편한 통증이 배 속을 스쳤다.

"실수로 잠겨버렸는데 다리를 굽힐 수가 없네요." 남자가 설명했다. "그래서 바지를 충분히 걷어 올릴 만큼 밑에까지 손이 닿지가 않습니다. 좀 도와주시겠어요?"

"넵." 내가 컬컬한 목소리로 대답했다. 나는 웅크려 앉아 남자의 베이지색 폴리에스터 바짓단 한쪽을 한데 모아 잡고는 보철로 된 가느다란 종아리를 따라 걷어 올렸다.

"파란불인데요." 택시 기사가 말했다. "갑시다."

"좀 기다리세요!" 나는 그때까지 내본 적 없는 날카로운 목소리로 소리쳤다.

"방금 이렇게 됐어요." 남자가 말했다. "전에는 한 번도 이런 일이 없었어요. 죄송합니다."

"걱정 마세요." 내가 말했다. 나는 걷어 올리는 속도를 늦췄고, 바지는 무릎까지 올라갔다. "됐어요. 이제 푸시면 될 거예요."

나는 그가 마지막 부분을 걷어 올리고 무언가 조정을 할 수 있도록 고개를 돌렸다. 그는 움직임을 시험해보고는 준비가 됐다고 했다. 나는 바짓단을 펴서 다시 내리고는 그가 뒷좌석에 앉는 것을 도왔다. 명확하지만 그럼에도 거슬리는 깨달음이 찾아왔다. 바짓단이 내려가 있었다면 그의 한쪽 다리가 없다는 사실은 절대 알지 못했을 거라는 깨달음이었다.

"이따가 내릴 때는 괜찮으시겠어요?" 내가 물었다. "다시 잠기면 어쩌죠?"

"괜찮을 거예요." 남자가 말했다. "앉아 있을 때는 제가 걷어 올릴 수 있거든요. 익숙해지는 데 시간이 좀 걸릴 거라고 하더라고요."

그날 밤 빌리가 수업에서 돌아왔을 때 나는 남자와 마주친 일을 이야기해주었다. "네 전 여친이 했다는 말이 떠오르더라. '은폐 가능한 낙인' 말이야."

"나에 대해서 은유적으로 한 말이야." 빌리가 말했다.

"그래, 알아." 내가 말했다.

첫 번째 개표 결과가 파도처럼 밀려 들어왔고 클린턴이 단번에 앞서갔다. "젠장, 팔굽혀펴기 하는 걸 잊었네." 펼쳐놓은 음식을 게

걸스레 입에 집어넣던 빌리가 말했다. "여기서 좀 해도 될까?"

나는 그에게 마음껏 하라고 손짓을 했다.

"미안, 보통은 내 방에서 하는데." 빌리는 내게서 먼 쪽을 보고 바닥에 엎드렸다. 그의 팔굽혀펴기에는 똑같은 동작을 되풀이하는, 자기 자신의 완벽함에 진력이 난 조립 라인의 기계처럼 뚝뚝 끊어지는 느낌이 있었다. 탱크톱의 초승달처럼 파인 부분에 드러난 삼각근은 빌리의 몸이 올라가고 내려감에 따라 물결쳤고, 삼두근은 몸부림을 치며 비단뱀의 몸속을 내려가는 삼켜진 짐승처럼 그의 피부 밑에서 당겨졌다. 모든 관심을 독차지하는 게 이두근이라는 건 이상한 일이다. 이두근은 부피만 큰 부속물이자 아무 소용 없는 장식품에 불과한 반면, 삼두근은 좀 더 우아한 근육이자, 세상이 던지는 돌과 화살을 막아내는 늠름한 갑옷인데 말이다. 나는 말없이 쉰까지 세었고, 그러자 빌리가 멈추더니, 숨을 헐떡이며 소파로 돌아와 털썩 앉아서는 한 잔 가득한 샤도네이를 꿀꺽꿀꺽 들이켰다.

나는 일리노이주 부재자 투표를 했느냐고 빌리에게 물었다. "했어." 그가 대답했다.

"그래봐야 네 투표가 일리노이주 결과에 큰 영향을 미치진 않겠지. 뉴욕에서 했어도 그랬겠지만."

"나는 항의성 투표라고 생각하고 있어."

"무슨 뜻이야?"

"민주당 지지자들한테 일리노이주를 너무 당연하게 자기들 표밭으로 여기면 안 된다는 걸 알게 해주려고."

"설마 페로한테 투표했어?"

"돌한테 했는데." 그가 말했다.

나는 웃었다. 그는 웃지 않았다.

"진짜야?"

그는 고개를 끄덕이고는 감자 칩으로 불도저 밀듯 과카몰레를 떠냈다.

빌리가 이스트 코스트의 어떤 코즈모폴리턴적 가치들에 대해 경멸을 드러낸 적은 있었지만, 나는 그 경멸이 문화적 영역에만 한정돼 있다고 생각했었다. 그와 내가 심지어 대통령 선거가 있는 해인데도 정치 얘기는 한 번도 직접적으로 나눈 적이 없다는 생각이 떠올랐는데, 그건 어쩌면 정치에 무관심한 시대의 징후일 수도 있었고, 또 어쩌면 그의 견해를 어렴풋이 감지한 내가 그것 때문에 우리 사이에 균열이 생기는 걸 원치 않았던 건지도 몰랐다.

"충격받은 표정이네." 빌리가 말했다.

나는 경멸의 뜻이 최대한 덜 담긴 단어를 찾아내려 노력했다. "네가 쓰는 종류의 소설을 봐선, 그런 소설을 쓴다면, 너는 리버럴할 거라고 생각했던 것 같아."

"왜?"

"그렇잖아. 그냥 상상하기 어렵잖아, 누군가가… 내 말은, 예술가들은 대부분 리버럴한 신념을 가지고 있으니까."

"너는 어떤 종류의 사람들이 예술가가 된다고 생각해?" 무언가에 대해 별생각 없이 자동반사적인 가정을 내놓은 대학 1학년생에게 다시 생각해보길 권하는 교수 같은 어조로 빌리가 말했다.

"이야기하고 싶은 무언가가 있고, 그걸 표현하기 위한 재능이 있고 단련하는 방법을 아는, 그리고 공감능력이 있어서 다른 관점들을 이해할 수 있는 사람들인 것 같은데."

"그렇지, 네 말이 다 맞아." 빌리가 말했다. "그리고 거기 더해서, 성공하지 못할 경우에 의지할 수 있는 재정적 완충재가 있는 사람들이지. 즉, 나 같은 사람들은 그리 많지 않다는 거야."

나는 선거 관련 최신 뉴스가 더 없나 보려고 텔레비전으로 시선을 향했지만, 방송은 '미스터 클린' 세제 광고로 바뀌어 있었다.

"그럼 넌 밥 돌의 공약 '전부'에 정말로 동의하는 거야?" 내가 물었다. "세금은 낮추고, 군사력은 키우고, 임신중절 반대에다, 사회복지는 없고. 그거에 다 동의한다고?"

"당연히 아니지." 빌리가 말했다. "난 임신중절 합법화에는 찬성해. 하지만 사람들이 자기 행동에 좀 더 책임을 지길 바라지. 부자들은 세금을 더 많이 내는 게 맞고. 미국에는 강력한 군대가 있어야 해. 우리가 전 세계의 경찰 노릇을 해서는 안 되겠지만. 그리고 약간의 사회안전망 프로그램은 필요하다고 생각해. 하지만 공짜로 지원해주는 과보호 국가는 안 되지."

"너 그럼 지난번에는 부시 찍었냐?" 내가 물었다.

"아니." 그가 말했다. "클린턴."

그 말은 좀 전의 폭로보다 더 큰 충격에 가까웠다. 나는 수십 년 간 겪어봐서 근거가 있음에도 불구하고 극단적으로 대조되는 두 정당의 차이를 이해하지 못하거나, 선거에서 누굴 뽑든 어차피 아무 상관이 없다고 운명론적으로 생각하는 무당파 유권자들을 가장 안 좋게 여겼다.

"그럼 왜 바뀐 거야?"

"난 안 바뀌었어." 빌리는 속이 흘러나오고 있는 브리 치즈를 포크로 찌르더니 크래커에 발랐다. "싸그리 변한 건 그 인간이지. 완전히 월스트리트 손아귀에서 놀아나고 있잖아."

"그래, 하지만 클린턴이, 특히 부시랑 레이건에 비하면 경제 정책에서는 잘하고 있다는 생각 안 들어? 주가가 사상 최고치를 기록 중인데."

빌리가 웃었다. "내가 아는 고향 사람 중에 주식 하는 사람 한 명도 없거든? 근데 생활보조금 받아서 사는 사람은 많이 있지. 아니면 전에는 받았는데 클린턴이 그 제도를 빈 깡통으로 만들어버려서 못 받게 된 사람이나."

"하지만 바로 그게 공화당의 공약이잖아. 복지제도를 빈 깡통으로 만들어버리는 거 말이야." 내가 모순을 물고 늘어지며 말했다. "게다가, 너는 방금 국가가 공짜로 지원을 해주면 안 된다고 했는데 말이야. 클린턴은 중도파 쪽으로 가고 있는데 그건 국가가 가는 방향이 그쪽이라서 그래. 넌 그 사람한테 뭘 바라는 거야?"

"불알 두 쪽 달렸으면 배짱 좀 키우는 거." 빌리가 말했다. "둘 다 우리를 쥐어짤 거라면, 난 최소한 자기가 믿는 것만 말로 하고, 진정한 기개가 있는 사람을 택하겠어. 돌 그 사람, 2차대전 때 어떤 사람 구하다가 목 아래쪽으로 마비가 왔잖아. 클린턴은 베트남전 때 로즈 장학생 돼서 영국 여자랑 잠이나 잤다고. 나라를 위해 희생하는 일에 누가 더 관심이 있다고 생각하냐? 그 인간 완전 사기꾼이야. 만약 연속으로 여자한테 나쁜 짓을 하고 부동산 거래 의혹으로 조사를 받은 게 돌 쪽이었으면 민주당은 무장 봉기를 일으켰을 거다."

텔레비전 화면이 휙 바뀌어서, 대통령이 그날 일찌감치 자기 자신에게 투표하고 승리를 예상하는 미소를 지으며 카메라를 향해 손을 흔드는 장면을 보여주었다.

"클린턴은 서민 편을 든다면서 쇼를 하고 있지만, 자기 같은 권력자들이 진짜로 값비싼 무언가를 포기할 필요가 없을 때에 한해서 편을 드는 거야." 빌리가 말을 이었다.

나는 클린턴 역시 빌리와 마찬가지로 아버지 없이, 경제적으로 소외된 작은 도시에서 자라났고, 결함 있는 사람일지는 몰라도 자신의 지성과 노력의 힘으로 지금 있는 자리까지 올라온 거라고 말해줄까 생각했다. 하지만 그 순간 빌리가 덧붙였다. "그 인간한테 투표하는 수많은 사람들도 마찬가지고." 그리고 나는 아무 말도 하지 않았다.

빌리는 화장실에 갔고, 그가 돌아왔을 때 나는 화제를 학교 쪽으로 돌렸다. 아홉시가 되어 현 대통령의 이름이 당선자로 불렸을 때 우리는 텔레비전 보기를 멈췄다.

추수감사절 전 주가 되자, 나는 빌리에게 연휴 동안 뭐 할 일이 있느냐고 물었다. 그는 추수감사절 연휴 때문에 스케줄이 꼬여서 긴 주말 내내 바 근무가 없어졌고, 그래서 그냥 책 읽고 글을 쓰면서 보낼 계획이라고 했다.

"나랑 같이 우리 집에 가도 돼." 내가 말했다. "우리 이모랑 이모부랑 사촌이 저녁 먹으러 오긴 하는데 자고 가진 않을 거고, 손님 방이 있어."

"거기 어떻게 가는데?" 빌리가 물었다. "기차? 아니면 버스?"

"난 사실 비행기 타고 가. 델타 셔틀 타면 한 시간밖에 안 걸려."

"아하. 글쎄, 난 비행기 탈 돈은 없어."

"내 표 중에 두 장을 네가 쓰면 돼." 내가 말했다. "양도 가능하거든."

"얼만데?"

아버지가 내게 사준 항공권은 할인된 8장짜리 묶음이었는데 한 장에 60달러씩 했다.

"얼마 안 해." 내가 말했다.

우리는 수요일의 대혼잡을 피하기 위해 추수감사절 당일 아침에 비행기를 탔다. 대중교통을 이용하고 싶어하는 빌리에게 그가 없었어도 나 혼자 탔을 거라고 말하면서 나는 라과디아 공항까지 가는 택시에 그를 공짜로 태웠다.

공항에서 빌리가 문을 통과하는데 금속 탐지기가 울렸고, 순간 그는 당황해서 내 쪽을 보았다. "죄송합니다." 그가 교통보안청 직원에게 말했다.

"벨트를 빼셔야 합니다, 손님." 보안 책임자가 말했다.

비행기를 처음 타보는 빌리가 그 사실을 너무 의식하지 않도록 나는 비행기에 대해서는 아무 말도 하지 않았다. 탑승이 끝난 뒤 그는 머리 위의 짐칸, 좌석에 부착된 버튼들, 접히는 선반까지 살펴보면서—그러나 손을 대지는 않으면서—객실 이곳저곳을 눈여겨 살폈다. 어린애 같은 호기심을, 이십 대에 들어서야 처음으로 이런 경험을 해본다는 어른의 쑥스러움으로 누르고 있는 것 같아 보였다. 이륙할 때, 그는 조종사의 이륙 후 인사말이 나올 때까지 두 손으로 팔걸이를 꼭 붙잡고 있었다. 창가 자리에 앉은 빌리는 한 시간 남짓 되는 비행시간 대부분을 바깥을 내다보면서 보냈다. 착륙할 때가 되자 그는 다시 긴장했고, 마지막 순간에는 바퀴가 활주로에 닿을 때까지 눈을 감고 있었다.

"그건 그렇고," 승객 픽업 구역에서 엄마의 닛산을 발견했을 때 내가 말했다. "우리 부모님한테는 네가 나랑 같이 살고 있다는 얘기 안 했거든. 혹시 대고모가 별로 좋아하지 않을 수도 있을 것 같아서. 그러니까 그냥, 너는 학교 기숙사에서 지내고 있는 걸로 하자." 대고모는 이 점을 신경 쓰지 않을 분이었지만, 나는 그 말이 돌고 돌아 아버지의 귀에 들어가는 게 싫었다. 아버지는 빌리가 집세를 나눠 내고 있는지 캐물을 사람이었으니까.

우리는 엄마 차의 뒷좌석에 탔고, 차가 로건 공항을 벗어나자 나는 엄마와 빌리를 서로에게 소개했다. "부모님은 아직 거기 계시고?" 빌리가 일리노이주 어디 출신인지 말한 뒤에 엄마가 물었다.

"네. 이혼하셨어요."

"무슨 일을 하셔?"

"엄마는 치과에서 일하시고요. 아버지는 조경 회사에 다니세요." 빌리는 자기 아버지가 한다고 마지막으로 들은 일을 댔다.

"그럼 뉴욕에서는 어디서 지내니?"

빌리의 시선이 힐끗 내게로 향했다. "학교 기숙사요." 그가 말했다.

내가 태어날 때부터 우리 가족이 살았던 흰색 콜로니얼 양식 주택은 오크나무와 노르웨이단풍나무 들이 지붕 모양으로 우거진 지역에 있었는데, 개인 소유의 경비용 밴들이 오가는 그곳의 거리는 그런 대비책이 너무 과한 것임을 드러내듯 잠잠하고 평온했다.

집에 들어가 신발을 벗자마자 빌리는 현관을 장식하고 있는 19세기 영국 유화의 복제화를 바라보았다. 그에게 구경을 시켜줘야 할 것 같은 의무감이 느껴져서, 나는 거실에 진열된 골동품 접시들과 셰이커 양식 물레를 지나며 가이드 역할을 한 다음, 80년대 중반에 나온 먼지 쌓인 제니스 텔레비전 세트와 노르딕트랙 스키어 운동기구가 놓인 TV룸처럼 고상한 척을 좀 덜 하는 공간들에 들어가 어슬렁거렸다.

코네티컷에서 이모와 이모부, 그 아들과 그의 약혼자가 오기 전에 몇 시간쯤 보스턴 시내를 돌아보지 않겠느냐고 내가 빌리에게 물었다.

"너희 어머니가 음식 만드시는 거 도와야 되지 않을까?" 빌리가 물었다.

"괜찮아." 내가 말했다.

그가 눈을 가늘게 떴다. "진짜? 일곱 명이 먹을 추수감사절 저녁을 혼자 만드시는데."

"우린 방해만 될 거야."

"그래도 도와드리고 싶어."

빌리가 고집을 부려서 엄마는 그가 돕는 걸 허락했다. 나 역시 죄 지은 사람처럼 돕겠다고 했고, 우리는 식탁에서 칠면조 속에 넣을 채소를 썰었다. "빌리, 브로콜리라브 좀 가져다줄래?" 엄마가 싱크대에서 물었다. 빌리는 식탁에 보물창고처럼 펼쳐진 가을 채

소들을 훑어보았다. 순무, 스웨덴순무, 고구마, 호박, 스위스근대, 샐러드에 넣을 채소들이 있었다. 나는 빌리가 브로콜리라브가 뭔지 확실히 모르고, 알아내기 위해 '브로콜리'라는 말에 힘껏 의지하고 있음을 알 수 있었다.

"찾았다." 우묵한 그릇을 향해 식탁 위로 몸을 기울이며 내가 말했다.

우리가 부엌에서 충분히 시간을 보내고 나자, 엄마는 쉬라면서 우리를 밖으로 쫓아냈다. "라이언스 경기 좀 봐도 될까?" 빌리가 내게 물었다. 그는 우리 아파트에서는 어떤 스포츠 경기도 틀지 않았었지만, 나는 TV룸으로 그를 따라가서 그가 경기를 보는 동안 〈보스턴 글로브〉지를 읽었다.

"너 패츠 좋아해?" 그가 물었다.

"어렸을 때는 좀 더 좋아했어." 내가 거짓말을 했다.

"이해가 되네. 86년에는 안타까웠어."

"86년?"

"20회 슈퍼볼." 그가 말했다. "베어스 대 패트리어츠. 46대 10."

"맞아." 내가 말했다.

"프리지가 터치다운 득점하는 장면 포스터를 고등학교 내내 침대맡 벽에 붙여놨었어." 빌리는 그 기억에 얼빠진 미소를 지었다. "너희 팀은 블레드소랑 마틴이 있어서 올해가 정말 좋은 기회야. 그리고 파셀스는 리그 전체에서 최고고."

나는 꿍 소리를 내고는 물을 가지러 부엌으로 갔다.

"내가 어제 스타 마켓에서 누굴 봤는지 아니?" 엄마가 내게 말했다. "미셸 스타인. 기억나?"

"어렴풋이요." 찬장에서 컵 하나를 꺼내며 내가 말했다.

엄마가 부엌문을 닫았다.

"글쎄, 그 여자 딸이 고환암 걸린 남자랑 결혼했다지 뭐니." 엄마가 목소리를 낮춰 말했다. "양쪽 고환이 다 그런 모양이야. 수술받기 전에 정자를 보관해놨다는데, 그게 또 난임 치료에서 말을 안 듣더래. 그래서 걔네들 중국에서 예쁜 여자애를 입양했단다."

나는 찬물을 틀었다.

"그 여자가 그러는데, 자기 딸이 친자식이 있었대도 그보다 더 사랑해주진 못했을 거라더라." 엄마가 말을 이었다.

나는 내가 좋아하는 만큼 차가워지기 전에 유리컵을 채웠다.

"걔가 다니는 유치원에는 다른 입양아들도 몇 명 있대." 엄마가 말했다. "얘길 들어보니 요즘에는 입양하기가 훨씬 쉬워졌나 봐, 에이전시나 뭐 그런 걸 통해서."

"알겠어요." 내가 수도꼭지를 내리쳤다. "미셸 스타인 딸은 좋겠네요."

나는 TV룸으로 돌아와 〈보스턴 글로브〉지의 예술 섹션을 다시 펼쳤다. 경기가 거의 끝나갈 무렵 전화벨이 울렸고, 잠시 후 엄마가 오더니 아버지가 나와 통화하고 싶어한다고 했다. 학기가 시작된 뒤로 우리는 통화를 한 적이 없었고, 현금 투입이 필요하면 나는 아버지가 출근해 있을 때 아버지네 집 자동응답기에 메시지를 남기는 방법으로 얻어냈다. 나는 내 방으로 무선전화기를 들고 가서 문을 닫은 다음 전화를 받았다.

"여보세요." 내가 말했다.

"그래, 잘 있냐." 아버지가 말했다. "샌디에이고에서 추수감사절 인사 보낸다." 나와 나이가 비슷한 새엄마와 아버지는 중요한 명절이면 새엄마네 대가족을 방문하러 그곳을 찾았다.

"저도요." 나는 헛기침을 했다. "거긴 날씨가 어때요?"

"오늘은 한 20도쯤까지 올라갔다." 아버지가 쿡쿡 웃었다. "우리가 왜 보스턴에 사는지 모르겠더라."

"상상이 되네요." 내가 말했다. "여긴 정말 춥고 바람이 많이 불었어요."

"네 엄마가 그러는데 컬럼비아에서 사귄 친구를 데려왔다면서."

"이름이 빌리예요."

"그리고 너는 프로그램 재밌어한다고 그러던데?"

나는 엄마에게 워크숍에서 잘해나가고 있다고 했었는데, 그건 엄마가 아버지에게 뭐든 말을 전해서 안 그래도 긴가민가한 예술 학위를 위해 수업료를 대는 걸 아버지가 다시 생각해보게 만들어서는 안 되기 때문이었다. "재밌어요." 내가 말했다. "배우는 것도 많고 글도 많이 쓰고 있어요. 일은 좀 어떠세요?"

"바쁘지." 아버지는 조그맣게 놀란 듯한 소리를 내더니 이내 웃음을 터뜨렸다. "리사네 조카가 방금 내 다리에 달라붙었어. 얘는 내가 자기를 발등에 태우고 걸어 다니는 걸 좋아하더라고." 아버지가 그 꼬마 남자애에게 말했다. "잠깐만, 이 귀여운 따개비 녀석아."

자라면서 아버지와 요란하게 놀았던 기억은 별로 없었다. 아버지는 당신이 화학 공학 기술자로서 하던 것과 똑같이 추상적으로, 예측을 해가며, 방정식과 도표를 통해 엄격하게 과학적 방법을 고수하면서 현실 세계와도 상호작용을 했던 것이다. 한번은 아버지가 일곱 살이던 나를 데려간 국토 횡단 여행에 사용했던 미국 지도를 우연히 발견했는데, 여정의 각 구간에 주행거리와 어림잡은 여행 시간이 주석으로 달려 있었다.

아버지는 마무리를 하듯 숨을 깊이 들이쉬었다. "그럼, 다시 한번 즐거운 추수감사절 되렴."

"크리스마스에 뵈어요."

"아 참, 너한테 말을 안 했구나." 아버지가 말했다. "우리는 그때 파리에 간단다. 아파트를 교환해 살아보기로 했거든. 리사는 가본 적이 없대. 너는 언제 돌아가니?"

확인해보니 우리의 일정은 맞지 않았다. 아버지는 미안하다면서 다음에 내가 뉴욕에 있을 때 근처에 가게 되면 꼭 연락하겠다고 했다.

"좋아요." 내가 말했다. "들어가세요."

"잘 있어라." 아버지가 말했다.

"잠깐만요." 나는 학부 때부터 늘 이 부분을 싫어한 나머지 그때까지도 등한시해왔는데, 우리의 몇 분 안 되는 의례적인 전화통화가 결국 송금 얘기로 끝나는 부분이었다. "깜빡했는데요, 학교에서 다음 학기 수업료, 2주 안에 내래요."

"알았다." 리사의 조카가 같이 놀자고 칭얼거리는 동안 아버지가 말했다. "집에다 메시지 하나만 남겨서 자세한 내용을 알려주렴." 달칵, 아버지의 수화기가 수화기걸이로 돌아갔다. 아버지가 십 년쯤 지나면 은퇴해서 샌디에이고에서 살 거라는 생각이 처음으로 떠올랐는데, 만약 그렇게 되면 우리 두 사람 다 상대방을 만나러 가게 되지는 않을 거라고 상상이 되었다.

TV룸에 돌아가 보니 빌리는 소파 가장자리에 걸터앉아 아마도 경기에서 아주 중요한 순간을, 팬들은 목쉰 소리로 외쳐대고 시계의 시간은 채 일 분도 남지 않은 상황을 지켜보고 있었다. "어떻게 돼가?" 내가 물었다.

"잠깐만." 빌리가 손바닥을 들어 보이며 말했다. 선수 한 명이 공을 넘겨받고 엔드 존으로 뛰어들었다. "미친, 그거지!" 관중이 기운을 잃고 있을 때 그가 소리치며 자리에서 뛰어올라 두 발로 섰다. 그러고는 기뻐 날뛴 것이 민망했는지 자리에 앉았다. "말도 안 되는 경기다. 너희 아버지는 어떠셔?"

처음으로 원고에 대한 메모를 교환했던 그때 이후로 나는 빌리에게 아버지 이야기를 많이 하지 않았다. "괜찮아. 샌디에이고에서 새엄마네 식구들이랑 계셔."

"그러고 보니 생각나는데 너희 부모님, 양육권 분리하셨어?"

부모님은 어차피 거의 모든 육아를 도맡아 했던 엄마가 내 양육권을 모두 가져간다는 데 원만하게 합의함으로써 자신들이 만들어낸 불화를 최소화했다. 아버지는 두 분이 내게 알리기로 계획한 날이 되기도 전에 그 소식과 이혼의 세부사항을 내게 말해버렸다. 그때 나는 한밤중에 잠이 깨어 뭔가 먹을 게 있나 보려고 부엌으로 내려갔다가, 문 열린 거실 소파에 담요를 덮고 누워 있는 아버지의 거무스름한 형체를 알아차렸다.

"아빠?" 내가 물었다.

"가서 다시 자라." 아버지가 중얼거렸다.

"왜 여기 내려와 계세요?"

"침대에서는 잠이 잘 안 와서."

"그치만 소파에 누워서 자면 허리 아파요."

뒤이은 아버지의 침묵으로—그리고 그 몇 달 동안 저녁식사 자리에 앉아 내가 느낀 긴장이며, 대화 대부분이 나를 중간에 끼고 삼각형을 그리며 이루어진 일들을 떠올려볼 때—나는 무언가가 잘못됐다는 걸 알았다. 아버지는 일어나 앉아 커피 테이블에서 안경을 집어 썼다. "이리 와봐라." 아버지가 말했다.

내가 곁에 앉자, 아버지는 그런 경우에 하는 갖가지 설명과 안심시키는 말들을 늘어놓았다. 즉, 아버지와 엄마가 최근에 문제를 겪어왔고, 해결하려고 최선을 다해봤지만 아무것도 도움이 되지 않았으며, 당신들이 나를 사랑하고 있고, 비록 지금은 고통스러울 수 있겠지만 이것이 우리 모두에게 최선의 선택지라는 얘기였다. 그 순간만큼 내게 형제자매가 있었으면 했던 적은 없었다. 나보다 나이가 많든 적든, 남자든 여자든 아무 상관 없었다. 그저 그 고통을 나와 함께 짊어질 다른 사람, 내가 헤쳐나가야 하는 것과 정확히 같은 것을 헤쳐나갈 사람이 필요했다.

"너한테도 힘든 시간이었다는 걸 안다. 그리고 넌 모든 걸… 굉장히 잘 견뎌왔고 말이야." 아버지가 말했다. "하지만 이 일이 일어난 건 너하고는 아무 관계가 없단다. 순전히 네 엄마하고 나 사이의 일이야."

"알아요." 내가 말했다.

나는 내가 엄마와 같이 살았고, 아버지가 일주일에 한 번씩 보스턴에서 와서 내게 저녁을 사주었다는 이야기를 빌리에게 했다.

빌리는 여전히 텔레비전을 보고 있었다. "우리 엄마가 그러는데, 우리 아버진 이혼하고 나서 여섯 달 동안 한 번도 안 들렀대."

"음, 나도 대학 간 뒤로는 그냥 명절 때나 생일에만 만나는 거 비슷하게 됐어." 내가 말했다.

"엄마들이 있어서 다행이야." 경기가 광고로 바뀌었을 때 빌리가 말했다. "너희 어머니는 좋은 분이셔."

"고마워." 내가 말했다. "쓸데없는 참견이 좀 심하시지만."

"아무 신경도 안 쓰는 것보다는 나아." 빌리가 말했다.

나는 친척이라지만 이 사람들과 친하지 않았고, 그저 일 년에 한두 번 보는 사이였다. 나보다 한 살 많은 내 사촌은 자기 약혼자를 데려왔는데, 존스 홉킨스 의대에서 만났다고 했다. 토머스는 강아지처럼 생기발랄하게 인사를 했고, 주말이면 메릴랜드에서 하이킹을 하고 자전거를 탔으며, 퍼포먼스 플리스 옷이 편안하게 어울렸고, 무슨 말에든 대체로 "끝내주네요" 혹은 그 말의 변형을 써서 대답했다. 그와 약혼한 여자는 그의 여성 버전이었다. 둘 다 자기의심이나 자기혐오 같은 건 불가능한 사람들로 보였다. 그들은 아직 날짜를 잡지는 않았지만, 나는 그게 언제가 되든 두려웠다.

저녁을 먹으며 토머스는 최근 케냐에서 보낸 2주일을 거의 하루하루 자세히 설명했는데, 기본적인 의료 서비스를 받지 못하는 마을 사람들을 돕는 지원 프로그램을 통해 그곳에 간 것이라고 했다. 그는 자신을 껴안고 있는 어느 소년의 사진을 자랑스레 보여주었다. 그러고는 다가오는 크리스마스 즈음해 약혼자와 함께 오스트레일리아로 휴가를 떠날 계획을 이야기했다.

"너는 어때?" 십오 분 동안 쉬지도 않고 독백을 늘어놓은 그가 내게 물었다. "장편소설은 쓰고 있어?"

"단편소설 여러 편을 쓰고 있어."

"멋지네. 내용이 뭔데?"

"보통 10페이지에서 12페이지 정도 되는 분량이야." 나는 늘 그러듯 삐딱한 대답을 했다. 아무도 웃지 않았다. "세세히 얘기해서 사람들 지루하게 하고 싶지 않아."

"정말 훌륭한 작품들이에요." 빌리가 말했다.

"아, 나도 글 쓸 시간 좀 있으면 좋겠다. 케냐에서만 이야깃거리가 백만 개는 되는데." 토머스가 말했다. "아니다, 취소. 나는 '책 읽을' 시간이라도 있으면 좋겠다."

다음 날 나는 빌리에게 케임브리지 구경을 시켜주었다. "사촌 때문에 미안했어." 카페 팜플로나에서 커피를 마시며 내가 말했다. "좀 심하다는 거 나도 알아."

빌리는 재떨이에 담배를 필요 이상으로 여러 번 두드려 재를 떨었다. "그 사람 괜찮던데."

"솔직히 말해도 돼. 난 걔 정말 짜증 나거든."

"글쎄." 빌리가 말했다. "그냥, 십 분 거리인 볼티모어에 도와줄 수 있는 아프리카계 '미국인'이 수도 없이 많은데, 아프리카인 몇 명 돌본다고 지구 반 바퀴나 되는 거리를 날아가겠다는 사람들이 항상 놀라울 뿐이야."

"그래. 하지만 케냐 사람들은 도움이 훨씬 많이 필요하니까." 내가 말했다. "공리주의적 관점에서는 말이 된다고 할 수 있지."

"그렇다면 비행기 표 사는 데 쓴 돈을 케냐 사람들에게 직접 기부할 수 있었잖아. 그것도 아니고 꼭 거길 가야겠다면, 내세울 거리가 덜하긴 하겠지만 병원 세우는 일을 돕든지 해서 자기 같은 미국인들이 들어와 구해줄 필요 없이 그들이 스스로를 돌볼 수 있게 하면 되고." 빌리의 입술이 경멸스럽다는 듯 비틀어졌다. "아무리 최선의 의도가 있다 한들, 그 사람은 케냐인들 도운 걸로 자기 명성을 얻고 싶어하는 인간이야. 귀여운 사진을 트로피로 갖고 싶어하고, 그 모든 게 그한테는 이야기 소재로 삼을 또 한 번의 재미있는 여행이 되지. 그 빌어먹을 오스트레일리아에 가겠다는 거랑 똑같아."

나도 토머스를 상당히 싫어하긴 했지만, 빌리의 해석은 지나치게 냉소적으로 들렸다. 하지만 나는 "그럴 수도 있고"라고만 말했다. 선거 이후로 나는 빌리에게 정치적 견해를 꺼내지 않았다. 우리가 어떤 합의에도 도달하지 못하리라는 사실이 명백했고, 그런 이야기는 불화의 원인만 될 것 같았다.

"미안하다, 친구." 빌리가 말했다. "네 친척인데 내가 똑같이 굴고 있네. 네 사촌은 세상의 문제들을 해결하려고 노력하고 있고, 나는 집에나 앉아 가상의 인물들한테 문제들을 만들어주고 있는데 말이야."

우리는 주말의 나머지를 집에서 일하고 노닥거리면서 보냈다. 일요일 아침이 되어 공항으로 갈 준비를 하는데 세면도구 파우치가 보이지 않았다. 욕실에는 빌리가 있었지만 샤워 물소리가 들리지 않기에, 나는 문을 두드리고 파우치가 거기 있는지 물었다.

"응." 빌리가 말했다. "잠깐만 기다려." 그가 샤워기를 틀었다. "됐어, 들어와. 그거 변기 위에 있어." 그가 소리쳤다.

나는 문을 열었다. 창문을 통해 들어온 햇빛 때문에 물줄기 아래 서 있는 그의 몸 측면 윤곽이 반투명한 커튼에 비쳐 보였다. 내 세면도구 파우치는 변기 수조 위에, 샤워기 바로 옆에 있었다. 그것을 집으러 다가가자, 커튼과 벽 사이의 좁은 틈으로 물에 젖어 번들거리는 빌리의 근육 붙은 엉덩이 곡선이 드러났다.

나는 세면도구 파우치를 집어 들고 걸어 나왔다.

6

겨울방학 전 주에 빌리가 내 방에 와서는, 돈은 자기가 낼 테니 누구 아는 사람한테서 차를 좀 빌릴 수 없겠느냐고 물었다. 자기 사촌이 주말에 펜실베이니아에서 결혼을 하는데, 뉴욕에서 차를 빌리거나 암트랙 열차를 타면 엄청나게 비싸다는 걸 그제야 깨달 았다는 것이었다. 그 둘 중 하나를 타고 가면 모텔에서 묵을 비용 이 없다고 했다. 나는 아는 사람이 없다고 대답했다.

"젠장. 그냥 버스 타야겠네." 그가 말했다.

"타면 얼마나 걸리는데?"

"버스로는 더 걸리니까 한 아홉 시간쯤 되려나. 그래도 금요일 자정에 타고 갔다가 일요일에 돌아올 수 있어."

"너무 힘들 것 같은데. 그냥 일이 많아서 못 가겠다고 해."

"가야 돼." 빌리가 두 눈을 비비며 말했다. "가족 행사라서. 할머니가 고관절을 다치셔서 엄마가 보살펴드려야 하게 된 뒤로는 특히."

나는 렌터카 비용을 빌려줄까 생각했지만 빌리가 거절할 것을 알았다. 문득 더 좋은 생각이 떠올랐다.

"내가 너랑 같이 가면 어떨까? 렌터카 비용은 내가 내고 모텔비는 나눠 내면 되잖아. 물론 난 결혼식에는 참석 안 할 거지만."

"펜실베이니아에 있는 웬 쓰레기 같은 도시에 가는 데 주말을 통째로 쓰겠다고? 왜 그러고 싶은데?"

"나 자동차 여행 좋아하거든." 내가 대답했다.

빌리는 문틀 한쪽을 톡톡 두드리며 생각에 잠겼다. "아마 저녁 식사 끝나고 나면 피로연장에 몰래 들어오게 해줄 수 있을 거야."

"좋았어." 내가 말했다. "이참에 도시를 벗어나보는 거지 뭐."

나는 내 대형 카세트라디오를 이용해, 차를 타고 가면서 들을 믹스테이프를 만들면서 다음 날 오후를 보냈다. 토요일 아침, 우리는 지하철과 버스를 타고 JFK 공항으로 향했다. 거기서는 렌터카 비용이 덜했다. A선을 타고 가는데, 맞은편에 유니섹스 향수인 CK One 광고가 붙어 있었다. 케이트 모스와 다른 비쩍 마른 남녀들이 모델이었다.

"쟤가 섹시하다고 생각하냐?" 빌리가 물었다.

"케이트 모스?" 내가 말했다. "당연하지. 예쁘잖아."

빌리는 케이트 모스의 사진에 얼굴을 찡그렸다. "쟤를 매력적이라고 느껴야 한다는 건 알겠어. 그런데 쟤는 '거기에' 아무것도 없잖아. 난 여자들이 여자처럼 보이는 게 좋아." 그는 광고 옆에 붙은, 리어나도 디캐프리오가 클레어 데인스에게 키스하고 있는 〈로미오와 줄리엣〉 포스터를 향해 고갯짓을 했다. "저 여자는 거의 저 남자처럼 보여. 아니면 저 남자가 저 여자처럼 보이는 거든지."

"여자들은 디캐프리오 엄청 좋아하는 거 같던데." 내가 말했다.

공항에 도착해 빌리가 가장 저렴한 서브컴팩트 카를 예약하는 동안 나는 데스크 점원에게 차에 카세트 플레이어가 내장되어 있는지 물었다. 라디오만 있다고 점원이 알려주었다. 카세트 플레이어가 있는, 그다음에 나온 모델은 15달러 더 비싸다고 했다.

"아뇨, 그건 괜찮아요." 양식에 서명하며 빌리가 말했다.

"내가 낼게." 내가 말했다. "나 테이프 가져왔어."

"15달러나 더 낸다고? 그걸로 참치를 사면 2주는 먹어."

빌리의 그 말이 농담인지 뭔지 나는 알 수가 없었다.

"우리 열네 시간 동안 차 안에 있어야 돼." 내가 말했다. "그 정도 돈 낼 가치가 있어."

테이프 하나 때문에 15달러를 더 내는 건 어쩌면 터무니없는지도 몰랐지만, 렌터카 비용을 대는 사람으로서 내가 이겼다. 일찍 일어난 데다 멀리 공항까지 오느라 아직 몸이 느른해서, 묵시록 속 풍경처럼 연기를 뿜어내는 뉴저지 공업지대의 지평선을 훑어보며 앞으로 일곱 시간 동안 달릴 80번 주간고속도로로 접어드는 동안 우리는 별로 말을 하지 않았다. 25세 이하인 내가 운전을 하면 터무니없는 추가요금을 내야 했으므로 우리는 빌리를 단독 운전자로 기재했는데, 그가 전에 했던, 운전에 그렇게 소질이 없다는 말은 정확했다. 빌리는 '느리고 난폭하게'라는 보기 드문 조합으로 운전을 했고, 앞에 아무도 없을 때는 고속도로 속도 제한을 간신히 넘었지만 다른 차를 추월할 기회가 오면 차선을 넘나들며 총알같이 차를 몰았다.

나는 테이프를 탁 하고 집어넣었고, 이내 첫 곡인 울트라복스의 〈비엔나〉가 시작되었다. "이 노래 알아?" 내가 물었다. 빌리는 모른다고 했다. 우리는 그 뉴웨이브 곡의 심장박동을 흉내 낸 신세틱 드럼과 미친 듯한 바이올린 리프, 천장을 뚫고 미지의 옥타브로 올라가려는 듯 음계 꼭대기에서 뚱땅거리는 피아노를 말없이 들었다. 발표되었을 때는 아직 어린애였던 까닭에 나는 그 곡이 나온 지 십 년 뒤에야 처음 들어봤지만, 바로 그게 내가 그 곡에 애착을 갖는 이유였다. 나는 언제나 내 과거가 아닌 과거에, 다른 사람들의 성장기에 배경음악으로 깔렸을 음반들에, 마치 그 경험들이 나 자신의 경험보다 더 진실하다는 듯 가장 강렬하고 고통스러운 그리움을 느꼈다.

"이 노래 정말 좋다." 음악 소리가 서서히 줄어들고 나자 빌리가 말했다. 테이프의 양면이 다 끝나자 그는 그것을 뒤집어 처음부터 다시 틀었다.

"만약에 별로면, 싫다고 해도 괜찮아." 빌리가 말했다. "근데 혹시 크리스마스 휴가 때 며칠 정도 일리노이에 와보고 싶으면, 와도 좋을 것 같아."

"재미있겠다." 『노 맨스 랜드』의 현실 버전이 어떤 모습일지 벌써부터 상상하며 내가 말했다.

"재미있을지는 잘 모르겠어." 빌리가 말했다. "할 게 별로 없거든. 그래도 너한테 여기저기 구경시켜줄 수 있으면 좋을 거 같아."

믹스테이프의 두 번째 재생이 끝났다. 우리는 라디오를 틀어봤지만, 주파수가 맞는 몇 안 되는 방송국에서 나오는 거라곤 컨트리 음악뿐이었다.

"테이프를 한 번 더 들어야 될까?" 빌리가 물었다. 나는 테이프를 뒤집었고 〈비엔나〉가 다시 시작됐다. 그러자 내가 대학 시절 뉴욕과 보스턴을 버스로 혼자 오갈 때 찾아오곤 했던 감정이, 충분히 성숙하지 못한 성인이 도시에서 도시로 움직일 때 느끼도록 특화된, 어디에도 속할 수 없다는 그 멜로드라마 같고 낭만적인 정서가, 바깥세상으로부터 차단된 채 지리상의 지점들 사이를 떠도는 유예된 육체의 감각이 내게 돌아왔다. 다만 이번에는 나는 혼자가 아니었다.

"그 느낌은 사라졌어, 오직 그대와 나뿐." 우리는 쇳소리 나는 차 스피커와 함께 노래를 불렀고, 망가진 차창으로 들어온 바람은 우리의 머리칼을 미친 듯이 날렸으며, 12월의 하늘은 우리가 서쪽으로 돌진하는 동안 무한한 금속성의 실안개에 덮여갔고, 92년형 지오 메트로에 탄 루이스와 클라크는 니코틴과 카페인과 미지의 것—그날 밤, 우리의 젊음, 우리의 인생—이 주는 흥분에 취했으며, "그건 내게 아무 의미도 없어, 그건 내게 아무 의미도 없어, 이건 내게 아무 의미도 없어" 가수는 부인하고 있었지만(누군가가 격렬하게 그것이 자신에게 아무 의미도 없다고 주장할 때 그것은 당연히 모든 것을 의미한다), 코러스의 마지막 두 단어는 그의 자기기만을 완전히 끝내버리고, 더 이상 존재하지 않는다 해도 결코 벗어날 수 없는 시공간의 단단한 물질성으로 그를 돌려보낸다. "오, 비엔나."

멀리서 보았을 때, 그 오래된 철광 생산 도시는 점점 희미해지는 오후 햇빛 속에서 단호하고 예스런 매력이 있어 보였고, 지평선에는 굴뚝과 첨탑, 땅딸막한 급수탑들이 촘촘히 박혀 있었다. 하지만 우리가 다가가자, 붉은 벽돌로 지은 공장들은 냉장고에 너무 오래 방치된 스테이크 같은 색깔로 변했다. 어떤 공장들은 전체가 유통기한이 지난 듯 무너져 내린 상태였으며, 남은 부분들은 잔해 더미 위에 올라앉아 있었다. 많은 공장 꼭대기에 회사 이름이 새겨져 있었고, 뒤이어 아마도 아기의 탄생에 거는 것 같은 온갖 희망을 담아 설립 연도가 새겨져 있었다. 나는 그 뒤에 짧은 줄표와 함께 그것들이 무너진 연도가 이어 붙어서 묘비의 존엄이 부여되기를 나도 모르게 바라고 있었다.

그러면서도 여행객답게 들뜬 내 기분은 장엄할 만큼 음울한 배경 속에 들어오자 고조되기만 했다. 나는 이토록 황량한 도시에서 하룻밤을 묵어본 적이 전혀 없었고, 글을 쓰는 목적을 생각할 때 나는 언제나 그런 경험의 부족을 문제라고 느껴왔으며, 레이먼드 카버가 미니멀리즘으로 그려낸 미국 블루칼라 계층의 초상에 여전히 영향을 받고 있는 동시대 소설의 경향을 고려해보면 특히 그랬다.

우리는 결혼식 하객들을 위해 따로 예약된 모텔에 차를 세웠다. 빌리는 침대가 둘이라는 뜻인 줄 알고 더블룸 하나를 예약했는데, 알고 보니 그 방에는 퀸 사이즈 침대 하나뿐이었다. 비어 있는 침대 두 개짜리 방은 없었다. 우리 방에는 소파가 없었고, 모텔에는 간이침대가 바닥난 상태였다.

"여분의 방이 하나 있긴 합니다. 따로 숙박을 원하시면." 객실 담당 직원이 말했다.

"그건 내가 낼게." 내가 제안했다.

"말도 안 돼." 빌리가 말했다. "침대 하나로 어떻게든 해보자."

"진짜?"

"안 그러면 돈이 너무 많이 들잖아."

우리는 표백제와 담배 냄새가 나는, 바닥 전체에 카펫이 깔린 아주 소박한 방에 짐을 풀었다. 빌리가 샤워를 하는 동안 나는 빳빳한 베갯잇에 머리를 얹고 〈뉴요커〉지를 읽었다. 욕실에서 옷을 입은 빌리는 바짓단이 닳아 올이 풀린 치노 바지, 가죽이 갈라진 검은 예복용 구두, 영국 청교도단 스타일의 사각 버클이 달린 벨트, 헐렁한 연보랏빛 버튼다운 셔츠, 페이즐리 무늬가 들어간 싸구려 넥타이, 그리고 은행 지점장들에게나 어울릴 법한 어깨 패드가 들어간 회색 폴리에스테르 스포츠재킷 차림을 하고 나왔다. 분명 전부 ('빈티지'가 아니라) 중고품 할인 매장의 옷걸이와 바구니에서 고른 것들이었으나, 그래도 모두 같이 입은 데서 오는 비현실적인 추함 때문에 그의 잘생긴 얼굴은 두드러져 보인다고 할 수 있었다.

"괜찮아 보여?" 그가 물었다. "이런 뭣 같은 걸 입으니 너무 불편하다."

"괜찮아. 잠깐만, 너 셔츠 칼라가." 칼라 뒤쪽이 뒤집혀 있었다. 빌리는 바로잡으려고 했지만 결국 어떻게도 하지 못했다. "기다려봐." 내가 말했다. 나는 일어나 그의 칼라를 바로잡았고, 내 손가락 뒤쪽이 그의 목덜미를 눌렀다.

"피로연장까지 오가는 건 택시로 하자, 너 술 마실 수 있게." 빌리가 운전을 해서 식장까지 가기 전에 내가 말했다. "택시비는 내가 낼게."

"네가 모든 돈을 다 낼 필요 없어, 알겠냐." 그가 말했다.

"괜찮아. 택시비 얼마 안 나올 거야."

"택시뿐만이 아냐. 차에, 모텔에. 점점 늘어나고 있잖아."

"정말 그렇게 안 비싸." 내가 말했다. "넌 데이트 상대치곤 돈이
별로 안 든다고."

빌리가 자기 넥타이를 내려다보더니 약간 느슨하게 했다. "알았
어." 그가 말했다.

나는 샤워를 하고 내 회색 슈트를 입었다. 아버지에게서 졸업
선물로 받은, 보아하니 취직 면접 때 입으라고 있는 대로 각을 잡
아 디자인한 옷이었지만, 정작 나는 한 번도 취직 면접이라는 걸
본 적이 없었다. 빌리가 교회에서 모텔로 돌아오자 우리는 피로연
장소인, 어느 스트립 몰에 있는 이탈리아 식당까지 택시를 타고
갔다. 다시 만날 시간을 정한 다음, 나는 피자 가게 한 군데를 찾아
내 거기서 피자 몇 조각을 먹고 팩맨 게임을 하며 시간이 되기를
기다렸다.

"어땠어?" 등 뒤로 흘러나오는 음악과 함께 식당 입구에 나타난
빌리를 본 내가 물었다. 붉은 폴리에스테르로 만들어진 복도용 카
펫이 입구에서 주차장까지 이어져 있었다.

"자리 배정 덕분에 살았어." 그가 담배에 불을 붙이며 말했다. 담
뱃갑을 깜빡하고 온 나는 한 대 달라고 손짓했다. "옆자리에 신부

들러리 중 한 명이 앉았는데 싱글이더라고. 내가 그 여자의 친구한테 네 얘기를 좋게 했더니 그 친구가 널 엄청 만나보고 싶어하더라. 개들도 우리 모텔에 묵고 있대. 재밌는 밤이 될 거야."

"그래?" 나는 의지가 있어 보이려고 애쓰며 물었지만, 사실 나는 이번 여행이 여자들로부터, 헌팅에서 찾아 헤매는 우리의 상대들로부터 잠시 벗어나는 기회가 되기를 바라고 있었고, 언제나처럼 빌리의 영업용 멘트를 전해 들은 여자가 내게 무관심하거나 곧 실망하게 될까 봐 걱정이 됐다. "그거 괜찮겠네. 나 클레어 이후로 약간 침체기였거든."

"걱정 마." 빌리가 말했다. "넌 잘생긴 녀석이야. 걔가 맘에 들어할 거라고."

외모로 칭찬을 받으니 자연히 좋은 기분이 들었지만, 내 글에 대해 다른 누구보다 빌리가 해준 칭찬이 더 깊은 울림을 주었던 것과 마찬가지로, 그 기분은 빌리가 그 칭찬을 했기 때문에 두 배가 되었다.

우리는 디저트 타임 중간에 식당에 들어갔는데, 하객 중 몇몇은 춤을 추고 있었고, 다른 몇몇은 플라스틱 포크로 케이크를 먹고 있었다. 나이대가 있는 남자들은 투실투실한 얼굴에 콧수염을 길렀고, 여자들은 파운데이션을 짙게 바른 얼굴에다 빗질을 거꾸로 해서 볼륨감을 살린 부풀린 머리를 하고 있었다. 테이블 위에는 토마토소스로 얼룩진 접시들이 치워지기를 기다리고 있었고,

실내를 가로질러 늘어진 보랏빛 깃발들 아래로는 이탈리아계 미국인 연예인들의 사진이 벽마다 꽃 줄로 장식되어 있었다. 프랭크 시내트라, 실베스터 스탤론, 로버트 드니로, 조 디마지오가 그들이었다. 개조해 만든 댄스플로어 근처 두 대의 스피커에서는 데프 레퍼드가 〈푸어 썸 슈거 온 미〉를 울부짖듯 노래했고, 그 위에는 '케일리와 브라이언의 결혼식!!!'이라고 적힌 배너가 걸려 있었다.

무료로 제공되는 버드와이저를 나와 같이 마시면서 빌리는 신부 들러리—이를 드러낸 예쁜 미소가 단체사진 찍을 때의 건강한 활기를 떠오르게 했다—를 가리켰는데, 그 여자는 새까만 머리칼에 장난꾸러기 스타일인, 내게 관심이 있다는 친구와 춤을 추고 있었다. 우리가 쳐다보는 걸 알아챈 그들이 손을 흔들었다. 빌리가 혼잡한 댄스플로어를 뚫고 나를 그들에게 데리고 갔다. 도중에 나는 사람들과 부딪쳐 사과를 해야 했지만 빌리는 어째선지 아무와도 몸이 닿지 않는 것처럼 보였다. 마치 공항의 무빙워크가 발밑에 있어서 그를 받들어 미끄러지듯 나아가게 해주는 것처럼 걷고 있었다. 나는 짐 때문에 이리저리 치이는 모양새였고.

빌리는 신부 들러리인 제시카에게 나를 소개한 다음 머리에게도 소개했는데, 머리는 오하이오에 있는 제약회사 영업팀에서 일하고 있으며, 신부와는 펜실베이니아의 작은 주립 대학을 같이 다녔다고 했다. 머리가 내게 뮤지컬 〈렌트〉를 봤느냐고 물었다.

"아뇨. 하지만 저희 아파트가 그 작품 배경이 되는 곳이랑 가까

위요." 내가 말했다.

"세상에, 진짜 좋으시겠다." 머리가 말했다. "저는 항상 뉴욕에서 살고 싶었거든요."

"이사를 오시면 되겠네요."

"이렇게 진심인데 왜 저는 복권에 당첨되지 않는 거죠?"

"그러게요, 돈이 많이 들긴 해요." 내가 말했다.

우리 네 사람은 술을 마시고 춤을 추었다. 파티가 끝나자 우리는 모두 택시 뒷좌석에 끼어 타고 모텔로 갔고, 제시카가 2층에 있는 자기들 방으로 우리를 초대했다.

"지금 찢어질까?" 그들을 따라 계단을 올라가는데 빌리가 속삭였다. "넌 우리 방 쓰면 되고, 나는 올라가면 어때?"

"쟤들, 우리랑 다 같이 어울려서 좀 놀고 싶어하는 것 같은데." 내가 말했다. "분위기 깨지 말자."

그들의 방에는 침대가 두 개 있었다. 제시카가 버번 한 병을 가져오더니 자기 지갑에서 조그만 육각형 플라스틱 통을 꺼내 열었다. 거기에는 알약 두 개가 들어 있었다. 하나는 오렌지색, 다른 하나는 보라색. "혹시 두 사람 '엑스' 해요?" 제시카가 물었다.

뉴욕대에서는 엑스터시가 대량 유통됐었지만, 나는 그 부작용이라는 우울증에 관해 끔찍한 이야기들을 들은 뒤로는 해볼 기회가 있어도 모두 거절했었다.

"네가 하면 나도 할게." 빌리가 내게 말했다.

나는 클레어와 있었던 일을 머리와는 반복하고 싶지 않았고, 그 약이 긴장을 푸는 데 도움이 될지 모른다는 생각도 들었다. 하지만 그보다도, 나는 우리의 한 학기 마침표를 모험으로, 빌리와 내가 오랫동안 기억하게 될 무언가로 찍고 싶었다.

"저는 좋아요." 내가 말했다.

제시카가 머리핀의 금속으로 된 여밈 부분 끝을 사용해서 알약 두 개를 반으로 갈랐다. "성장기 소년들이니까 조금 더 줄게요." 제시카는 우리에게 살짝 더 큰 조각들을 건넸다. "약한 거라 효과가 그렇게 크진 않아요. 하지만 조금 있으면 뭔가 느껴질 거예요."

우리는 버번을 돌렸고, 빌리와 제시카는 한쪽 침대에, 머리와 나는 다른 쪽 침대에 앉았다. 우리는 특별한 이야기는 하지 않았다. "오늘 밤이 그쪽한테는 꼭 뉴욕 나이트클럽 같겠네요." 머리가 말했다. "그 식당에, 이 모텔. 너무 멋지다, 그죠?"

"아무래도 아까 거기서 리어나도 디캐프리오랑 클레어 데인스를 본 적 같아요." 내가 말했다.

"아니, 브래드 피트랑 기네스 펠트로였어요." 머리가 말했다. "사람들이 나랑 기네스를 항상 헷갈린다니까요. 너무 귀찮아."

"나랑 브래드도 헷갈린대요." 내가 말했다. "짜증 나요. 어떤 기분이냐면, 하고많은 영화배우들 중에, 왜 하필 그 인간이야?"

나는 내가 왜 그런 멍청한 농담을 하고 웃기까지 하는 걸까 생각했고, 그러다가 문득, 내 몸은 틀림없이 한동안 감각하고 있었겠지만, 무슨 일이 일어나고 있는지를 알아차렸다.

"오." 머리가 행복감에 젖어 놀란 표정으로 말했다. "효과가 나타나나 봐."

"나도." 빌리가 말했다. "미친. 이거 꼭 내가… 꿀 거품 속에 있는 것 같잖아."

우리는 모두 개별적으로 그 얼얼한 감각을 만끽했다. 내가 이런 경험을 대학에서 놓쳤다니 믿을 수 없었다. 다른 것들도 지금까지 얼마나 많이 놓쳐왔을까.

"못 참겠어." 제시카가 침묵을 깨뜨렸다. 그러더니 더는 아무 말도 하지 않고, 옆으로 기울어진 빌리의 목에 있는 근육에서 띠 모양으로 솟아오른 부분을 일 분쯤 쓰다듬었다.

"넌 완벽하게 아름다워." 제시카가 말했다. "전부 다."

그들은 십 대들처럼 아무 거리낌 없이 열정적으로 서로를 애무했다. 제시카가 빌리의 셔츠 단추를 풀더니 벗겨서 바닥에 던져버리는 바람에 빌리는 탱크톱만 입고 있게 되었다. 나는 잠깐 동안 그 광경을 지켜보았고, 그러다 머리가 나를 보고 미소 짓는 걸 보았다. 우리는 키스했고, 내 혀에 와 닿는 머리의 혀는 살아 움직이는 하나의 생물 같았다. 이마에 땀이 솟아났지만 기분은 좋았고, 거의 상쾌할 정도였으며, 태어나서 처음으로 아무 신경도 쓰이지 않았다. 아마도 정상적인 사람들은 항상 이렇겠지. 삶은 안전장치 없이 기쁨을 향해 열려 있고, 들어가 거닐 수 있는 정원들의 연속이지 피해야 할 가시들의 연속이 아닐 것이다.

제시카가 전등 하나를 끄자 방이 어두워졌다. 두 눈의 동공이 어둠에 적응하자 제시카와 빌리가 자기들 침대에 누워 있는 게 보였다.

"아래층으로 내려가자." 빌리가 속삭였다.

"일 분만 있다가." 제시카가 그에게 말했다. "머리, 이리 와."

"잠깐만 있어." 머리가 내게 말했다. 그러더니 그들의 침대로 건너갔다. 제시카가 일어나 앉더니 머리의 얼굴을 어루만졌다.

"기분 좋은데." 눈은 게슴츠레해지고 입술은 벌어져 나른하게 반쯤 미소 지으며 머리가 말했다. 두 여자가 키스했다. 빌리와 나는 그토록 많은 남자들의 판타지 소재가 눈앞에서 펼쳐지는 광경을 지켜보았고, 매료되었다. 제시카가 빌리에게 돌아갔고, 그들의 에너지가 두 배가 됐고, 그런 다음 머리로 상대를 바꿨고, 그런 다음 교대로 빌리와, 다시 머리와, 다시 빌리와, 다시 머리와, 그들 사이에 거의 틈이 없어질 때까지, 자기 자신에게서 쾌락을 느끼는 머리 셋 달린 몸처럼, 계속했다.

나는 흥분할 대로 흥분해 있었다. 약이 우리를 해방시켜주었다. 다시 말해 누가 누구를 만지고 있는지는 중요하지 않았는데, 그건 우리 중 누구도 오직 자기 자신만이 아니고, 우리 몸의 경계가 희미해져 있어서, 우리가 성적으로 국제주의자들이 되어 있어서였다. 이게 삶이구나, 나는 생각했다. 바로 그 순간 나는 삶을 가장

자유분방하게, 퇴폐적으로 경험하고 있었고, 그건 기억이라는 호박 속에 간직할 만큼 가치 있는 순간이었다.

내가 그 경험의 일부가 아니었다는 사실을 제외한다면 말이다. 나는 그저 한 명의 관객에 불과했으니까.

나는 두 다리를 침대 밖으로 휙 빼낸 다음 카펫이 깔린 침대 사이의 공간을 가로질러 한 덩어리가 된 그들에게 합류했고, 그러고는 머리에게 키스하고 나서, 입술을 제시카의 입술로 가져가 다른 이들의 침과 뒤섞인 제시카의 침을 맛보았고, 제시카의 입술은 한데 모인 그들의 열기로 따뜻했다. 두 눈을 감은 채, 나는 머리를 만지려고 손을 뻗었고 피부의 따스함을 느꼈다.

그때 매트리스가 출렁이며 빌리가 자리에서 일어났다. 내가 만지고 있던 것은 빌리였다.

"돌아와." 제시카가 말했다.

빌리는 거기 선 채 우리 셋을 보고 있었는데, 어둠 속이라 표정은 확실히 알아볼 수가 없었다.

"난 가서 잘게." 빌리가 선언했다.

"왜 그래?" 제시카가 물었다.

우리 중 누군가가 붙잡기도 전에 빌리는 바닥에서 자기 셔츠를, 그리고 의자 위에 던져놓았던 스포츠재킷을 낚아챘다. "가지 마." 제시카가 소리쳤지만 문은 빌리의 등 뒤로 닫혔다.

그가 갑작스럽게 가버리자 당황스러웠다. 삼십 초 만에 우리는 육체의 모험 길에 오른 네 명의 젊은 쾌락주의자에서 방금 무슨 일이 일어난 건지, 다음에 뭘 해야 할지 혼란에 빠진 모텔 방 안의 세 사람으로 변했다.

"대체 뭐였어?" 제시카가 물었다.

방 안이 너무 어두워서 그들은 무슨 일이 있었는지 보지 못한 듯했다. "내가 가서 알아볼게." 내가 그들에게 말했다.

"내가 내려갔으면 좋겠냐고 물어봐줘." 제시카가 말했다.

나는 빌리에게 마음을 진정시킬 시간을 주기 위해 우리 방 바깥에서 십 분 동안 기다리면서 무슨 말을 해야 할지 생각했다. 그 일은 악의 없는 실수였다. 내 두 눈은 감겨 있었고, 모두가 한데 섞여 있었던 데다, 약과 알코올 때문에 내 방향감각에 혼란이 왔던 것이다. 그런데 빌리는 의미 없는 실수에 과잉 반응하고 있었다.

방 안의 유일한 불빛은 살이 하나 빠져 있는 블라인드의 틈으로 들어왔는데, 그 틈은 모텔 간판의 네온사인 빛을 카펫 위에 막대 모양으로 새겨놓고 있었다. 침대와 욕실은 비어 있었다.

"빌리?"

"왜." 그의 단조로운 목소리가 침대의 먼 쪽에서 들려왔다. 그는 카펫 위에, 벽을 바라보면서, 베개 하나와 시트 맨 위에 덮는 얇은 담요를 가지고 앉아 있었다.

"거기 밑에서 뭐 해?"

"침대가 불편해서."

"바닥도 마찬가지일 텐데." 내가 말했다.

빌리는 대답하지 않았다. 나는 침대에 앉아 말을 꺼낼 준비를 했다.

"있잖아, 제시카한테 키스한 거, 정말 미안해." 계획했던 말들을 포기하고 내가 말했다. "내 생각엔 우리가 다들 약간⋯ 난 어디에도 끼어들 생각은 없었어."

"괜찮아." 그가 말했다.

"내가 걔를 뺏으려고 했다고 생각한 거면 그런 거 아니야. 절대로 그런 짓은 안 해."

"괜찮대도." 그가 반복했다. "나 좀 잘게. 됐지?"

"그치만 내가 바닥으로 가고 네가 침대를 써야지."

"여기 편해." 그가 대화를 끝내는 퉁명스러운 말투로 말했다.

나는 일어나서 이를 닦으러 갔고 돌아와 보니 빌리는 가볍게 코를 골고 있었다. 슬슬 약기운 때문에 피곤해지고 있었지만 잠들 수는 없었고, 무언가를 긁는 듯한 기이한 소리가 단속적으로 들려와 더욱 잠이 오지 않았다. 앞으로 몇 시간 동안 깨어 있게 되리란 걸 알 수 있었다. 눈꺼풀이 지쳐 내려오기를 바라면서 나는 눈을 계속 뜨고 있었다. 하지만 이내 어둠 속이 잘 보이게 됐고, 내 모든 다른 감각들 역시 가장 원치 않는 사물들을 향해 정상 이상의 기능을 해내고 있는 것처럼 느껴졌다. 새벽 네시가 되자 아무런 장식이 없는 벽, 바스락거리는 침대 시트, 강렬한 담배 냄새가 더 이상 미국적인 혈기왕성함을 낭만적으로 구현해놓은 사물들로 다가오지 않았다. 그 방은 그냥, 머무를 다른 곳이 없는 사람들을 위한 침울한 중간 기착지였다.

아침이 되어 내가 눈을 떴을 때, 빌리는 벌써 옷을 입고 세면도구 파우치의 지퍼를 잠그고 있었다.

"어이, 친구." 그가 말했다. "우리 여기서 좀 빨리 나가면 안 될까? 오랫동안 운전해야 돼서."

우리가 80번 주간고속도로로 출발했을 때, 나는 지난밤 일을 좀 더 잘 설명하는 말들을 조합해보려고, 아니면 적어도 엑스터시가 내 눈-손 협응 능력에 미치는 효과에 대해 농담이라도 해보려고 했다. 하지만 침묵 속에 일 킬로미터, 또 일 킬로미터가 지나갈 때마다 그 말을 하겠다는 결심은 무너져갔다.

"운전은 너희 엄마가 가르쳐주신 거야?" 내가 물었다.

"왜? 내가 여자처럼 운전하는 거 같아?"

"아니." 내가 모욕하고 있다고 빌리가 생각할 것 같아서 나는 웃었다. "그냥, 네가 운전할 나이가 됐을 때는 아버지가 곁에 안 계시지 않았나 싶어서."

"맞아." 그가 말했다. "엄마가 가르쳐줬어."

"나도 엄마한테 배웠는데." 내가 말했다.

우리는 다시 말을 멈췄다. 우리 사이는 갑자기 차단 상태로 변해 있었는데, 다 내가 저지른 멍청한 실수 때문이었다. 주간고속도로 위에서 렌터카에 탄 채, 내가 아는 모든 사람들로부터 수백 킬로미터나 떨어진 곳에서, 나는 문득 아무에게도 말하지 않은 나 자신에 관한 어떤 이야기를 빌리에게 하고 싶다는 충동을 느꼈다.

"이는 어쩌다가 깨진 거야?" 내가 물었다.

"어?" 혀로 그 부분을 훑는 습관이 있으면서도 그 이에 대해서는 잊고 있었다는 듯 그가 말했다. "아. 학부 1학년 때 농구하다가. 누가 팔꿈치로 밀쳐서."

"대학 때 이가 깨져서 씌운 여자애가 있었는데, 지금은 딱딱한 걸 먹을 때면 씌운 게 빠질까 봐 항상 걱정하더라."

"우리 엄마는 내가 이걸 그냥 놔둔 채로 살면 성격이 좋아질 거라고 했어."

"진짜 좋아졌어?"

"엄마는 뭐가 잘못될 때마다 그 말을 했어. 아마 치과에 돈 내기 싫으니까 만들어낸 핑계일 거야."

"지금은 치과에서 일하시니까, 어쩌면 너 시술 할인 받을 수도 있겠다." 내가 말했다.

"나는 여기 익숙해져서." 그가 말했다.

나는 내 어린 시절 가학적이었던 치과의사 이야기를 하며 계속 수다를 떨었는데, 그건 조금 전 내가 거의 말할 뻔한 것들로부터 멀어져 생각을 멈추기 위해서였다.

"그래서 너희 고향에 가려면 비행기 타고 어느 공항으로 들어가야 돼?" 차가 어느 동굴 투어 광고판 옆을 지나칠 때 내가 물었다. "너희 집이 공항에서 멀면, 내가 공항에서 차를 렌트해서 타고 들어가면 되거든."

빌리는 차선을 바꾸면서 우리 앞에 있던 차를 앞질렀다. "사실은," 가속을 하면서 그가 말했다. "지금은 그러기에 좋은 때가 아니라는 생각을 하고 있었어. 엄마가 할머니를 도와드려야 해서."

"아, 그렇겠다." 내가 말했다.

우리는 다시 말이 없어졌다. 나는 스테레오의 재생 버튼을 눌렀고, 테이프가 돌아가며 〈비엔나〉가 흘러나오기 시작했다.

"음악 좀 꺼도 될까?" 채 일 분도 지나지 않아 빌리가 물었다. "진짜 피곤해서. 운전에 좀 집중하고 싶어."

"두고 가지 않게 꺼내둘게." 내가 말하고는 테이프를 끄집어냈다. "이거 너 가져. 원한다면."

"고맙다, 친구." 그는 이렇게 말하고는 오른쪽 차선으로 돌아와 시속 136킬로를 유지했고, 집에 오는 나머지 시간 동안 우리는 거의 침묵 속에서 그 속도로 달렸다.

1997

7

새해 첫날이 지나 나는 휴일 후유증을 겪고 있는 맨해튼으로, 크리스마스트리의 잔해로 어질러진 거리와 1월 세일 광고를 내건 상점들로 돌아왔다. 결혼식에서 돌아온 다음 날 나는 매사추세츠로 떠났고, 크리스마스 휴가 동안 빌리와는 연락을 하지 않았다. 서로에게서 잠시 거리를 두면 그 모텔에서 생겨난 불화를 수습할 수 있을 거라고 생각했던 것이다. 널찍한 방 두 개짜리 아파트라고 해도 같이 있으면 폐소공포증을 유발하는 상황이 벌어질 수 있었다.

내가 집에 들어섰을 때, 빌리는 자기 책상에서 무언가를 타이핑하고 있었다. "어이, 친구." 그가 말했다. "휴가는 어땠어?"

"괜찮았어." 내가 말했다. "아니, 더 이상 좋을 수 없었다고 해야 하나, 엄마랑 같이 지냈으니까. 너는?"

빌리가 미소 지었다. "나도 그랬어."

"오늘 밤에 뭔가 하면서 놀까?" 방에 가방들을 내려놓으며 내가 큰 소리로 물었다.

"그래." 빌리가 말했다. 안도감이 들었다. 빌리가 나를 봐서 기쁜 것 같아서였다.

"저녁은 어떻게 할까?" 몇 시간 뒤에 내가 물었다. "요리하기 귀찮으면 나가서 먹어도 되고. 내가 살게."

"내가 지금 좀, 다른 생각을 못 하겠거든." 모니터로 고갯짓을 하며 빌리가 말했다. "그냥 수프나 좀 데워 먹으면서 작업을 할까 싶어. 영화를 빌려 보든가 뭐 그럴까? 나 내일은 일찍 일어나고 싶어서."

"좋아." 내가 말했다. "내가 가서 빌려 올게."

대여점 '블록버스터'에서 나는 〈데드 맨 워킹〉을 골랐다. 개봉 당시 극장에서 본 영화였는데, 〈꿈의 구장〉과 마찬가지로 결말 부분에서 울음을 터뜨리게 만든, 내게 그런 영향을 끼친 몇 편 안 되는 영화 중 하나였다. 나는 내가 먹을 중국 음식을 사서 집에 돌아왔고 우리는 영화를 보았다. 중간쯤 봤을 때 빌리가 자리에서 일어났다. "피곤해 죽겠네." 그가 말했다.

"데드 맨 스탠딩이네." 내가 말했다.

그는 그 농담에 답하지 않았다. "난 가서 잘게. 넌 계속 봐."

"2박 3일로 빌려온 거야. 내일 같이 마저 보면 돼."

"내일 밤에는 난 일해야 되는데. 이제 몇 시간 추가근무 하거든."

"음, 그럼 낮에 보면 되겠다."

지루함이 묻은 한숨.

"난 그 영화 그렇게 마음에 안 들어서."

빌리와 나는 다음 해 봄학기에 같은 워크숍을 들으려고 11월에 등록을 해둔 터였고, 그건 우리가 함께 듣는 유일한 수업이었다. 새 교수는 로버트 스톡턴으로, 1970년대 후반과 1980년대 초반에 창조력이 엄청나게 폭발해 세 권의 컬트 소설을 출간하고—첫 책에서는 베트남 참전 보병들을 다뤘고(그가 일정 기간 복무한 전쟁이었다), 두 번째 책은 고등학교 미식축구가 소재였으며(그가 했던 운동이었다), 마지막 책에는 알코올의존증에 걸린 이혼한 작가가 등장했다(누구겠는가)—그 뒤로는 아무것도 내지 않은, 오십 대의 인간 소화전 같은 사람이었다. 그는 두 번 결혼을 했는데, 두 번 다 지금은 경력에 있어 그를 능가하게 된 다른 작가와 했다. 실비아와 함께한, 작품 활동이 궁색했던 최근 십오 년은 그를 한물간 작가로 도태되게 만들기보다는 그의 신비한 분위기를 오히려 근사해 보이게 해주었을 뿐이고, 그가 필생의 역작으로 남을 1000페이지짜리 작품에 심혈을 기울이고 있다는 루머가 필연적으로 생겨났다.

"나를 스톡턴이라고 불러라." 첫 합평 시간에 그는 걸걸하고 큰 목소리로 말했는데, 그 말을 듣는 순간, 그런 식으로 이름을 말하는 건 너무 군인이나 운동선수 같고 어색해서 나로서는 도저히 못할 일이라는 생각이 들었다. "이러니까 꼭 『모비 딕』의 그 바보 같은 첫 문장 같지 않나?" 몇몇 학생이 웃었다. 그가 수업을 새로 시작할 때마다 쓰는 대사인 듯했다.

빌리는 『노 맨스 랜드』의 새로운 챕터를 제출했고, 스톡턴은 찬양에 가까운 갈채를 보내서 빌리의 작품에 실비아가 표했던 경의를 소심한 승인처럼 보이게 만들었다.

"자, 대화라는 건 바로 이렇게 쓰는 거지." 빌리가 첫 페이지를 낭독한 뒤 스톡턴이 말했다. "간결함, 생략, 불분명함. 적을수록 더 좋다, 헤밍웨이의 빙산 이론이야. 요즘 어딜 가나 보게 되는 망할 놈의 미사여구는 하나도 없군. 그런 미사여구를 보면 인물들이 자기 머릿속에 든 온갖 잡것을 전부 다 말로 해버린단 말이야. 제 엄마가 자기를 안아주는 데 얼마나 소홀했는지 정신과 의사한테 털어놓는 것 같아. 현실을 살아가는 사람들은 자기가 하고 싶은 말을 실제로 하지 않아. 많은 경우 자기가 말하고 싶은 것에 대해 생각조차 안 한다고."

수업이 끝나고 우리끼리만 다트 게임을 하게 놔주는 대신, 그는 거의 강요에 가깝게 모두를 '스톡턴과 마시는 시간'에 참석하게 했는데, 장소는 우리에게 익숙한 바가 아니라 업타운으로 몇 블록 더 가면 나오는 어느 아이리시 펍이었고, 그가 거기 들어서자 그와 바텐더는 각각 영어와 아일랜드어 욕설을 섞어가며 서로를 정겹게 헐뜯는, 요란하지만 색다를 것 없는 쇼를 벌였다.

스카치가 몇 차례 돌자, 스톡턴은 거들먹거리면서 문학과 인생에 관한 이야기를 우리에게 기관총처럼 쏴댔다. "어떤 사람의 머릿속에도 훌륭한 책 대여섯 권 이상은 들어 있지 않아." "결혼하지 마. 아니면 적어도 첫 책을 낼 때까지는 결혼하지 마." "첫 책은 반드시 가장자리를 재단하지 말고 내.● 안 그러면 사람들이 존경을 안 해줄 거야." "베스트셀러는 읽을 생각도 하지 마, 그런 건 중간급밖에 못 되는 허튼소리기 마련이니까. 그런데 평론가들에게만 예쁨받는 작품들은 훨씬 더 나빠. 그것들은 냉소적인 유행이 내뿜는 악취 같은 건데, 실제로 그런 거 읽는 거 아무도 안 좋아하고, 그런 게 좋은 거라고 속여서 너희들 작품을 다 버려놓을 거야. 고전들이랑 지난 십 년간 다른 누구도 관심을 기울이지 않았던 작품들만 읽어." (이 마지막 충고는 상당히 자기 몫을 챙기는 소리로 들렸다.)

● 19세기 이전까지는 종이를 만드는 정형기의 구조 때문에 책의 내지 가장자리가 어쩔 수 없이 삐뚤삐뚤했지만, 19세기부터는 현대적인 제지 기계가 발명되면서 가장자리를 가지런하게 재단하는 방식이 보편화되었고, 미국 출판계에서 삐뚤삐뚤한 가장자리는 더 질 좋은 종이와 내량생산이 아닌 고급스러운 수공예 제작 방식의 상징이 되어 현재에 이르고 있다.

"이 나라를 뭐가 망쳐놨는지 알아?" 다른 누구도 말을 많이 하지 않자 스톡턴이 과장된 어조로 물었다. "징병제 폐지야. 너희들은 모두 진짜 고생으로부터 추방당한 거야, 너희들 자신과 다른 사람들 몫의 고생으로부터. 너희가 토네이도나 우주 외계인들이 나오는 영화를 보는 동안 다른 누군가가 더러운 일을 하지. 그게 너희 세대를 한 무리의 중성적인 겁쟁이들로 만든 거야."

그는 계속해서 동시대 소설의 위상을 "마르크스주의 용어 몇 개 뿌리고 다니는 걸로 혁명가가 될 수 있다고 믿는 아이비리그 애송이들이 만들어낸, 사내답지 못한, 지성을 가장한 쓰레기"라고 비웃었다. 그의 심술궂은 공격이 모두를 불쾌하게 했으리라 생각하겠지만, 그리고 몇몇 사람은 정말로 자리에서 빠져나가기도 했지만, 젊은 남자들로만 구성된 소수의 수강생들은 그의 입에서 나오는 모든 말을 매혹적이면서도 유쾌한 것으로 받아들였다. 그중 두 명은 빌리와 내가 지난 가을학기에는 못 보던 이들이었다. 마르고 머리카락이 덥수룩한 남부 캘리포니아 출신의 애덤은 목둘레와 소맷단에 포인트 색이 들어간 티셔츠를 즐겨 입었고, 헐렁한 청바지에 지갑을 체인으로 고정하고 다녔다. 그리고 체격이 건장한 맷은 특대 사이즈 뿔테 안경을 쓰고, 막 아랫사람을 꾸짖고 오기라도 한 것처럼 늘 불그레한 얼굴에(그는 실제로 내가 만나본 누구보다도 목소리가 컸는데, 바의 화장실에서도 선명히 들리는 그 목소리는 가히 하나의 음향 현상이라 할 법했다) 검은 덤불 수염을 기르고 있었다.

"너 가서 일해야 되지?" 스톡턴이 네 번째 잔을 주문했을 때 내가 빌리에게 물었다. "여기서 그만 나갈래?"

"조금 늦게 가도 돼." 빌리가 말했고, 반시간쯤 더 있다가 우리는 다운타운행 지하철을 탔다.

이글스 네스트에서의 빌리의 추가근무는 매주 목요일 밤 정규근무를 하는 것으로 늘어났고, 그래서 '꼭 봐야 할 텔레비전'을 같이 보던 우리의 전통은 막을 내리게 되었다. 그는 컬럼비아대학 도서관에서 작업하며 보내는 시간이 많아졌고, 집에 있을 때는 자기 방에만 있었다. 일요일이면 여전히 성실하게 아파트를 청소했지만, 함께하는 저녁식사는 점점 드물어졌다.

내가 학기 첫 합평작 제출 전에 빌리에게 한번 봐줄 수 있느냐고 묻자, 그는 그것을 자기 방에 가져가더니 한 시간 뒤에 나왔다. 첫 페이지는 문장 대부분을 고쳤지만 그 뒤로는 띄엄띄엄 고쳤을 뿐이었다.

"그러니까 문제 대부분이 맨 첫 부분에 있다는 거야?" 내가 물었다.

"그 뒤로는 네가 자리를 잡았길래." 그가 말했다.

빌리가 곁에 있는 시간이 예전보다 적어지자, 나는 지난해 가을에 내가 시들어가게 놔둔, 대학 친구들과의 소홀해진 인간관계를 다시 챙기기 시작했다. 대개 술집의 특별 할인 시간대에 오고 간 그 대화들은 식상했는데, 마지막 만남 이후 우리 삶에 일어난 일들이 열거되고, 최근에 사무실에서 있었던 소란스러운 일이 실황 중계되고, 연애 모험담이 PG-13등급 버전으로 요약되었다. 크리스는 영화 편집기사로 경력을 쌓기 위해 LA로 이사할 계획이었다. 팀은 여자친구와 동거를 추진 중이었다. 일라이자는 지난여름에 연방법원 판사 밑에서 일을 했고, 로스쿨을 졸업할 때쯤 클러크십에 뽑히기를 기대하고 있었다. 그들은 어른의 삶으로 옮겨 가고 있었다. 나는 내 삶에 의미가 있다는 희미한 분위기라도 내보려고 안간힘을 썼다. 단편이라는 용어가 하찮게 들릴지는 몰라도 나는 단편소설 몇 편을 쓰고 있고, 합평에선 다소 고생을 했지만 내 성장에는 도움이 됐으며, 진지한 관계는 없었지만 하룻밤 보낼 기회는 몇 번 있었다고 말이다.

나는 여전히 한 번씩은 이글스 네스트에 들렀지만 두 잔 이상 마시며 머무르는 일은 드물어졌다. 여자 단골손님들이 찾아주는 덕분에 빌리는 바텐더 일을 하느라 바빴다. 그에 대한 입소문이 좋게 퍼진 게 틀림없었다. 근무가 끝나고 여자들을 집에 데려오는 일도 생기기 시작했는데, 가깝다는 특권을 이용해 무례한 룸메이트가 될지 모른다는 우려를 불사하는 행동이었다. 처음 그 일이 있었을 때 나는 이미 자고 있었는데, 그들이 비틀거리며 집에 들어오는 소리에 잠이 깼다. 정숙해야 하는 규칙을 어기는 데서 엄청난 즐거움을 느끼는 사람들이, 마치 빌리와 내가 손가락을 튕기는 시인의 낭독회에서 했던 것처럼, 낄낄 터져 나오려는 웃음을 간신히 참는 소리가 내 방 문을 넘어 들려왔다. 나는 다시 잠들기가 어려웠고, 한 시간이 지나 소변을 보려고 일어났다. 복도로 나오자 빌리의 방 문 뒤에서 침대 프레임이 리드미컬하게 삐걱거리는 소리, 그리고 그것과 대위법을 이루는 듯한 여자의 신음 소리가 나를 맞았다. 나는 내 방으로 물러나 다시 조용해질 때까지 기다렸다.

빌리가 살짝 고쳐준 내 단편 「언짢은 기분」이 합평을 받았다. 그 소설은 자신을 괴롭히는 버릇없는 중학생들을 상대로 트럭에서 비참하게 아이스크림 장사를 하다가 아이들의 아이스크림에 강력한 설사약을 넣는 한 남자의 이야기였다. 그 범죄를 그와 연관 지은 경찰이(실수로 약 포장 조각이 아이스크림 콘 하나에 섞여든 바람에, 경찰이 근처 약국 탐문을 통해 구입 사실을 알아낸다) 집 현관문을 두드리자 그는 뒷문으로 도망치려고 하지만, 만성적으로 다리를 절던 것이 비좁은 트럭 환경으로 인해 악화되어 그는 탈출에 실패하고 만다.

스톡턴은 늦은 것에 대해 사과하고 나서("린치가 시내에 와 있어서." 그는 그게 누군지는 설명하지 않고 그렇게만 말했다. "내 생각에 우리가 맛이 간 건 그 세 병째 마신 82년산 보르도 때문이었던 것 같아."), 수강생들이 나를 향해 그렇게 날카롭지는 않은 비판을 날리는 동안 말없이 사회자 역할을 했다. 나는 메모를 하는 척했지만, 그 대신 바깥에 있는 나뭇가지들의 움직이는 그림자가 만들어낸, 표범의 반점처럼 박혀 반짝이는 늦은 오후의 햇빛 한 조각에 마음을 빼앗겼고, 학부 때 영어 교수가 강의에서 말한 무언가가 떠올랐는데, 18세기까지는 권태가 '발명되지' 않았고—권태로움ennui의 사례가 처음 알려진 것은 1732년이었다—우리가 권태의 황금기를 살고 있다는 것이었다. 그 안에서 우리에게 주어진 여가 시간은 이전의 어떤 문명보다도 많고 자극 역시 더 많지만, 그 자극을 빼앗기면 예외 없이 권태라는 반응이 촉진되는데, 그건 우리의 뇌가 퇴화해 스스로를 즐겁게 하는 일에 익숙지 않기 때문이고, 그러면 생각하는 일의 두려움을 회피하기 위해 더 많은 위안거리를 찾게 되는 악순환이 강화된다는 얘기였다.

빌리는 한 마디도 하지 않았다.

"이 남자와 관련해서 내가 정말로 걸렸던 건," 마침내 스톡턴이 끼어들었다. "이 사람이 어린애들한테 설사약을 먹인다는 점이 아니야. 모두들 알겠지만 나는 애들을 독살하는 일에 대해선 현존하는 누구보다도 강력한 지지자라고." 그는 알랑대는 웃음을 듣기 위해 잠시 말을 멈췄다. "내가 걸리는 건 이 남자가 독자한테 자기가 다리를 저는 것에 대해, 한 발 한 발 디딜 때마다 얼마나 아픈지에 대해, 클라이맥스에서 이 남자가 달리지 못하는 장면을 보여주기 위한 밑밥으로서 끊임없이 투덜거리고 있다는 점이야. 『태양은 다시 떠오른다』에서 제이크는 전쟁에 나갔다가 성기가 날아가 버리는데, 그것에 대해 거의 얘기를 하지 않아. 그게 진짜 영웅이 상처받았을 때 하는 행동이지. 모든 소설은," 이렇게 '모든 소설은' 이러저러하다고 못 박아 말하는 것은 스톡턴의 트레이드마크 중 하나였다. "결국 어떤 인물이 우리에게 '자, 내 인생이 얼마나 하드한지 알려주겠소' 하고, 말해주는 게 아니라, 보여주는 거야. 작가가 제대로 해내면 독자는 그걸 믿고 그 고통을 느끼게 되지. 이렇게 온통 불평하고 우는소리를 하는 걸 보면 이 남자 인생은 그렇게 하드hard한 게 아닌 거야."

"제이크 거시기도 마찬가지고요." 애덤이 말했다.

"농담은 내가 알아서 할게, 애덤." 아버지처럼 자랑스러워하는 미소를 지으며 스톡턴이 말했다. 나는 다시 얼룩진 햇빛으로 주의를 돌렸다.

빌리가 드물게 이글스 네스트 일을 쉬는 목요일 밤, 나는 〈프렌즈〉가 시작한다고 말하려고 그의 방 문을 두드렸다. 지난 12월 이후로 우리는 그 프로를 같이 본 적이 없었다. 빌리는 역시 스톡턴이 강의하는 현대 미국소설 수업을 위해서인 듯 데니스 존슨의 『예수의 아들』을 읽고 있었다. "나, 그런 프로는 이제 그만 보고 싶은 것 같아." 빌리가 말했다.

"진짜? 〈사인필드〉도?"

그는 책을 덮어 가슴에 놓았다. "그런 거 전부 다, 끝. 어차피 여피들에 관한, 여피들이 제작한, 여피들을 위한 프로잖아. 학교에서 다들 얘기하는 그 바보 같은 프로 또 뭐더라? MTV에서 하는 다큐멘터린데?"

"〈리얼 월드〉."

"〈리얼 월드〉." 그가 비웃는 소리를 냈다. "인생을 텔레비전 보는 걸로 보내는 사람들한테 현실이란 건 그런 거겠지."

"걔네 좀 시시하더라." 내가 동의했다.

"그냥 시시한 것보다 더 심해." 빌리가 말했다. "걔네가 외로움이라는 문제를 해결한다는데, 그 방법이라는 게, 배우 '친구들' 한 무리가 아파트나 커피숍에 모여서 그런 따분한 모험을 하는 걸 보여 주는 거고, 그걸 보면서 우리는 삼십 분 동안 자신의 인생을 잊어." 빌리가 하는 말은 마치 우리 워크숍 교수가 세 잔째 스카치를 마시면서 할 법한 소리처럼 들렸는데, 스톡턴은 아마 실제로 그랬을 것이었다. 나는 '스톡턴과 마시는 시간'을 빼먹기 시작한 터라 알 수는 없었지만. "하지만 걔들이 정말로 하고 있는 거라곤 시청자들을 자기 아파트에 고립시키는 것뿐이야. 외로워서, 텔레비전에서 사람들이 자기만 빼놓고 재밌게 노는 걸 보고, 그러면 더 외로워지고, 그래서 혼자서 텔레비전을 더 많이 보게 되는 거지."

졸려서 눈이 게슴츠레하던 어린 시절의 오후를, 나는 〈신시내티의 WKRP〉와 〈디퍼런트 스트록스〉와 〈스리스 컴퍼니〉 같은 틀에 박힌 시트콤들의 재방송을 꿀꺽꿀꺽 삼키면서 보냈고, 지금 내 기억 속에는 거기 나왔던 출연진이 초등학교 친구들보다 더 선명하게 남아 있었다. 내가 가장 독실한 마음으로 봤던 프로는 〈팩츠 오브 라이프〉였다. 엄청나게 재미가 있어서는 아니었고, 거기 나오는 한 무리의 십 대 여자 배우들을 욕망하기에 나는 그때 너무 어리기도 했거니와, 다만 땋은 머리와 여학생들의 교복, 이층침대를 둘러싸고 오가는 가십들로 이루어진 그 따뜻한 목욕물 속으로 미끄러져 들어가고, 간발의 차이로 내 시대 앞에 존재했던 한 시대를 훔쳐보고, 나 자신의 사춘기와는 거리가 먼 누군가의 사춘기를 들뜬 마음으로 지켜볼 수 있어서였다. 나는 이 팬심을 학교의 누구에게도 드러내지 않았다. 남자애들은 〈에이 특공대〉와 〈전격 Z 작전〉의 총과 장갑차에 사로잡혀 있었고, 내가 여자 기숙학교를 배경으로 한, 사람과 사람 사이에서 일어나는 일을 다룬 드라마를 더 좋아한다고 털어놓았다가는 영원히 추방될 것 같아서였다. 꼭 옛날에 알다가 연락이 끊긴 사람이라도 되는 것처럼, 슈퍼마켓에서 줄을 서 있다가 그런 프로들에 나왔던 배우의 얼굴 사진이 타블로이드판 신문 1면에 등장한 걸 볼 때마다 나는 기운이 났다. 하지만 스타덤에 오르거나 심지어 반쯤만 스타가 된 사람들에게도 당연히 찾아오는 결과겠지만, 나는 경력과 사생활 양쪽에서 나선형 급강하를 해버렸다고 널리 알려진 사람들에게는 그다지 관심이 가지 않았다. 그보다는 그냥 사라져버린 사람들, 매주 수백만 명이 시청하며 꽤 성공을 거둔 프로에서 수년간 단역을 맡아 즐겁게 연기한 다음 다시는 소식을 알 수 없게 되어버린 사람들, 한 번 안 나오더니 계속 안 나오게 된 성격파 배우들 쪽이 더 궁금했다.

나는 학부 때 우리 교수가 들려준 권태에 대한 말을 그대로 들려줄까 했지만, 빌리가 거기에 대해서도 뭔가 비판할 거리를 찾아낼 것 같아 두려워졌다. 문을 닫고 혼자서 텔레비전을 보려다가, 나는 참지 못하고 말했다. "어제 합평, 나한테는 좀 힘들더라."

"어어." 빌리가 책을 읽으며 작게 소리를 냈다.

"수업 시간에 내 소설에 대해 왜 아무 얘기도 안 한 건지 궁금하게 생각하고 있었어."

빌리는 책 너머로 나를 빤히 쳐다보았다. "무슨 소리야?"

내 입으로 그 얘기를 꺼내야 하는 게 비참했지만, 시작해버렸으니 물러날 수는 없었다. "글쎄." 내가 말했다. "다른 사람들이 전부 떼거지로 나를 공격할 때 넌 나를 방어해줬잖아. 근데 어제는 한마디도 안 하니까."

그는 손가락으로 머리칼을 훑어 넘기더니, 사무라이 머리처럼 틀어 올렸다가 손을 놓아 폭포처럼 흘러내리게 했다.

"그래서, 네 생각은 정말로 뭐였어? 그 사람들 말이 맞아?"

빌리는 평소보다 길게 하품을 했다. 반듯이 누운 그의 몸이 그렇게 부드러운 동작을 하니까 초원에서 같은 몸짓을 하는 사자가 연상되었다. "아니." 그가 말했다.

나는 그가 더 자세히 말하기를 기다렸지만 그는 그러지 않았다.

"그게 다야?"

"어쩌면 그 소설 약간 너무," 그는 잠시 멈췄는데, 정확한 단어를 찾으려고 애를 쓰는 것 같지는 않았고 내 기분을 상하게 하지 않으려고 노력하는 것 같았다. "지적이었던 것 같아."

"'지적'이라는 게 그렇게 나쁜 뜻으로 쓰이는 말인지는 몰랐는데." 내가 예민하고 유치하게 굴면서 그에게 날 인정해달라고 조르고 있으며, 그건 작가가 비판에 대해 보일 수 있는 최악의 반응임을 알면서 내가 말했다.

그는 이번에는 조금 더 오래 생각했다. "있지, 너는—" 그때 옆집 여자의 고함 소리가 터져 나왔는데, 요양보호사가 변기 물을 제대로 내리지 않았든지, 아니면 너무 여러 번 내렸든지 뭐 그런 모양이었다.

"너는 소설을 쓰는 기술에 대해서는 누구 못지않게 속속들이 꿰고 있단 말이야." 여자가 조용해지자 빌리가 말을 이었다. "수업 시간에 최고로 분석적인 피드백을 주는 사람이기도 하고. 근데 내 생각에 사람들은 너한테 뭔가가 빠져 있다는 걸 지적하고 있는 것 같거든."

이제 그 얘기를 꺼낸 게 한층 더 후회스러워졌다. 인정에 대한 목마름 때문은 아니었다. 나는 다른 사람들이 나에 대해 정말로 어떻게 생각하는지 알게 되는 일이 두려웠다. 그러면서도 상처에서 딱지를 뜯어내는 그 일을 그만둘 수가 없었다. "나한테서 뭔가가 빠져 있다고?"

"아니면 너의 어떤 부분이 네 소설에서는 빠져 있다고 하는 게 더 맞겠다." 빌리가 말했다. "네 글에는 네가 정말로 어떤 사람인지가 항상 드러나지는 않잖아. 그리고 모두들 얘기하는 건 네가 집어넣은 다른 요소들이, 반전이나 암시나 뭐 그런 것들 말이야, 약간 무언가로부터 도망치려는 느낌이라는 거야."

"그러니까 그 웃기는 시인이 말한 것처럼 내가 '페이지 위에 피를 흘려야' 된다는 거야?"

"아니, 네가 그 사람처럼 될 필요는 없어." 빌리는 그렇게 말했지만, 나는 그가 말하고 있는 것이 내 동료 수강생들과 교수들이 일년 내내 넌지시 말해왔던 것과 같은 얘기임을 알 수 있었다. 그러니까 내가 그저 회계사와 비슷하게 형식에 있어서만 전문가이고 예술가의 영혼은 없다는 얘기든지, 아니면 우리 종조부와 마찬가지로 그 영혼을 보여줄 능력이 없다는 얘기였다. 그 짜증 나는 시인조차도 나에 비하면 어떤 면에서는 우월했다.

빌리는 한 손 엄지와 집게손가락으로 양쪽 관자놀이를 누르고는 눈을 감았다. "미안. 내가 좀 피곤해서. 생각을 잘 못 하겠어."

"아니야, 내가 미안해." 내가 말했다. "네가 꼭 해줘야 되는 일도 아닌데."

나는 문가에서 잠시 꾸물거렸다. 이제 한 달도 넘게 지난 일이지만, 모텔에서 있었던 일을 사과할까 하는 생각이 또다시 들었다.

"그건 어때?"『예수의 아들』쪽으로 손짓을 하며 내가 물었다. "나는 안 읽어봤는데."

"괜찮아." 빌리가 말했다. "실은 오늘 밤 안으로 다 읽어야 해서, 문 좀 닫아주면 좋겠다."

그해 1월은 눈이 별로 오지 않는 데다 온화했고, 나는 오후가 되면 스타이 타운을 산책하는 습관이 생겼다. 나는 운동장에서 노는 아이들과 그 부모들을 지나, 겨울이 되어 듬성듬성해진 잔디밭을 지나, 타원형 콘크리트 광장 한가운데 있는 위엄 있는 분수를 지나, 고리 모양으로 난 길들과 각종 업무 차량용 경사로를 따라 돌아다녔고, 디스크맨 CD 플레이어로 음악을 들으며 비슷비슷하게 생긴 건물들 사이를 누비곤 했다.

나는 날카로운 시선으로 도시를 살피는 한량처럼, 흰개미 예술의 재료를 모은다는 구실로 스타이 타운 안쪽 짧은반지름들을 순회했으며, 산책을 시작할 때마다 주위와의 교감에서 얻은 약간의 영감이 그 건물들과 움직임과 보행자들 속에 스며들기를 소망했다. 그러나 다른 모든 사람들은 어딘가를 향해 걷고 있거나 자신이 추구하는 무언가에 사로잡혀 있었고, 그들 각자는 매일 자신의 여정을 따라 나아가는 사회 구성원이었으며, 산책이 끝날 무렵이면 내가 그들 모두와 다르다는 느낌—눈에 띄지 않는 방식으로,

아무도 알아볼 수 없을 정도로 다르다는 느낌—이 두 배가 되어 돌아오곤 했고, 결국 내 문학적 상상력은 늘 더 환상적인 플롯을 지닌 이야기에 대한 아이디어에서 발이 걸려 멈춰버렸다.

저녁이 밀려오면, 창문으로 스며든 버터처럼 생긴 직사각형 모양의 빛들이 텔레비전에서 나오는 서늘하고 이질적인 빛들과 함께 어른거렸다. 나는 가끔씩 대담하게 스타이 타운의 경계 너머로 나아가, 1번로와 A로 사이에 있는 9번가 아파트의 1층을 지나치곤 했는데, 그 집의 훤히 들여다보이는 유리창으로는 19세기에서 20세기로 바뀔 무렵의 스칸디나비아에서 온 듯한 따스하게 불 밝힌 풍경이 드러났고, 거기에는 나무로 만든 수많은 작은 시계와 접어 넣을 수 있는 뚜껑이 달린 책상, 그리고 타자기가 있었는데, 그 타자기 앞에는 이따금씩 마법사처럼 수염을 기른 남자가—기꺼이 그런 것 같기는 했으나 자신의 시대라는 관절에서 빠져버린 것처럼 보이는 또 한 명의 남자가—앉아 있기도 했다.

내 짧은 여행이 점점 알파벳시티* 깊숙한 곳을 향할수록, 나는 알아볼 수 있는 질병이나 고통, 피부질환이 있는 사람들, 휠체어를 탄 사람들을 점점 더 많이 식별해낼 수 있게 되었다. 그럴 때마다 내 안에서 무언가가 흔들렸다. 멀리서 어떤 보행자들을 보게 되면,

---

● 뉴욕 맨해튼의 이스트 빌리지에 있는 지역으로, A로, B로, C로, D로 등 알파벳 한 글자로 된 도로들을 포함하고 있어 붙은 이름이다.

심지어 겉옷으로 몸을 따뜻하게 둘러싼 사람들이라 해도, 나는 하나의 반응처럼, 그들이 지니고 있을 육체적 결함을 반사적으로 예측해보게 되었다. 내 예측은 예측으로 남아 있었지만, 나는 그들을 지나칠 때면 처다보기에는 두렵지만 외면할 수는 없는 상태로 여전히 얼어붙었다.

가을과 겨울에 걸쳐 「캠프 레드우드」를 거절하는 편지들이 우체통에 하나둘씩 들어왔고, 반송용 봉투에 적힌 내 글씨를 보면 나는 파블로프의 조건 반사처럼 자존심에 위축 반응이 일어났다. 그래서 로비에 서서 마지막으로 남은, 아직 소식이 없었던 대학 잡지사들 중 한 곳에서 온 편지를 열어보면서 나는 또 한 번의 거절에 대비해 마음을 단단히 먹었다.

「캠프 레드우드」를 읽을 기회를 주신 것에 감사드립니다. 저와 다른 편집자들은 선생님의 작품에 상당히 매료되었으며, 만약 아직 수록 가능하다면, 저희 봄호에 실을 수 있으면 기쁘겠습니다.

"「캠프 레드우드」가 실리게 됐어." 부엌에서 빌리와 마주쳤을 때, 우쭐해진 기분에서 아주 작은 일부만 드러내며 나는 그렇게 말했다.

"축하, 친구." 빌리가 말했다. 나는 좀 더 큰 반응을, 아니면 하나라도 좋으니 그 일에 관한 질문을 기대했지만, 그는 오프너 손잡이를 돌려 참치 캔 따는 일을 끝마치고는 플레이트 위에 머스터드를 퍼 담을 뿐이었다.

"네 도움이 없었으면 불가능했을 거야." 내가 말했다. "칼 멀론이 나의 로버트 스톡턴에게."

"존 스톡턴이겠지. 로버트는 우리 교수고."

"아, 맞다, 존." 내가 말했다.

컬럼비아대학 도서관에는 그 잡지가 비치되지 않았지만, 나는 필자 증정본으로 받게 될 책 중 한 권을 도서관 잡지꽂이에 꽂아두기로, 그래서 자기들이 발길로 걷어차버린 소설이 어떻게 됐는지 모두가 볼 수 있게 하기로 계획을 세웠다.

8

어느 일요일 이른 저녁, 내가 소파에서 책을 읽고 있는데 빌리가 점퍼를 입고 나왔다.

"그리스티즈 가는 거?" 시리얼 한 박스 사 올 돈을 그에게 주려고 지갑을 꺼내며 내가 물었다.

그가 문가에서 멈춰 섰다. "좀 나갔다 오려고."

"이글스 네스트에?"

"실은 애덤이랑 맷이 슈퍼볼 보면서 뭐 좀 하재서."

"아." 내가 말했다. "오늘 밤이 슈퍼볼인 거 깜빡했네."

빌리가 주머니 속에서 열쇠를 짤랑거렸다. "너도 갈래?"

"좋지." 내가 말했다. "오늘 치 핀천도 벌써 다 읽었어."

우리는 모닝사이드 하이츠에 도착해 현관문이 잠기지 않은 맷과 애덤의 아파트로 들어갔다. 같은 프로그램 소속이지만 내가 만나본 적 없는 다른 남학생 세 명도 거기 있었는데, 매트리스와 접이식 의자에 앉아 피자와 버펄로 윙을 먹고 있었다.

"안녕하신가요?" 애덤이 〈프렌즈〉의 조이 목소리를 흉내 내 빌리에게 유혹하는 말투로 인사했다.

"안녕하신가요?" 내 앞에서는 그 프로를 헐뜯던 빌리가 앵무새처럼 따라 했다.

"스펙터클의 사회, 미식축구편 시간에 딱 맞게 오셨습니다." 맷이 말했다.

루서 밴드로스가 국가를 불렀다. 백댄서들이 빨간색, 흰색, 파란색의 케이프를 날개처럼 퍼덕거렸다. "근데 슈퍼볼, 미국에서 열리는 거야?" 맷이 물었다. "구별이 안 가네."

"프랑스라고 해도 되겠다." 애덤이 말했다. "모든 게 완전 파리스럽잖아."

"점수 차가 얼마라 그랬지?" 처음 보는 사람 중 한 명이 물었다.

"패커스가 14점 앞." 애덤이 말했다. "오버/언더는 49."

"난 맷을 상대로 오버에 10달러 걸게." 빌리가 말했다.

"나도. 너도 걸래?" 애덤이 내게 물었다. "아니면 중립으로 관전만 할래?"

내가 뭐라고 대답하기도 전에 빌리가 말했다. "얘는 패트리어츠 팬이야."

"좋았어." 애덤이 말하고는 빌리 너머로 손을 뻗어 나와 하이파이브를 했다. "걔네는 내 팀이니까, 차저스 다음으로. 우리는 대신에 프롭 베팅•을 하면 되겠다. 나한테 목록이 다 있거든." 그는 작은 서체로 베팅 목록과 배당률이 인쇄된 종이를 자세히 들여다보았다. "뭘로 할까… 패트리어츠에서 누가 첫 번째 터치다운을 얻어낼지로?"

나는 그의 두 손에 들린 목록을 읽어보려 애를 썼지만 이해할 수가 없었다. "누구누구를 고를 수 있는데?"

"전부 다 되지. 아무 이름이나 대봐, 내가 배당률을 말해줄게."

나는 도움을 얻어보려고 텔레비전으로 눈을 돌렸으나 중간 광고 시간이었다. "파셀스?" 내가 말했다.

애덤은 혼란스러운 표정을 짓더니 미소 지었다. "재밌네." 그가 말했다. "코치한테 베팅을 하기도 하냐? 아, 코치 머리에 부어지는 게 무슨 색 게토레이인가, 이런 건 되겠다."

"난 이번에는 빠질게." 더 이상 무식을 드러내지 않고 따라가기로 결심한 나는 그렇게 말했고 그 뒤로는 입을 다물었다. 터치다운 득점이 기록되었고, 패스가 차단되었고, 광고가 누군가를 흉내

• 특정한 팀의 승패와 최종 점수 등 일반적인 스포츠 베팅의 조건과는 달리 야구 경기에서 '특정한 투수가 몇 개의 삼진아웃을 기록할까', 미식축구 경기에서 '공격수 아닌 수비수가 득점을 기록할 수 있을까' 등 경기의 최종 결과와 직접적인 관계가 없는 조건으로 하는 베팅.

냈고, 음식 때문에 속이 부글거렸다. 오지 말걸, 나는 생각했다. 이 곳은 나를 위한 장소가 아니었던 것이다. 하프타임 쇼는 〈블루스 브라더스〉 의상을 입은 댄 애크로이드, 짐 벨루시, 존 굿맨이 〈소울 맨〉을 불러 망쳐놓는 공연으로 시작했다.

"끔찍하다, 끔찍해." 애덤이 말했다.

"NFL이 흑인 남자들을 스포츠로 착취하는 걸로는 충분하지 않았나 보네." 맷이 말했다. "백인다움을 대표하는 최악의 인물들을 내세워서 흑인 문화를 도둑질까지 해야만 했군."

"원래는 데이비드 듀크가 〈딕시〉를 부르게 하려고 했을 거야." 애덤이 말했다.

"그럼에도 불구하고," 맷이 비꼬듯 말했다. "가장 많이 착취당하는 건 우리 아니냐? 우리의 주체성을 네 시간 동안 대기업 주인님들한테 양도하니까?" 그는 우리에게 채널을 돌려도 되는지 물었다. 아무도 반대하지 않아서 그는 이리저리 채널을 돌리다가 〈탑건〉의 배구 경기 장면, 햇볕에 탄 조종사들의 오일 바른 몸이 화면 가득 번쩍이는 장면에서 멈췄다. "대항 편성을 잘했네. 저쪽 채널에선 몸집 큰 남자들이 서로서로 몸에 올라타려고 하고 있으니까." 그가 말했다.

"그 영화 봤어? 어째서 〈탑 건〉이 전체적으로 볼 때 매버릭이 자기의 동성애적 성향과 싸우는 이야기인지에 대해서 타란티노가 독백하는 장면이 나오는?" 남자들 중 한 명이 말했다.

"그게 뭐 잘못됐다는 건 아니고." 다른 남자가 말했다.

경기가 끝나기 한참 전에 빌리와 애덤은 맷을 상대로 한 내기에서 이겼다. 승리한 두 사람은 환호성을 지르며 껴안았다. "사랑해요, 아빠." 부둥켜안기가 끝나자 애덤이 버드 라이트 맥주 광고를 패러디하며 말했다. 내가 느끼는 소외감 중에 스포츠를 이해하지 못해서 느끼는 소외감을 능가하는 건 이것밖에 없었는데, 내가 수년간 여러 번, 주로 바에서 본 장면이었다. 그 장면이란 나로서는 관심이 안 가는 경기 결과를 두고 남자들이 난폭하게 기쁨을 나누는 장면이었는데, 남자들 사이에 이 정도 수준의 육체적 접촉이 일어나는 것을 사회가 권장하는 때는 그들이 운동경기를 관람할 때와 거기 참여할 때밖에 없었다.

나는 거의 경기 내내 조용히 있었다. 같이 노는 데 끼워달라고 형에게 억지를 쓰고, 같이 놀게 된 다음에는 쓸모없는 부속품처럼 아무 말도 하지 않고 지켜보기만 하는 막냇동생이 된 기분이었다.

"놈 촘스키가 자기가 고등학생일 때 미식축구 보러 간 얘기 하는 거 들어본 사람 있어?" 학부 때 어느 세미나에서 본 다큐멘터리 영화 〈여론 조작〉의 한 부분을 떠올리며, 그리고 촘스키를 언급하는 것이 사상적으로 맷의 마음에 들지도 모른다고 생각하며, 나는 잠시 조용해진 틈을 타서 무리를 향해 물었다. "그는 어느 팀이 이기는지에 자기가 왜 신경 써야 하는지 궁금하게 생각했어. 팀에 있는 누구와도 친하지 않은데 말이야. 그러고는 깨달았지, 단체 스포츠가 비이성적이고 맹목적인 애국주의와 권위에 굴복하는 태도를 갖게 하기 위한 훈련이라는 걸. 우리가 어떤 팀을 응원할 때, 그 이유는 단지 고향이 같다거나, 아니면 학교가―"

경기에서 벌어진 무슨 일인가를 보고 모두가 고함을 질렀다.

"우-우-우." 악문 이 사이로 숨을 들이쉬며 맷이 신음했다. "게다가 미식축구 선수들은 보호대를 안 찬다고."

"우리 어릴 때 애들이 맨날, '저러면 진짜 아프겠다' 그랬던 거 기억나?" 애덤이 말했다. "근데 저러면 진짜로 아프겠다."

"'거시기 떼이는' 거 얘기도 해봐." 그들의 친구 중 한 명이 허공에 손으로 따옴표 표시를 하며 말했다.

"미안한데 뭐라고 했지?" 맷이 물었다. "촘스키가 뭐?"

"아무것도 아니야." 나는 화장실에 갔다가, 나머지 경기 시간 동안에는 그들의 책장 곁을 어슬렁거리면서, 군데군데 페이지 모서리가 접힌 『끝없는 농담』과 잡지 몇 권을 훑어보았다. 당시에는 여러 사람 사이에 혼자 있으면서 바빠 보이는 일이 지금보다 힘들었다. 가까이에 도구가 있으면 뭐든 활용해야 했다. 나는 결국 그해 가을에 나온, 벳시 로스로 분장한 바브라 스트라이샌드가 표지모델인 잡지 〈조지〉의 선거 특집호를 꼼꼼히 읽어내렸다.

"맷이라는 친구 상당히 똑똑하더라." 집으로 돌아오는 지하철에서 내가 빌리에게 말했다. "굉장히 정치적인 사람인 것 같아."

"그 친구, 조합 리더 중 한 명이야." 빌리가 말했다.

"무슨 조합?"

"대학원생 조합."

"너 거기 나가고 있었어?" 빌리가 고개를 끄덕였다. "언제부터?" 내가 물었다.

"그 친구가 바에서 우리한테 조합 얘기 할 때마다."

"그 조합이 우리한테도 실제로 도움이 돼? 아니면 우리보다 박사과정들을 위한 거야?"

"석사과정한테도 약간 도움이 되는데 대체로는 박사과정을 위한 거지. 하지만 너도 알잖아." 그가 풍자하듯 주먹을 쥐어 보이며 말했다. "연대하는 거지."

그것은 내게 숨기기에는 너무 조그만 정보였지만, 그럼에도 나는 배신당한 기분이었다.

"그래, 데려와줘서 고맙다." 내가 말했다.

빌리가 점퍼 주머니에서 『핏빛 자오선』 페이퍼백을 꺼냈다. 나는 읽을거리가 없었다.

"천만에." 빌리가 말했다.

나는 분위기가 달라졌기를 바라며 '스톡턴과 마시는 시간'에 참석하기로 마음먹었다. 분위기는 달라져 있지 않았다. 평소처럼 대열을 이룬 사람들이 여전히 그 주위에서 눈을 커다랗게 뜨고 그의 견해에 귀를 기울이고 있었던 것이다. 두 번째 잔을 주문하고 나서 나는 빌리가 거기 없다는 걸 알아차렸다. 그가 나가는 걸 본 것 같다고 누군가가 말해주었다.

빌리는 또다시 나를 피하려 하고 있었다. 이제는 그와 이야기를 해야겠다고 나는 마음먹었다. 대체 왜 그러는 건지 단도직입적으로 물어보고, 만약 그가 애매한 대답을 하면, 그 이유가 조금이라도 그 모텔 방과 관련이 있다면 그가 그저 상황을 오해한 거라고 말할 생각이었다. 다운타운행 지하철에서 나는 그를 화나게 했을 그 상황의 일부를 다시 떠올려보았지만, 이번에는 약간 분한 마음이 들었다. 그 일들을 오해한 것에 더해, 빌리는 아마도 내가 그 방의 내 자리에 그대로 있기를, 자기가 실컷 재미를 보는 동안 수동적인 구경꾼으로 남아 있기를 바랐던 것 같아서였다.

내가 이글스 네스트의 문을 열자 애덤과 맷이 바에 있었는데, 빌리와 잡담을 나누는 그들을 보자 내 계획은 물거품이 되어버렸다. 내가 다가가자 그들 모두는 재빨리 시선을 교환했다. "짜식, 왔냐?" 애덤이 말했다. 그 호칭은 그가 남용하는 단어였는데, 애정 어린 말이라기보다는 뭔가 무관심한 느낌이고, 대화하는 두 사람이 결코 가까워질 일이 없으며 따라서 서로를 이름으로 부를 필요도 전혀 없다고 암시하는 말이라는 생각이 늘 들었다.

"'스톡턴과 마시는 시간'이 말하자면 흐지부지돼서." 내가 말했다. "우리 동네에는 웬일로들 온 거야?"

"맨 아래 선반에 있는 스카치, 서비스로 마시려고." 애덤이 말했다.

"쉿." 빌리가 미소 띤 입술에 손가락 하나를 대며 말했다.

"그리고" 맷이 애덤의 어깨에 손을 척 올려놓으며 말했다. "실력 대박인 우리 작가님의 「도보 여행자」가 발표 임박이라 축하하려고."

우리가 학기 첫 수업에서 합평했던 애덤의 단편소설은 애팔래치아 자연 산책로에서 만난 여자와 밤을 보내는 어느 도보 여행자에 관한 이야기였는데, 아침이 되어 그 여행자는 여자가 그의 소지품을 몽땅 가지고 종적을 감춰버린 것을 발견한다는, 잘난 척은 실컷 하지만 미성숙한 종류의, 술집에서나 쓰는 특유의 말로 쓰인 독백이었고, 아니나 다를까 반성 없는 현재 시제로 쓰여 있었는데, 여러 창작 수업에서 내가 경험한 바에 따르면 그런 건 오직 젊은 남자들만 쓰는 소설이었다.

"축하해." 내가 말했다. "어느 잡지야?"

"〈애틀랜틱 먼슬리〉." 애덤이 대답했다. 나는 농담인 줄 알고, 그보다 덜 멋진 진짜 대답이 나오길 기다렸다. 하지만 애덤은 미소를 짓지 않았다. 그는 심지어 그게 아무것도 아니라는 듯 말했는데, 뽐내는 것처럼 보이고 싶지 않다는 태도였다. 만약 그게 빌리였더라면 나는 전혀 언짢지 않았을 테고, 훌륭한 감각이 퍼져나가고 진정한 재능이 받아야 할 것을 받게 되어 행복했을 것이었다. 애덤이 이룬 것은 작품 발표를 하지 못하고 있는 다른 모든 이들의 상처에 소금을 뿌리는 일이었고, 질서와 합리성이라는 게 있다고 우리가 반드시 믿어야 하는데도 불구하고 우주는 불공평하게 돌아가며 모든 것이 운발이라고 알려주는 신호였다.

"믿을 수 없군." 칭찬이라기보다는 문자 그대로의 의미를 담아 내가 말했다.

"너도 뭔가 발표하게 됐다고 들었어. 축하."

"고마워." 나는 애덤 옆의 스툴에 올라가 앉았다. "내가 너희들한테 맨 위 선반에 있는 스카치 한 잔씩 살게."

"그럴 필요까지야." 애덤이 말했다.

나는 빌리에게 그가 내 집에 들어와 살게 된 것을 축하하며 우리가 마셨던 브랜드의 스카치로 네 잔을 달라고 했다. "저건 사실 우리 가게에서 제일 비싼 건데." 내가 꺼낸 20달러짜리 지폐를 보며 빌리가 말했다. "저걸 서비스로 주면 나 들킬 것 같거든."

"알겠어." 무리하다가 우정을 돈으로 사야 하는 안쓰러운 객식구가 된 나는 그렇게 말하며 내 신용카드를 미끄러뜨렸다. 나는 애덤에게 어떻게 해서 작품을 제출하게 됐는지, 편집 과정에서 무슨 일이 있었는지, 잡지가 언제 나오는지 물었다. 예의상 궁금한 척한 게 아니라 진짜로 궁금해서 물은 거였지만, 나는 이 사태가 여전히 믿기지 않았다. 지하철에서 여자들을 보고 몰래 자위하는 남자들에 관한 단편이나 쓰던 애덤이(그가 합평을 받은 또 다른 작품이 그런 내용이었다) 문학적인 우수성을 판단하는 공인된 결정권자의 승인을 받았고, 이제 빌리에겐 그를 작가로서 존경할 실증적인 이유가 생긴 셈이었다.

빌리가 또 다른 단골손님에게 붙잡히자, 애덤은 내 질문들에 오만하지 않게, 심지어 겸손을 가장하지도 않으면서 대답했고, 소설이 받아들여진 건 산더미같이 쌓인 원고 가운데서 운 좋게 누군가가 읽어준 덕이라고 했으며, 발표가 결정된 내 소설에 대해서도 정중하게 질문을 던졌다. 우리가 스카치를 다 마시고 빌리가 우리에게 돌아오자, 애덤은 자기 텀블러 잔을 마침표 찍듯 탁 하고 바위에 내려놓더니, 활짝 미소를 지어 대화가 끝났음을 알렸다.

"그럼," 과장되게 피로한 척을 하며 내가 말했다. "난 이만 가봐야겠다."

"좀만 더 있다 가지." 빌리가 말했다. "우리랑 같이 코크 좀 할래?"

나는 그의 제안에 별로 놀라지 않은 척했다. "좋지."

"좋아, 내가 아는 사람이 있는데 8분의 1로만 팔아." 그가 말했다. "그리고 150달러야. 난 딱 20달러밖에 없거든."

맷, 애덤, 나 세 사람이 돈을 모아보니 50달러였다. "80달러 모자라네." 빌리가 말했다.

침묵이 흘렀다.

"이 블록 내려가면 내가 거래하는 은행이 있어." 내가 말했다. "나머지는 내가 메꾸면 돼."

"정말?" 빌리가 물었다.

"괜찮아." 내가 그에게 말했다.

"고맙다, 친구, 정말 멋진데." 빌리가 말했다. 애덤과 맷이 맞장 구를 쳤는데, 과도하게 고마움을 표하는 걸 보니 내게 돈을 갚을 생각은 없는 게 분명했다. 현금인출기로 걸어가면서 바보짓을 했 다는 생각이 들었지만 지금 집에 가면 없어 보일 것이었다. 딱 이 번 한 번만 내는 거야, 나는 그렇게 되뇌었다. 돈을 뽑자 영수증에 는 잔액이 달랑 46달러밖에 남지 않았다고 찍혀 있었다. 이번 학 년도가 시작될 때 아버지가 써준 수표를 지난 몇 달에 걸쳐 펑펑 써버리면서도 줄어드는 액수를 알아차리지 못한 것이었다.

나는 바에 돌아가 뽑은 현금을 빌리에게 건넸다. 그가 거래를 끝내고 나서, 우리는 번갈아 가며 지저분한 화장실로 향했다. 흥분 제가 주는 행복한 감정은 이내 빌리가 얼마나 천연덕스럽게 나를 금전적으로 이용해왔는지에 대한 짜증으로 변해 굳어졌다. 단지 그날 밤만이 아니라 우리 집에 들어와 살게 된 뒤로 그는 쭉 그랬 다. 자기 몫까지 돈을 내줘도 정말 괜찮겠느냐고 거의 언제나 내 게 묻기는 했지만, 빌리는 절대 무리해서 실랑이를 하지는 않았고, 그러면서 미시경제학의 트리클다운 이론에 의해 우리 아버지의 자본이 궁극적으로 자신에게 흘러내려오는 것을 행복하게 만끽했 던 것이다.

나는 다른 사람들보다 먼저 바에서 나왔고, 길을 우회해 풀이 듬성듬성 나 있는 알파벳시티의 미개발 부지들과 실용적으로 꾸며진 가게들, 혼자서 김치 맛 핫도그를 팔고 있는 상인, 뉴포트 담배와 1994년 월드컵을 그려 넣은 거리 벽화들, 스프레이로 '마약은 다른 데다 숨겨주세요 감사합니다☺'라는 부탁의 말이 적힌 금속제 대형 쓰레기통, '파시스트 굴리아니 꺼져라'●라는 또 다른 낙서가 적힌 벽을 지났고, 코카인 기운이 사라질 때쯤 이스트 빌리지로 건너갔다. 가랑비가 내리기 시작했다. 근처에 있는 건물들은 모두 비슷비슷한 흑연빛 색조를 띠고 있었고, 장례식 날 하늘을 배경으로 늘어선 단색의 묘비들 같았다. 멀리, 안개의 숄에 감싸인 엠파이어스테이트 빌딩의 하얀 불빛들이 흐릿하게 보였다.

비가 잦아들 때쯤 나는 아파트 뒤쪽에 있는 안뜰에 도착했고, 그곳의 인도는 물웅덩이에 비친 가로등 불빛으로 희미하게 빛나고 있었다. 부모님이 따로 살게 되고 나서 몇 주가 지난 8학년 때의 기억이 떠올랐다. 겨울이었던 어느 토요일 오후에 나는 집에 있었는데, 난데없이 엄청난 뇌우가 쏟아지더니, 일이 분쯤 지나자 시작했을 때만큼이나 갑작스럽게 멈췄다. 나는 진흙탕에 스니커를 철벅거리며 앞뜰로 나갔다. 청회색 하늘 아래 습한 바람이 우리 집의 커다란 느릅나무를 삐걱삐걱 흔들리게 했다. 밖에 나와 있는 사람이나 자동차는 하나도 없었다. 주위에 집들이 없었다면 꼭 숲속에 있는 것 같았을 것이다. 그 순간을 이루고 있던 무언가

● 당시 뉴욕 시장이었던 루돌프 줄리아니의 철자를 틀리게 쓴 것.

에 이끌려—아마도 내 고통 속에 보통 사람보다 많은 아름다움과 신성함이 존재하며, 그건 예외적이면서도 완벽한 고통이라는 내 사춘기 소년다운 확신이었겠지만—나는 그 순간을 기억해야 한다고 자신에게 되뇌었다. 나는 어떤 사람들을 이끌어 예술을 창조하게 하는 것은 이런 종류의 자기중심적인 망상이 아닐까 생각한다.

'이걸 기억해', 나는 다시 나 자신에게 명령했지만 이 기억이— 다른 모든 기억과 마찬가지로—몇 년이 지나면 그 본질도, 있는 그대로의 모습도 잃어버릴 것을 알고 있었다. 우리가 과거에 대한 기억 중 중요한 뭉텅이들을 무의식 속으로 억압하거나 삭제한다는 개념은 내게 실제적인 심리 현상이라기보다는 작가들을 위한 극적 장치처럼 느껴진다. 하지만 여기저기 남아 있는 불쾌한 얼룩들을 지우기 위해 추억을 아주 미묘하게 변형하는 것, 그것은 우리가 현재의 의식 속에 있는 쓰레기들을 카펫 아래로 숨기는 것만큼이나 꽤 자연스럽게 느껴진다.

나는 다음 주 월요일까지 기다렸다가 빌리가 외출했을 때 아버지 사무실로 전화를 걸었다.

"생활비 얘기는 저번에 합의가 된 줄 알았는데." 아버지가 말했다.

"정말 죄송해요." 내가 말했다. "이번 학기 교재들이 이렇게 비쌀 줄은 미처 몰랐어요."

내 요구를 들어줄 만한 수입이 있기는 했지만 아버지는 항상 한숨을 내쉬었다. "수표는 오늘 우편으로 부치마."

"좀 더 신중하게 아껴 쓸게요." 나는 약속했고, 아버지에게 돈을 달라고 조를 때 보통 그랬던 것보다 조금 더 부끄러워져서 전화를 끊었다.

욕실에 들어간 나는 한때 내가 익숙해져 있던 엷고 거뭇거뭇한 막이 욕조 안에 다시 생기고 있다는 걸 알아챘다. 그러고는 빌리가 그 전날 청소를 안 했을 뿐 아니라, 그 전주에도 안 했다는 걸 깨달았다. 오후가 되어 수업에서 돌아온 빌리는 내가 전에 본 적 없는 리바이스 501 청바지를 입고 아디다스 삼바를 신고 있었다. "나 그리스티즈 가는데." 그의 책상 앞에서 내가 말했다. "필요한 청소용품 있으면 사다 줄까?"

"필요한 거 없는 것 같은데?" 그가 말했다.

"알겠어. 욕실에 뭐가 좀 낀 것 같길래."

"맞다, 미안. 어제 하려다가 너무 숙취가 심해서. 오늘은 몇 시간 있으면 일해야 되니까 내일 꼭 할게."

"고마워." 나는 내 방 쪽으로 가다가 멈춰 섰다. 사실은 한 주나 늦어놓고 빌리는 그저 하루밖에 안 늦은 척하고 있었다. "나중에 하기보단 먼저 해주면 좋을 것 같아. 내가 너한테 청소 말고 다른 거 분담하라고 하고 있는 것도 아니니까."

그가 부엌으로 향했다. "알았어, 친구. 네 말이 맞아."

"나중에 해도 돼." 내가 물러났다. "내일 해도 돼. 크게 상관없어."

"지금 할게." 그가 고집했다. 그는 나를 휙 지나쳐 도구를 가지러 갔다. 보통 나는 그걸 내가 집에서 나가는 신호로 삼았지만, 그날은 내 방에 들어가 문을 닫고 있었다. 두어 시간쯤 지나 복도에서 그의 발소리가 들려서, 나는 그가 내 방 문을 두드리고는 이사를 나가겠다고 말하려나 싶었다. 하지만 물론 그는 그러지 않았다. 그럴 수가 없었다. 그는 내게 매여 있었으니까.

대신 현관문이 쾅 닫혔고, 나는 거실로 나왔다. 처음 청소를 했던 날과 마찬가지로 그는 집 전체를 티 하나 없는 상태로 만들어놓고 나갔다. 닭가슴살, 데친 브로콜리, 밥이 담긴 접시가 식탁 위에서 조용히 나를 기다리고 있었다. 접어놓은 천 냅킨, 은제 식기, 불을 켜지 않은 양초 하나가 싸늘한 상차림을 완성하고 있었다.

어느 날 오후 이스트 빌리지를 걸어가는데 누군가가 내 이름을 불렀다. 뉴욕대에서 수업을 같이 들었고 공통으로 아는 친구가 많은 올리버였다. 대학원에 들어온 뒤로 그를 본 적이 없기도 해서, 우리는 그가 일하러 돌아가기 전에 잠깐 동안 이야기를 나눴다.

"그 전에 못 보면 이번 여름에 메인에서 보겠네?" 그가 자리를 뜨기 전에 말했다.

"메인?"

"피터 결혼식."

"난 걔한테 여자친구 있다는 것도 몰랐는데." 내가 말했다.

올리버가 당황한 표정을 지었다. "약간, 회오리바람처럼 몰아치는 연애였어." 그가 말했다. "게다가 하객들은 집에서 묵을 거라니까 아주 작은 결혼식이야. 독립기념일 낀 주말에 거기까지 먼 길 운전해서 가는 것도 상당히 힘들 거야."

"내 축하도 전해줘." 내가 말했다. "다른 사람들한테도 안부 전해주고."

애덤의 단편이 〈애틀랜틱 먼슬리〉에 실렸고, 학교가 떠들썩한 걸로만 보면 꼭 그가 퓰리처상이라도 받은 듯했다. 다른 학생들은 그 소설이 그 잡지에 실릴 가치가 있다고 여겼지만, 나는 그런 말은 예의상 하는 말이라고, 혹은 잡지의 유명세 때문에 판단력이 흐려진 거라고 생각했다.

나는 자발적으로 내 시간을 들여 애덤의 글을 읽음으로써 모르는 사이에 그를 만족시켜주고 싶지가 않았고, 「캠프 레드우드」가 비슷한 시기에 잡지에 실렸으나 전혀 주목받지 못했기 때문에 더 그랬다. 그런데 내가 도서관의 문예지 코너 선반 중앙에 필자 증정본 중 한 권을 꽂아놓을 때, 좀 더 있어 보이는 정기간행물들이 있는 선반에서 〈애틀랜틱 먼슬리〉의 번들거리는 표지가 나를 비웃는 것이었다. 그 소설이 엉터리임을 확인하기 위해서는 읽어봐야 했다.

그 이야기는 내가 기억하는 것만큼 그렇게 형편없지는 않았다. 유머감각은 절제해서 사용됐고, 문장은 날카로웠으며, 인물들은 매력적이었다. 반쯤 읽었을 때 나는 작가가 누구인지 거의 잊어버렸고, 결말에 이르렀을 때는 정말 내키지 않았지만 인정해야만 했다. 애덤이 힘 있는 소설 한 편을 만들어냈고, 그가 비리를 통해서가 아니라 실력으로 성공을 거뒀다는 걸 알게 되어 나는 더욱 화가 난다는 사실을.

콜레스테롤 약 광고가 실린 뒤표지가 앞으로 향하게 해서 그 잡지를 선반 구석에 되돌려놓으면서 나는 더욱 고통스러운 사실 하나를 깨달았는데, 그것은 애덤의 글이 실린, 전국에 유통된 수십만 권 중 한 권인 그 〈애틀랜틱 먼슬리〉가 아마도 인쇄물이 존재하는 한은 살아남으리라는 것이었고, 애덤이 써낸 문장들과 콜레스테롤 약 둘 다 보존되어 불멸의 존재가 될 것이며, 반면에 내 글이 실린 이름 없는 대학 문예지는 채 몇 년도 지나지 않아 거의 찾아볼 수 없게 되리라는 사실이었다.

일주일 뒤, 나는 문예지를 확인해보려고 도서관을 다시 찾았다. 그것은 펴본 흔적조차 없는 채, 여전히 같은 자리에 놓여 있었다.

기온이 26도까지 올라가 "이게 만약 지구온난화라면 받아들이겠어"라는 농담이 떠오르는 3월의 어느 날이었다. 나는 수업이 끝난 뒤 다운타운행 지하철 9호선에 타고 있었는데, 72번가 역에서 통근하는 사람들 한 무리가 출입문으로 밀려들어왔다. 새로 들어온 승객들은 열추적 미사일처럼 빈자리를 찾아 흩어졌고, 내 또래로 보이는 한 남자가 내 왼쪽에 앉았다.

공간이 부족할까 봐 옆으로 조금 옮겨 앉다가, 나는 남자의 오른쪽 팔이 티셔츠 소매 바로 위에서 쪼그라붙은 살덩어리가 되어 끝나 있다는 것을 알아차렸다. 남자는 무릎에 올려놓은 페이퍼백의 페이지를 왼손으로 넘겼다. 나는 들고 있던 신문을 읽으려고 해보았지만, 내내 그의 팔이 내 시선 바로 바깥쪽에 있었고, 그 덩어리 모양의 팔 끝에 계속 신경이 쓰였다.

나는 불편함을 느끼는 내가 싫어서, 한쪽 팔이 없어도 매우 편안해 보이고, 반팔 옷을 입어서 드러낼 만큼 아무런 심리적 어려움이 없는 그 죄 없는 남자에게 내 분노를 굴절시켰다.

나는 뻣뻣한 자세로 앉아 있다가 14번가 역이 보이자 열차가 완전히 멈추기 전에 일어섰다. 내가 균형을 잃는 바람에 내 손이 남자의 팔에 살짝 스쳤는데, 마치 절굿공이 끝부분에 닿는 느낌이었다. 전기가 흐르는 울타리를 만진 것처럼 한 줄기 충격이 내 팔을 타고 올라왔다.

"죄송합니다." 나는 중얼거리며 몸을 바로잡고는 사람들을 헤치고 나갔고, 마치 나 자신의 환지통처럼 그 감각은 그날의 나머지 시간 내내 내게 남아 있었다.

9

 1학년생들의 우체통에 편지 한 통이 도착했고, 몇 시간이 지나자 순수예술 석사과정 전체가 그 이야기로 술렁거리고 있었다. 어느 기부자가 컬럼비아대 대학원 예술 프로그램에 거액의 돈을 기부했는데, 배정된 계획 중에는 2학년생 가운데 장르별로 유망한 학생을 한 명씩 뽑아 창작 프로그램에서 장학금 7000달러를 수여한다는 것이 있었다. 산문 부문에 지원하기 위해서는 2주 내에 50페이지 분량의 작품과 장학금을 받게 될 해의 글쓰기 계획을 대략적으로 설명한 신청서를 제출해야 했다. 심사는 종신 재직권이 있는 교직원 전원이 맡을 거라고 했다.

 뽑힐 가능성이 없었으므로 나는 마음을 비웠다. 의심할 여지 없이 빌리가 가장 유력한 후보가 될 것이었다. 제법 좋은 평을 듣는 다른 학생들도 있었지만―〈애틀랜틱 먼슬리〉에 작품이 실린 뒤로 애덤의 주가도 상승해 있었다―누구도 빌리만큼 작품으로 교수들에게 깊은 인상을 남기지는 못한 데다, 빌리는 분명 재정적으로 지원이 필요한 후보자로서도 가산점을 받게 될 터였다.

"그 장학금, 지원해볼 거야?" 그날 밤 빌리가 바텐더 일을 하러 나가기 전에 내가 소파에서 지나가는 투로 물었다. 청소 사건 이후로 우리의 대화는 부족한 물건들을 사고 관리하는 일에 관한 얘기에 한정돼 있었다.

"응." 그가 아디다스 운동화를 잡아당겨 신으며 대답했다. "너는?"

"난 안 할 것 같아. 가망이 별로 없어."

빌리는 이 이야기에 예의 바르게 논쟁할 가치조차 없다는 듯 고개를 끄덕였다. "나중에 봐." 그가 말했다.

우리는 서로를 볼 만큼 봤다. 그는 단지 절박했기 때문에 나와 함께 그토록 오래 머물렀다. 그가 장학금을 받게 되면, 대학에서 보조금을 지원하는 아파트로 이사를 나갈 비용은 충분해질 것이었다. 나는 그가 장학금을 받아 떠나기를 바랐다. 그것이 우리 우정의 깨끗하고 자연스러운 결말이었으니까.

맷과 애덤이 그 주 주말에 파티를 열 예정이었다. 빌리는 내게 그 얘기를 하지 않았고, 나도 갈 생각은 없었다. 그러다 그날 밤이

닥쳐왔고 나는 아무 할 일이 없었다. 빌리의 영역을 침범하지 않기 위해 집에 있는다고 생각하니 짜증이 치솟아서, 나는 업타운행 지하철을 탔다.

빌리는 애덤, 맷 그리고 슈퍼볼을 봤던 사람들과 함께 거실 한 구석에 있었다. 나는 그들에게서 좀 떨어진 무리에 끼어 있다가, 그 무리가 흩어지자 또 다른 무리에 달라붙었다. 핀볼처럼 이리저리 돌아다니고, 선체를 찾아 헤매는 따개비처럼 새로운 집단을 찾아 달라붙어야 하는 파티의 이런 면이 나는 항상 싫었다. 어떤 사람들은—빌리도 그중 한 명이었는데—사교적인 자리에서 절대 돌아다닐 필요가 없었다. 그들이 지닌 카리스마라는 중력 때문에 다른 사람들이 궤도를 그리며 그들 주위를 돌았으니까.

동료 수강생들은 작업량이 많다고 투덜대고, 사귄다고 소문난 두 젊은 교수에 대한 가십을 나누고, 해결되지 않은 비기 스몰스 살인사건에 대해 추측을 던졌다. 파티 인간들의 팔다리로 이루어진 숲 사이로, 나는 여자 세 명에게 재미있는 얘기를 들려주고 있는 빌리를 훑어보게 됐다. 그의 새 청바지와 스니커, 그리고 닳아 빠진 티셔츠를 보면 그가 일리노이주의 작은 도시 출신이며, 반년 전만 해도 촌뜨기처럼 보일까 봐 바에서 여자 두 명에게 말을 거는 것조차 겁냈었다는 사실을 아무도 알 수 없을 것이었다. 빌리는 실내에 있는 다른 사람들보다 많이는 아니어도, 꼭 그들만큼은 그 자리에 어울려 보였다. 그는 뉴요커처럼 보였다.

누군가가 마리화나를 돌렸다. 그것이 내 손에 와 닿았을 때 나는 망설였다. 나는 술은 꽤 마셨지만 마리화나는 놀랄 정도로 몸에서 안 받았다. 잘 맞는 사람들과 함께 제대로 된 종류의 마리화나와 분위기가 갖춰지면 모든 것을 웃기고 재미있고 경이로운 것으로 받아들이면서 외향형 인간으로 변했지만, 딱 한 모금만으로 어둡고 먼 행성의 유일한 거주자처럼 변해버릴 수도 있었다.

나는 한번 시도해봤다. 달콤한 헬륨 같은 한 모금이 내 안에서 폭발하더니 폐에서 곧장 머리로 향했고, 어떤 남자가 "이걸 두 글자로 표현하면 뭐게. '대박'"이라고 말하자 모두가 그 맛 간 요약과 강렬한 어조를 웃기다고 생각했고, 몽롱한 낄낄거림은 또 다른 낄낄거림을 낳았다. 배꼽이 빠지도록 웃어서 안전장치가 풀려버리자, 나는 우리의 집단적인 인사불성 상태에 동지애를 느꼈다. 나는 아직 그들을 잘 몰랐고 그들도 나를 잘 몰랐지만, 우린 언젠가, 아마도 그다음 해쯤에는 알게 될 것이었고, 나는 그들에게 써야 했던 내 에너지를 빌리에게 다 꼬라박고 있었고, 그 사람들이야말로 내 사람들이었으며, 사람들과 이어질 가능성이란 건 언제나 있었고, 그러기 위해 필요한 거라곤 남들과 시간을 함께 보내고 방어막을 낮추는 일뿐이었다.

그러다가 누군가가 시 수업 교수님 이야기를 하며, "그분 목에 있는 그 이상한 점은 어찌 된 걸까?" 하고 묻자, 나머지 사람들은 그 반점이 암을 유발하는 건지 아닌지, 제거할 수 있는 건지, 그것 때문에 수업에서 얼마나 신경이 쓰이는지, 그 교수님은 거기다가 헛기침을 병적으로 해대기도 하는데 목의 점과 심리적으로 연관이 있어 보이는 그 헛기침은 또 뭔지 추측하기 시작했고, 대박 많은 약쟁이들이 이렇게 말했다. "그 사람, 전형적인 괴짜야."

그때 스위치가 탁 눌렸고, 나는 맨정신일 때에도 자주 찾아오는 생각과 함께 내 마음의 지하 복도로 도망쳐 들어갔다. 그 생각이란, 나는 결국에는 이 사람들을 이해할 수 없을 테고, 그들도 나를 알게 될 일이 없을 것이며, 아무도 나를 결코 알지 못할 텐데, 그건 내가 제대로 인정받지 못한 반항아라거나 혹은 진단 가능한 어떤 병리적 문제로 고통받고 있어서가 아니라는 생각이었다. 나는 괴짜였던 것이다. 하지만 나는 '전형적인' 괴짜조차도 못 되었다. 아니, 나는 스스로 괴짜가 되기로 선택한, 그래서 다른 괴짜들과 함께 공동체를 만들어낸 괴짜들 사이에서도 괴짜였으며, 주류 사회의 바깥에서 지내는 것은 감탄스러울 만큼 영웅적인 투쟁이었지만, 이미 소외된 하위문화 속에서 또 변두리에 머무르는 것은 그것과는 전혀 다른 데다 그냥 외로웠다.

이런 상황에서 내가 긴장을 푸는 데 도움이 되는 건 오직 더 많은 알코올뿐이었다. 나는 몸을 옆으로 하고 복도에 있는 사람들의 몸 사이를 통과해 텅 빈 부엌에 도착한 다음, 위스키를 한 잔 마셨고, 그러자 약간 마음이 진정됐으며, 그런 다음 또 한 잔을 만들어서는 홀짝홀짝 마시면서 다른 손으로는 술병을 움켜쥐고 있었다.

빌리가 애덤과 맷을 거느리고 거들먹거리며 부엌으로 들어왔다. "어이." 나는 그들이 나를 보기 전에 그렇게 말하고는 위스키를 들어 올렸다. "좀 줄까?"

"짜식, 고맙다." 애덤이 말했다.

나는 침묵 속에서 그들 각자에게 술을 한 잔씩 푸짐하게 부어주었다.

"이것 봐라." 빌리가 말했다. "이제 바텐더 다 됐네. 집주인들한테 술도 대접하고."

"조심해, 안 그러면 내가 이글스 네스트에서 네 일자리 뺏을 거야." 내가 말했다.

빌리가 자기 술을 삼키고는 내게서 술병을 낚아채더니 술을 튀겨가며 자기 잔에 조금 더 부었다. "너 해본 적은 있냐, 근데?" 그가 혀 꼬부라진 소리로 말했다.

"뭘 해봐?"

"진짜로 일이라는 걸 해본 적이 있느냐고." 음절을 하나하나 강조해 발음하면서 그가 말했다.

"있다는 거 알잖아." 내가 말했다. "여기 오기 전에 이 년 동안 교열 담당자였어."

빌리가 미소를 지었는데, 그 미소는 내가 잘 아는 포용적이고 호감을 주는 미소가 아니었다. "진짜 일 말이야. 무슨 패션 잡지에서 쉼표 바로잡고 그런 거 말고."

"육체노동은 안 해봤어, 네가 묻는 게 그거라면." 내가 인정했다.

고개를 살짝 흔들면서, 하지만 두 눈은 내게 고정한 채 빌리는 계속 나를 노려보았다. 나는 불안해졌다.

"짜식, 내가 그냥 장난 좀 쳐봤어." 마침내 그가 픽 웃으며 말했다. "해본 적 없는 거 알아. 너는 손도 세상에서 겁나 최고로 부드럽잖아."

애덤과 맷이 자기들 잔을 들여다보았다. "우리 이제 다시 나가 봐야 할 것 같은데." 맷이 말했다.

"아니 진짜로." 빌리가 물고 늘어졌다. "너는 그런 손으로 인생을 어떻게 헤쳐나가는데? 심지어 빌어먹을 타이핑도 안 해본 거 같잖아." 그는 술병을 내려놓더니 내 손목을 붙잡고는, 내 손바닥을 들어 올려 자세히 살폈다. "너희도 이거 만져봐야 돼. 겁나 아기 피부 같아. 빨리, 만져보라니까."

"알았어." 빌리의 어깨에 한쪽 팔을 걸쳐 진정시키며 맷이 말했다. "가서 뭐 좀 먹자." 빌리가 뭐라고 더 하기 전에 맷이 그를 부엌에서 데리고 나갔다. 빌리가 지나가자 사람들이 옆으로 비켜섰는데, 여자와 남자 모두 넋을 잃고 그의 부인할 수 없이 빼어난 외모를 쳐다보았다. 그는 내가 가진 특권들을 얼마나 쉽게 조롱했던가. 하지만 나는 그가 자신이 누리는 풍부한 특권, 사회가 특권으로 명확하게 분류하지 않는, 손 닿는 곳에 어김없이 나타날 것을 그 자신도 아는 사랑과 애정에 관해 한 번이라도 생각해본 적이 있는

지 의심스러웠다. 반면 나는, 그런 사랑과 애정이 손 닿는 곳에 있을 때면 사라질까 두려워 꽉 부여잡지 않으면 안 되는 절박한 인간들의 대열 속에 있었던 것이다. 게다가 빌리는 자신이 아무런 노력도 들이지 않고 얻은 이런 타고난 이점들과 자원들에 대해 결코 죄책감을 느낄 생각이 없었다. 나머지 우리는 그런 점들 때문에 그저 그를 숭배했다. 그중에서도 내가 가장 많이 그랬다.

그다음 며칠 동안 나는 빌리를 멀리하면서 내 방에 틀어박혀 있었다. 그 주 합평이 끝나고 집에 돌아오는데, 옆집 문이 열린 채 고정되어 있고 〈마카레나〉가 라디오에서 복도로 흘러나오고 있었다. 속세로부터 격리된 옆집 여자의 세계를 들여다볼 흔치 않은 기회를 얻은 나는, 기본 구조는 우리 집과 똑같지만 전혀 다르게 꾸며진 이웃집을 슬쩍 훔쳐볼 수 있겠다는 생각에 매혹되어 문간에 멈춰 섰다.

하지만 안에는 한 무리의 인부들과 페인트받이 천들을 빼고는 아무것도 없었다. 나는 그들 중 한 명이 지나갈 수 있게 길을 비켜주었다. "할머니가 이사를 가시나 봐요?" 내가 물었다.

"돌아가신 모양이에요." 인부가 말했다.

그 일은 빌리와 내가 학교에 있을 때 벌어진 것이 틀림없었다. 그게 아니라면 시신이 치워졌다는 어떤 흔적이 우리 눈에 띄었을 테니까. 나는 비워진 아파트 안을 다시 들여다보았다. 수십 년간 한때 삶이 거기 있었는데—닳아빠진 덮개가 씌워진 소파들과 나무 부분이 맞물리는 고리 모양으로 되어 있는 커피 테이블들, 빛이 바래가는 사진들, 몇 년 동안 펴보지 않은 책들, 특정인의 소유라는 것 말고는 아무런 기준이 없이 모여 있는 자질구레한 장식용품들, 누군가의 집에 밴 특유의 냄새—이제 깡그리 아무것도 없었다. 이웃집 여자의 성이 뭐였는지 기억나지 않았다.

그는 술 한 잔의 추모를 받아 마땅했다. 집에 들어온 나는 잔에 주먹만큼 술을 따라 각얼음을 떨어뜨린 다음, 담배 한 개비를 들고 라디에이터에 올라앉았고, 하늘을 악마 같은 붉은색으로 불살라놓은 저녁노을을 바라보았다. 빌리가 장학금을 따낸다면, 그래서 이사를 나가기만 하면, 나는 다시금 이런 저녁을 더 자주, 나만의 공간에서 혼자, 편안히 보내게 될 것이었다. 그리고 그는 장학금을 따낼 것이었다. 그는 어떤 승부에서든 이겼다. 글쓰기, 여자, 친구 모두 다. 빌리가 혜택받지 못한 환경 출신일지는 몰라도, 그와 마주치는 모든 사람은 어떤 이유로든 그가 그 환경을 극복하도록 돕고 싶어했고, 겉으로는 정부의 무료 지원에 반대하면서도 그는 그들이, 혹은 내가 후하게 베푸는 것들로부터 이익을 취하는 일은 결코 마다하지 않았다.

나는 어느 틈엔가 빌리의 책상 앞에 앉아 다음 잔을 아껴가며 마시고 있었다. 데스크톱 컴퓨터는 부팅하는 데 몇 분이나 걸렸고, 살아나려고 애를 쓰는 낡아빠진 자동차 엔진처럼 윙윙거리며 신음을 흘렸다. 나는 빌리의 하드 드라이브를 뒤지다가 그의 장학금 신청서를 발견했다. 그런 다음 '노맨스'라는 파일명 뒤에 차례대로 번호가 붙은 파일 여덟 개를 보게 됐고 가장 최근의 파일을 열었는데, 거기에는 118페이지 분량의 원고가 들어 있었다.

얼마나 쉬울까, 그가 뽑힐 기회를 박살내는 일은. 빌리의 아름다운 소설을 훑어보고 위스키를 마시면서 나는 가만히 생각했다.

지금 생각하면 알코올 탓으로 돌리고 싶다. 나는 112페이지를 클릭하고, 문단들이 점점 번져가는 잉크 얼룩처럼 짙은 색으로 변하도록 블록 선택을 한 다음, 90페이지 분량이 선택될 때까지 스크롤을 올렸다. 이 문단들이 없으면 빌리에게 남는 건 28페이지밖에 안 될 텐데, 그건 지원 요건에 한참 부족한 양이었다. 빌리는 자신의 노쇠한 컴퓨터가 일으킨 갑작스럽고 알 수 없는 고장 때문이라고 생각할 것이었다. 어쩌면 중간 부분이 사라졌다는 것조차 알아채지 못한 채 그 파일에 작업을 하다가 다시 저장을 할 수도 있었고, 그러면 내가 남긴 디지털 지문이 있다 해도 알아보기 어려워질 것이었다.

나는 딜리트 키를 누른 다음 파일을 저장했다.

그러고는 막 컴퓨터를 끄려다가, 내가 무언가를 명백히 간과했다는 걸 깨달았다. 빌리가 이전에 저장해둔 파일들 역시 지원하기에는 충분한 분량일 것이었다. 나는 그 파일들과 플로피 디스크에 백업된 파일들에서도 그 90페이지 분량에 해당하는 덩어리들을

삭제했다. 내 계획의 어리석음은 내가 모든 삭제 작업을 끝내고
난 뒤에야 드러났다. 모든 게 더 이상 컴퓨터 버그처럼 보이지가
않았던 것이다. 서로 다른 형식으로 된 여러 파일에서 정확히 똑
같은 부분이 사라지는 건 명백히 인간이 개입했다는 증거였는데,
그의 컴퓨터에 접근할 수 있는 유일한 다른 인간은 바로 나였다.
나는 뭔가 기술적인 해결책이 있을 거라 생각하면서 가장 최근 파
일을 다시 열었지만, 설령 그런 해결책이 존재한다 한들 그건 내
이해를 뛰어넘는 일이었다.

　설상가상으로, 책상 맨 아래 서랍에는 빌리가 제출했던 합평작
프린트들과 그가 손으로 쓴 공책들이 있었다. 내가 한 일은 결국
그로 하여금 없어진 페이지들을 다시금 타이핑하게 만드는 일이
나 다름없었는데, 그건 지원 마감까지 남아 있는 일주일이면 쉽게
해낼 수 있는 일이었다. 출력된 원고들은 교열 수정사항들로 채워
져 있었고, 빌리가 컴퓨터에서 좀 더 수정을 해놓았기 때문에 내
가 그 일을 직접 할 수는 없었다. 내가 손을 댔다가는 바로 티가
날 것이었다.

　아마도 줄거리를 짜는 일에 병적으로 집착해온 까닭에, 나는 한
사람이 별것 아닌 실수로 인생의 행로에서 탈선하기가 얼마나 쉬
운지를—도로 연석에서 일 초 일찍 내려선다거나, 안고 있던 누
군가의 아기를 실수로 떨어뜨린다거나—오랫동안 불편하게 인
식해왔는데, 내 두려운 상상 속에서 그 결과는 언제나 무시무시하

거나 치명적이었다. 그에 비하면 아직 출간되지 않은 소설에서 텍스트를 지우는 건 하찮은 일이었지만, 그럼에도 위스키에 푹 젖은 그 순간, 내 가슴속을 흐르는 양심의 역류는 꼭 그만큼 파국적이라는 생각이 들게 했다. 내 흔적들을 지워야 한다는 생각에, 나는 미친 듯이 해결책을 찾아 집 안을 오갔다.

창가로 간 나는 인부 한 명이 내 이웃이었던 사람의 집에서 뜯어낸 수조 두 개짜리 싱크대를 가구용 대차에 실어 운반해 가는 광경을 지켜보았다.

뉴욕대 시절 친구 올리버에게 전화를 걸어 한 시간 뒤에 이스트 빌리지에서 같이 저녁이나 먹자고 했다. "좀 늦은 시간이네." 그가 말했다. "방금 배달시키려던 참이었는데."

"학기 거의 끝나가는 걸 축하하려고." 내가 말했다. "내가 낼게."

내가 9번가와 1번로가 만나는 곳에 있는, 요즘 뜨는 이탈리아 식당을 제안하자 그는 손을 들었다. 전화를 끊고 나서 나는 현관문 옆 벽장에서 가구용 대차를 꺼내 빌리의 책상으로 가져갔고, 빌리의 컴퓨터 전원을 뽑은 다음 대차에 실었다. 그러고는 그의 파일 캐비닛을 컴퓨터 본체 위에 올렸고, 그 위에 모니터와 비디오 플레이어를 쌓아올렸다. 내 노트북 컴퓨터를 배낭에 챙겨 넣고 복도에 아무도 없음을 확인한 다음, 모든 것을 문 밖 엘리베이터까지 밀고 갔고, 뒤쪽 출입구를 통해 건물을 빠져나갔다.

땅거미가 먹어 들어오고 있었다. 나는 대차를 동쪽으로 몰았고,

바퀴 달린 짐 가방을 끌고 가는 델타항공 승무원 한 무리를 지나 쳤지만, 가속도가 붙은 데다 빌리가 파티에서 내게 굴욕감을 주는 데 얼마나 열중했는지 하는 생각에 떠밀려 나아가는 나를 눈여겨 보는 사람은 아무도 없었다. 나는 FDR 드라이브에서 길을 건넌 다음, 남쪽으로 보행자용 길을 따라 빌리와 내가 스내플 병을 강물에 던져 넣었던, 철사를 엮어 만든 울타리로 반쯤 차단된 장소까지 걸어갔다.

탁하고 소금기 어린 이스트강 물이 아래쪽 방벽에 부딪치며 찰랑거렸다. 비디오 플레이어와 파일 캐비닛을 땅에 내려놓은 다음, 나는 컴퓨터를 집어 들었다. 울타리는 너무 높았고, 컴퓨터 본체는 상당히 크고 무거워서 울타리 너머로 던지기가 어려웠다. 중력이 발목을 잡는 바람에, 나는 내가 제정신으로 행동하고 있는 건지 처음으로 생각해보게 되었다. 하지만 너무 늦었다. 이미 너무 멀리 와버렸다. 내게는 다른 선택지가 없었다.

나는 컴퓨터를 머리 위로 들어 올리고 짧게 도움닫기를 한 다음, 내 온 힘을 실어 던졌다. 컴퓨터는 막대를 간신히 뛰어넘는 높이뛰기 선수처럼 울타리 너머로 호를 그리며 날아갔다. 나는 요란함이 절정에 달한 첨벙 소리를 기대했지만, 그 베이지색 기계장치는 물결도 거의 일으키지 않고 고요하게 물속으로 수직 낙하하더니 가라앉았다.

파일 캐비닛은 내용물을 그대로 둔 채 머리 위로 들어 올리기에는 너무 든 게 많았다. 맨 위 서랍을 비웠는데, 거기에는 플로피 디스크 백업본들만 따로 들어 있었다. 두 번째 서랍에는 펜과 종이 클립, 스테이플러 들이 있었는데 모두 버리기 쉬운 것들이었다.

무게의 큰 부분을 차지하는 것은 맨 아래쪽의 커다란 서랍이었다. 나는 빌리가 어렴풋이 떠오른 생각을 적어두는 주머니 크기의 메모장에서 시작해 그 생각이 서로 결합되어 완전한 문장들로 바뀌어 있는 공책으로 옮겨 갔다. 다음으로는 한 묶음의 프린트 복사물, 그러니까 가장 최근에 빌리가 제출한 합평작들을 움켜쥐고는 울타리 너머로 던졌다. 그것들은 스테이플과 종이클립으로 고정된 각각의 덩어리들로 분리되어, 종이를 조각조각 뜯어 만든 눈보라처럼 휘날렸다. 그리고 다음, 또 다음, 또 그다음, 서랍이 텅 비어 투포환처럼 강물에 던져 넣을 수 있게 될 때까지 나는 계속 그렇게 했다.

그 일이 끝난 다음엔 비디오 플레이어와 모니터, 그리고 내 노트북 컴퓨터를 울타리 너머로 날려버렸다. 디스크에 최근에 백업한 원고들이 들어 있다곤 해도, 내 작품은 어쨌거나 버려도 상관없는 것이었고, 독자의 머릿속에는 지나가는 지하철에 그려진 낙서만큼이나 일시적으로밖에 남아 있지 않을 글줄들이었다. 큰 손실은 아니었다. 오히려 이득일지도 몰랐다. 가끔씩, 인생을 새롭게 시작하려면 살던 집을 태워버리는 방법밖에 없을 때가 있으니까.

나는 서둘러 아파트로 돌아왔고, 소파에서 쿠션을 밀어내고, 내 침대 프레임에서 매트리스를 빼내 비스듬히 놓아두고, 내 옷장 서랍과 상판에 가죽이 깔린 책상 서랍을 샅샅이 헤집어놓았다. 빌리의 방과 현관문 옆 벽장을 뒤집어놓은 다음에는 선반에 있던 유리병 몇 개를 떨어뜨려 깰까 생각했으나, 그건 과하다고 결론 내렸다. 막 집을 나서려는데 결정적인 무언가를 깜빡했다는 느낌이 들었고, 나는 그제야 문에 주거 침입의 흔적이 없다는 걸 깨달았다. 약간의 자국은 남아야 했으므로, 나는 빌리의 연장 세트에서 망치를 끄집어냈다. 복도에 아무도 없을 때 문틀을 쳐서 딱 힘으로 밀고 들어올 수 있을 정도로만 망가뜨렸다. 학교 수업 자료가 든 배낭을 둘러메고 나는 이탈리아 식당까지 전력 질주했다.

"저는 맥주요." 올리버와 내가 자리에 앉자마자 나는 종업원에게 말했다.

기록적인 시간 내에 파스타를 먹어치우고, 앙트레가 치워지자 계산서를 달라고 했다. "이 블록 내려가면 내 룸메이트가 일하는 바가 있는데 거기 가서 한잔할래?" 계산을 하고 현금으로 팁을 두둑이 주면서 내가 물었다.

"나 피곤한데." 올리버가 말했다.

"술 한잔한다고 죽진 않을 거 아냐. 그것도 내가 살게."

"아침에 해야 되는 일이 있거든."

"부탁이야." 내가 말했다. "내가 좀 외로워서 그래."

올리버는 당황한 것 같았다. 우리는 그런 관계가 아니었다. 나는 누구와도 그런 종류의 관계를 맺어본 적이 없었다.

"한 잔 정도는 괜찮을지도." 그가 말했다.

이글스 네스트는 손님들로 북적거렸고, 빌리는 단골손님 한 명과 노닥거리고 있었다. 그는 바 뒤에서 언제나 자연스러워 보였다. 바 바깥에 있는 나보다 훨씬 더. 내가 나타나자 그는 놀란 듯했다. 친구들과 함께 있던 그를 매복 습격한 날 이후로 나는 그가 일하는 곳에 온 적이 없었던 것이다.

"여기는 내 친구 올리버야." 빌리가 주문을 받으러 왔을 때 내가 말했다. 빌리가 우리의 진과 토닉을 섞는 동안 나는 최대한 즉석에서 떠오른 것처럼 들리게 말했다. "저기 블록 내려가면 있는 이탈리아 식당에서 방금 저녁 먹었는데, 상당히 맛있더라."

술을 다 마신 뒤 올리버는 돌아갔지만 나는 자리에 남아 있었다. 빌리가 상당히 바빠서 우리는 얘기를 나눌 시간이 별로 없었다. 아니, 그보다는 마지못해 우리에게 뭔가 할 얘기가 있는 척할 기회가 별로 없었던 건지도 모른다. 설령 우리 사이가 더 괜찮았다 해도, 내가 방금 그의 모든 소설을 없애버리지 않았다 해도, 그와 이웃집 여자의 이야기를 하고 싶지는 않았을 것이다. 나는 맥주로 바꿨고, 내가 저지른 짓에 대해 생각하지 않으려고 애쓰면서 수업 과제를 읽었다. 새벽 한시가 되어 몇 명의 손님만 뒤에 남았을 때 나는 맥주 한 병을 더 주문했다.

"내일 수업 있는 거 아니야?" 빌리가 물었다.

"알 게 뭐야." 내가 말했다.

그는 병뚜껑을 뻥 소리 나게 따고는 구겨진 냅킨들을 카운터에서 치웠다. "지난 주말에는 좀 좆같이 굴어서 미안하다." 그가 말했다. "내가 너무 취했었어."

"괜찮아." 내가 그에게 말했다.

"아니, 진짜 엉망이었어." 그가 말했다. "진심으로 미안해."

그가 사과하기를, 그래서 그 파티가 남긴 얼얼한 뒷맛을 누그러뜨리기를 원하지 않았지만 나는 고개를 끄덕였다.

누군가가 술을 달라고 불렀다. 마감 시간까지 남은 세 시간 동안 나는 칸막이 자리에서 눈을 좀 붙이기로 마음먹었고, 깨어났을 때는 조명이 켜져 있었다.

"꼭 집에 가야 하는 건 아니지만, 여긴 있으면 안 돼." 빌리가 말했다. 나는 눈을 끔뻑였고, 그는 트위드 모자를 쓴, 마찬가지로 칸막이 자리에서 졸고 있는 노인에게로 갔다. "윌리엄스 씨." 빌리가 부드럽게 그를 깨우며 말했다. "윌리엄스 씨, 저희 마감 시간이에요."

윌리엄스 씨가 느릿느릿 눈을 뜨더니 입을 다문 채 미소 지으며 콧수염의 양쪽 끝부분을 날개처럼 폈다. 바에 올 때마다 그가 눈에 띄었지만, 그가 항상 혼자 있어서 우리는 이야기를 나눠본 적이 없었고, 서로를 안다는 기색조차 해본 적이 없었다. 하지만 그날은 그가 발을 끌고 지나가면서 마치 올빼미족 구성원 사이의 형제애를 보여주는 작은 몸짓처럼 내게 고개를 까딱했다. 나 역시 고개를 끄덕이는데, 그와 전에 어울리지 않은 것이 갑자기 후회가 됐다.

빌리와 내가 밤늦게 집에 함께 걸어 돌아가는 건 오랜만이었다. 그럴 때면 우리는 거리를 독차지했고, 이 도시와 밤의 정복자들이라도 되는 양 인적 없는 1번로를 우리 것이라 여기곤 했다. 그날 밤에는 할 얘기가 별로 없었다.

"네 근무 시간이 몇 시간인지 잊어버렸어." 내가 말했다.

"몇 병이나 마셨는데?" 그가 물었다.

"몰라. 여섯, 아니면 일곱 병."

킬킬거리는 그의 웃음 때문에 나는 집에서 무엇이 우리를 기다리고 있을지 거의 잊을 뻔했고, 지난 몇 시간 동안의—지난 몇 달 동안의—일들은 일어난 적이 없는 것만 같았다.

"나 좀 바보 같네." 내가 말했다. "내일 갚을게."

우리는 우리 아파트 건물에 도착해 엘리베이터를 탔다. 정신은 맑았지만 워낙 많이 마신 까닭에 나는 마치 다른 누군가의 삶이 담긴 영화를 보고 있는 것처럼 나 자신에게서 조금 어긋나 있는 느낌이 들었고, 빌리가 문을 열고 불을 켰을 때는 더 그랬다.

"이게 대체 무슨?" 바닥에 떨어진 소파 쿠션들을 본 그가 말했다.

그가 자기 방으로 들어갔다. "망할." 그가 말했다. 그는 욕실로

가 샤워 커튼을 한쪽으로 홱 젖혔고, 그런 다음 내 방으로 가서 벽장을 살펴보았다. 현관문 옆 벽장을 확인하고 침입자가 없다는 걸 확인한 다음, 그는 처음에는 놀라서 못 보고 지나간 것을 마침내 알아차렸다.

"망할." 그가 다시 말했다.

빌리가 책상 밑으로 몸을 굽혔다. 사라진 컴퓨터가 거기 없다는 걸 깨닫자, 그는 주먹으로 책상을 쾅 내리쳤다.

"빌어먹을." 그는 의자에 앉아 손가락으로 갈퀴처럼 머리칼을 훑었고, 양손 손바닥의 두툼한 부분으로 감은 두 눈을 문질렀다.

나는 지은 죄가 다 드러나도록 미소를 짓고 싶은 충동을 느꼈고, 입술을 꽉 깨물었다. "아, 미치겠네." 나는 내 방으로 가서 말했다. "내 컴퓨터도 없어졌어." 나는 거실로 돌아왔다. "그리고 비디오 플레이어도. 텔레비전은 안 가져갔네, 그래도."

빌리가 눈을 뜨더니 책상 옆을 돌아보았다.

"이런 개새끼들!" 그가 말했다.

"왜?"

"내 파일 캐비닛도 없어졌어." 빌리는 책상을 확 밀쳤지만, 책상은 벽에 붙어 있어서 밀려나지 않았다.

"거기 뭐 중요한 거 들어 있었어?"

"내 소설." 그가 말했다.

"다른 건?"

"없어."

"이상하네." 내가 말했다. "백업은 해뒀지?"

"그것도 다 거기 넣어놨어."

"계단이나 뒤쪽 로비에 뭐라도 있나 보고 올게." 내가 말했다. "어쩌면 우리 물건들, 거기다 버려놨는지도 모르잖아."

나는 아래층으로 걸어 내려갔는데, 마땅히 써야 할 신경을 쓰고 있다는 인상을 주기 위해서이기도 했지만, 도망치기 위해서이기도 했다. 돌아와 보니 빌리는 여전히 책상 앞에 앉아 두 손으로 머리를 감싸 쥐고 있었다. "아무것도 없어." 내가 말했다. "다른 사람들이 네 소설 복사본 갖고 있어? 교수님들이나?"

그는 희망에 차서 고개를 쳐들었다가 다시 얼굴이 어두워졌다. "없어. 부분부분 갖고 있던 사람들은 다 나한테 돌려줬고."

나는 점점 커지는 양심의 가책뿐 아니라 그의 슬픔도 느끼기 시작했고, 그를 위로할 무언가를 생각해내려고 애를 썼다. "헤밍웨이 부인이 남편 원고를 기차에서 몽땅 잃어버리지 않았나?"

빌리는 대답하지 않았고, 도둑이 남겨놨을지 모르는 무언가를 찾아 소파 밑과 부엌을 뒤진 다음, 현관문을 살펴보았다. 그러더니 문틀에서 내가 망치로 망가뜨려놓은 부분을 툭툭 쳤다.

"여기, 전에는 이렇지 않았어, 그치?" 빌리가 물었다. 나는 어깨를 으쓱했다. "그놈들이 따고 들어온 거야." 그가 말했다. "경찰에 신고하면, 아마 이거랑 비슷한 다른 절도 사건들이 있을 거고 도둑놈들을 추적할 수 있을 거야. 아니면 그 새끼들이 전당포에 갖다 팔았어도 알 수 있을 거고. 그것도 아니면 이 건물 누군가가 뭔가 봤을지도 몰라."

"경찰서에는 못 가." 내가 말했다. "우린 여기 있는 것조차 안 되잖아. 그리고 어찌 됐든 간에 경찰에서 우리 컴퓨터를 찾아줄 일은 없을 거야. 그 사람들한테는 너무 하찮은 물건들이라."

"아, 씨발!" 빌리가 말했다. "그럼 이걸로 끝이야? 모든 걸 날리고?"

"뭐라 해야 될지 모르겠어." 내가 말했다. "이건 너무해. 진짜 속상하다."

내 방으로 물러나고 몇 분쯤 지나, 내가 그 일이 이제 지나갔다고 생각하고 있는데, 빌리가 문간에 나타났다.

"보험은?"

"무슨 보험?"

"세입자 보험." 빌리가 말했다. "너희 대고모가 갱신했잖아, 그치? 그걸로 최소한 우리 컴퓨터만이라도 손해배상 받을 수 없을까?"

내가 까맣게 잊고 있던 부분이었다.

"실제로 대고모 소유의 물건일 경우에만 가능해." 내가 말했다. "그냥 말로만 컴퓨터를 도둑맞았다고 할 수는 없어. 대고모가 컴퓨터를 재산으로 등록해두었어야 해."

"그분이 컴퓨터를 갖고 계셨을까?"

대고모의 아파트에 이사해 들어왔을 때, 그분이 아직 뉴저지의 집으로 보내지 않은 물건 중에 거의 사용되지 않고 침실 구석에 보관돼 있던 컴퓨터가 한 대 있었다. 내가 이걸 기억하는 이유는 하나였는데, 1990년 당시 나이 든 여자 집에 컴퓨터가 있다는 사실에 놀라서 대고모와 이야기를 나눈 적이 있기 때문이었다. 오리건주에 살던 아들이 컴퓨터를 사용하는 노인들이 기능 쇠퇴가 덜 하다는 기사를 읽고 나서 대고모에게 그것을 사드렸다고 했다.

"모르겠네." 내가 말했다. "하지만 갖고 계셨다고 해도, 그게 계속 여기 있었다는 증거가 필요해."

빌리가 자기 방으로 달려갔고, 그의 침대 옆 탁자 서랍이 열리는 마찰음이 들렸다. "이 사진." 돌아온 그가 폴라로이드 사진을 들어 보이며 말했다. 컴퓨터를 두드리는 그를 내가 찍은 사진이었다. 사진에는 컴퓨터와 모니터가 찍혀 있었고, 우리 집 벽이라고 알아볼 수 있는 것도 담겨 있었다. 하나의 증거로서 효력이 있을 것 같았다.

"그분한테 컴퓨터가 있었고, 이사하자마자 재산으로 등록해뒀다고 가정한다면, 그게 이것과 같은 컴퓨터가 아니라는 걸 경찰에서 알 수 있을 거야." 내가 반박했다.

"컴퓨터는 알아보기 어려워." 빌리가 말했다. 그의 말이 옳았다. 그 사진은 초점이 어긋나 있는 데다 전체적으로 화질이 흐릿해서 구별하기가 더욱 어려웠던 것이다.

"우리한테 있는 유일한 사진이 네가 컴퓨터를 쓰는 사진이라면, 보험사에선 이게 대고모 물건이 아니고 네 거라고 생각할 거고, 손해배상은 해주지 않을 거야."

"그럼 그분이 우리 할머니고, 내가 그분 컴퓨터를 쓰고 있는데, 그분이 사진을 찍어주신 거라고 하자." 빌리의 콧구멍이 벌름거렸다. "알았지, 그러자! 이게 우리의 유일한 희망이야. 난 새 컴퓨터 살 돈도 없고, 젠장, 이 년 동안이나 쓴 원고를 그냥 날렸단 말이야."

"내가 새로 사줄게." 내가 제안했다. "네가 여기 안 살았으면 이런 일은 안 생겼을 테니까."

"네 잘못이 아니잖아." 빌리가 말했다. "그리고 넌 이미 날 여기 공짜로 살게 해줬고, 게다가 네 컴퓨터도 바꿔야 돼. 그냥 보험 청구하는 거 시도라도 해보자. 응?"

그게 우리가 가진 전부였고, 빌리는 포기할 생각이 없었다.

"알았어." 내가 물러났다.

나는 다음 날 아침이 되면 빌리가 진정하고 내게서 컴퓨터 살 돈을 받기를 바랐지만, 내가 일어나자마자 그는 대고모에게 전화를 해달라고 했다. 그는 내 곁에서 귀를 기울이며 내가 대고모에게 주거 침입으로 보이는 상황에 대해 알리는 것을 들었다.

그렇다고, 대고모가 내게 말했다. 이사한 뒤에 재산 목록을 변경한 적이 없고, 그래서 그분의 (한때는 비쌌던) 컴퓨터는 아직 목록에 남아 있을 것이며, 영수증이 보험사에 기록으로 남아 있다고 했다. 대고모에게는 비디오 플레이어도 있었다.

"하지만 보험금 청구하는 게 위험하다 싶으시면, 안 해도 될 것 같아요." 내가 말하자 빌리의 표정이 언짢아졌다.

"내가 전화해서 어떤 조치가 가능한지 알아보마." 대고모가 말했다. "근데 사진 속 컴퓨터를 구별할 수 없다 그랬지? 중요한 건 아파트에 도둑이 들었다는 거고, 그러면 뭐든 손해배상을 받을 자격은 있는 거야. 도둑맞은 컴퓨터가 어떤 컴퓨턴지는 사실 중요하지 않아."

보험사와 통화를 마친 뒤, 대고모는 경찰에 먼저 연락하라는 말을 들었다고 내게 다시 알려주었다. 일단 그렇게 하면 4주에서 6주쯤 걸려 보험금이 처리될 거라고 했다.

"스타이 타운에서 이 일에 대해 알게 될까 봐 걱정되지 않으세요?" 내가 물었다.

"보험사에서 스타이 타운은 전혀 관여하지 않을 거라고 확실히 말해주더구나." 대고모가 말했다. "이건 그냥 보험사랑 경찰 사이의 일이라고 말이야."

대고모는 우리 지역 관할 경찰서에도 연락해봤는데, 거기서는 내가 직접 신고해도 된다고 했다. 조사받는 일을 피할 수 있기를 바랐기에, 나는 이 절도 사건을 별일 아닌 것처럼 말하기로 계획을 세웠다. 그렇게 해야 신고를 통해 뭔가를 얻을 생각이 내게 없다는 인상을 경찰이 받게 될 테니까.

"내 생각엔 내가 해야 될 것 같아." 빌리가 말했다. "사진 속에 있는 게 나잖아. 너희 대고모 컴퓨터를 쓰는 친구의 사진을 네가 우연히 갖고 있게 됐다고 하면 수상하게 들릴 거야."

"그럼 내가 찍은 사진을 쓰자." 내가 말했다.

"네 건 노트북 컴퓨터잖아." 빌리가 말했다. "너희 대고모 건 데스크톱이었고."

내가 말싸움에서 졌다. 빌리는 몇 블록 떨어져 있는 경찰서에 갔고, 그날 오후 경찰관이 아파트를 방문하게 하는 데 성공했다. 조사가 이루어지는 동안 나는 집에서 나가 있었다. 몇 시간 뒤에 내가 돌아왔을 때, 빌리는 침대에 올라앉아 허벅지 위에 공책 한 권을 올려놓고 있었다. "그래서 어떻게 됐어?" 내가 물었다.

"경찰이 집 안 사진을 몇 장 찍어 갔어." 그가 공책에 뭔가를 휘갈겨 쓰며 말했다. "그리고 폴라로이드 사진들도 가져갔고."

"그게 다야?"

"질문도 몇 가지 했어."

"무슨 질문?"

"몰라." 빌리가 말했다. "도둑들이 내 파일 캐비닛을 가져간 걸 이상하게 생각하더라고."

"내 생각에도 이상해." 내가 말했다. "어쩌면 거기 신원 도용이나 뭐 그런 데 이용할 수 있는 게 든 줄 알았는지도 몰라. 그래서 다음엔 뭘 하면 된대?"

"몇 주 지나서 연락 주겠대." 빌리가 펜 끝부분을 두 번 딸칵딸칵 눌렀다. "이 얘기 좀 나중에 해도 될까? 써야 되는 페이퍼가 하나 있어서."

"분명히 손해배상 받을 수 있을 거야." 내가 말했다. "아마 네 컴퓨터 원래 가격보다 훨씬 높게."

빌리는 아무 말도 하지 않았다. 나는 문을 닫았다.

나는 부끄러워하면서 아버지에게 (좀 더 저렴한) 노트북 컴퓨터를 새로 살 돈을 달라고 했다. 아버지는 내가 이중 자물쇠를 설치한다는 조건하에 동의했다.

나는 수업을 들었고, 책을 읽었고, 학교 행사에 참석했다. 삶이 다시 정상으로 돌아왔다.

어느 문학 에이전트로부터 편지 한 통이 대학원의 내 앞으로 배달됐는데, 「캠프 레드우드」에 감탄을 표하는 내용이었다.

"이 작품을 장편으로 개작할 생각은 없으신지요?" 그는 이렇게 적었다. "이 인물들의 이야기를 몇백 페이지쯤 더 읽어보고 싶은 마음입니다." 나는 잔뜩 들떠서 이 소식을 부모님과 빌리에게 알렸다.

"정말 멋지구나!" 엄마가 내뱉었다.

"굉장한데." 아버지가 말했다. "요즘 출판계약 규모 관련 기사를 방금 읽었단다."

"멋지다." 빌리가 말했다.

에이전트로부터 용기를 얻어, 나는 그해 여름과 다음 해를 그가 제안한 작업을 하며 보내기로 마음먹었고, 컬럼비아에서 낭독회를 열어 미래에 출간될 내 장편의 한 부분을 실비아와 스톡턴 앞에서 읽는, 그러면서도 그들에게 감사의 말은 하지 않는 상상을 했다.

2주 뒤 1학년생들 앞으로 또 다른 편지가 왔는데, 내용은 다음과 같았다.

2학년 장학금 지원사업에 접수된 수십 통의 신청서를 검토한 끝에, 모든 역량 있는 응모작에 자금 지원을 할 수 없어 아쉬운 마음임을 밝히는 바입니다. 신중하게 고려한 끝에, 우리는 다음 학생들에게 장학금을 수여하기로 결정했습니다. 시 부문 크리스타 에반스, 소설 부문 빌리 캠벨…

나는, 그때 이미 모습을 드러내고 있던 아이러니와 함께, 사기당한 기분을 느꼈다.

빌리가 대체 신청은 어떻게 한 건지 갈피를 잡을 수가 없었다.

지원 신청에는 50페이지 분량이 필요했다. 빌리의 기억 속에 그 소설이 생생하게 남아 있었다고 해도, 일주일 안에 괜찮다고 할 만한 무언가를 써내는 건 말할 것도 없고, 그만큼을 타이핑하는 것조차 어려운 일이었다. 빌리는 실비아와 스톡턴에게 작품을 도둑맞은 일에 관해 말한 게 틀림없었고, 어쨌든 그에게 장학금을 줄 계획이었던 그들은 주기로 한 것이었다. 지원 신청은 그저 형식상의 절차에 불과했을 것이었다.

내가 집에 돌아왔을 때 빌리는 『끝없는 농담』을 읽고 있었다. "축하해." 내가 말했다. 나는 열광하는 태도를 꾸며내는 데는 그다지 소질이 없었다. "장학금 됐다고 들었어."

"고마워."

"어떻게 그걸 일주일 만에 다시 썼어?" 그 질문을 하자마자, 나는 그가 뽑힌 걸 내가 의심하는 것처럼 들릴까 봐, 교수들이 그의 사정을 봐줬다는 걸 내가 안다는 걸 그가 알까 봐 두려워졌다.

"다시 쓴 거 아니야." 빌리가 말했다. "두 달쯤 전에 어떤 출판 에이전트한테서 연락이 왔었어. 내 장편 일부를 읽었고, 읽은 게 마음에 드니까 다 쓰면 나머지를 보내달라고 하더라. 잊고 있었는데, 그러다 그 여자분이 마지막 복사본을 가지고 있다는 게 기억났어. 그게 거의 50페이지 분량이었고."

그러니까 우리 교수들은 빌리에게 단순히 장학금만 준 게 아니라 더 좋은 일도 해준 것이었다. 그들은 자기들이 아는 에이전트에게 그를 추천까지 했다. 불행의 한복판에서조차 빌리는 운이 좋았다.

"하." 내가 말했다. "대단하네. 에이전트가 생긴 것도 그렇고. 왜 그때는 아무 말도 안 했어?"

"공식적인 제안이나 뭐 그런 게 아니었으니까. 그리고 난 어쩌면 그냥 농담일지도 모른다고 생각했거든. 그분은 어떤 출판 편집자가 그 소설을 전해줬다고 했는데, 내가 스톡턴이랑 실비아한테 물어보니까 그분들은 아무한테도 내 원고를 안 보냈다고 했어."

"아." 나는 문손잡이를 이리저리 비틀었다. "그거, 나였어. 내가 지난가을에 네 원고를 복사해서 내 친구 데이비드 랭크퍼드한테 보냈어."

"허." 그는 어떻게 반응해야 할지 모르겠다는 표정이었다. "그랬구나. 고마워, 친구."

"그럼 너 이제 여유도 생겼으니 이글스 네스트는 그만두겠네?" 장학금을 받게 됐으니 그걸로 이사도 나갈 거라는 말을 들을 생각으로 내가 물었다.

"아니." 그가 말했다. "돈은 돈이잖아."

10

기말 페이퍼가 제출되고 교수진과 학생들이 종강 파티에서 과음하는 것으로 학기는 별일 없이 끝을 맺었다. 뉴욕에서는 늘 그렇듯 봄은 예상보다 늦게 찾아왔다. 5월 첫째 주가 되어서야 배나무가 꽃을 활짝 피웠던 것이다. 기온이 올라가자 사무직 직원들은 점심시간에 밖으로 쏟아져 나와 바다표범처럼 햇볕을 쬐었다. 뚜렷하던 도시의 경계는 새로 돋아난 작은 잔디밭들로 희미해졌고, 특히 스타이 타운에서 그러해서, 아이들이 외치는 소리가 안뜰을 넘어선 곳까지 메아리쳤다. 옆집의 개조 공사가 끝났고, 아기가 있는 젊은 커플이 이사를 왔다.

"비록 내가 선생이고 여러분 모두가 학생이긴 했지만," 마지막 수업을 끝맺을 무렵 스톡턴은 이렇게 말하면서, 그 말 역시 자신이 여기저기서 쓰는 촌철살인 대사를 끌어내기 위한 거라고 폭로하듯 짓궂은 웃음을 지었다. "결국 뭐 한 가지라도 정말로 배운 사람은 아무도 없는 것 같군."

이제 빌리에게 다른 곳에서 집세를 낼 돈도 생겼으니, 나는 그가 나가겠다고 말해올 거라 예상했다. 하지만 아무래도 그가 지닌 중서부 특유의 짠돌이 정신을 내가 만만하게 봤던 모양이었다. 그는 이사에 관한 말은 한 마디도 하지 않았다. 우리 사이는 명백히 예전과 달라져 있었지만, 우리 사이의 계산은 어느 정도 깔끔하게 끝나 있었고―빌리는 소설의 많은 부분을 회복했고, 장학금을 받았고, 나는 청구한 보험금을 지불받는 대로 그에게 그 돈을 전부 줄 생각이었다―나는 다음 학년도에는 부분적으로나마 그와 화해할 수 있으리라는 희망을 버리지 못하고 있었다.

어느 날 오후, 점심을 주문하려고 중국 식당에 전화를 걸었는데 통화가 되지 않았다. 직접 내려가 보니 식당 문은 닫혀 있었다. 영구히 말이다. 셔터가 내려진 가게 앞에 붙은 안내문에는 어떤 은행 지점이 그 자리에 들어올 거라고 적혀 있었다. 음식이 별다르게 맛있지는 않았어도, 비싸지도 않고 늦게까지 열었고, 거기 달린 토마토케첩 빛깔의 차양은 내가 L선에서 내려 그곳을 걸어 지나칠 때마다 조용한 우리 동네에서 변하는 건 별로 없다는 사실을 마음 든든하게 알려주곤 했었다.

나는 대신 에싸베이글에 갔다가 우편물을 가지고 집에 들어왔다. 점심을 먹으며 그 주의 〈뉴요커〉지를 읽었고―비약이 심한 도입부와 비약이 더욱 심한 결말에서 부분적으로 추정해봤을 때, 그 글은 〈오픈 시티〉 파티에서 편집자가 띄워주는 걸 우연히 들었던 그 소설의 발췌문이었다―그런 다음 6월 임대료 청구서로 보이는 봉투를 뜯었다. 하지만 그건 스타이 타운에서 보낸 짤막한 한 문단의 편지였다.

메트로폴리탄 생명보험사[스타이브슨트 타운 소유주들]와 임대인들은 본 문서에 의해 그들의 관리하에 있는 [대고모의 이름]과 다른 모든 거주자들에게 상기 주소에 위치한 임대주택에서 이십(20) 일 이내에 퇴거할 것을 통지하는 바입니다. 우리는 해당 주택이 임차인의 주거주지가 아니며 이는 임대차계약 위반에 해당한다고 판단하였습니다. 법률 대리인을 통해 서면을 전달할 것임을 알려드립니다.

나는 빌리의 방 문을 두드렸다. 그는 침대에 올라앉아 중고로 구입한 노트북 컴퓨터로 타이핑을 하고 있었다. 나는 그에게 편지를 건넸고 그는 아무 말 없이 그것을 읽었다.

"우리보고 나가라는 거야." 내가 설명했다.

빌리가 침착한 얼굴로 고개를 끄덕였다.

"실수일 거야." 내가 말했다. "내가 전화해볼게."

나는 무선전화를 집어 들고 편지 윗부분에 적힌 번호로 전화를 걸었고, 임대차사업팀의 한 남자 직원과 연결되었다. 너무 편찮으셔서 전화를 하실 수 없는 대고모를 대신해 전화하는 거라고 주장한 다음, 편지에 대해 설명해달라고 요구했다.

"잠시만요, 확인해보겠습니다… 저희가 경찰로부터 해당 임대주택에 불법 거주자들이 있다는 통지를 받았다고 여기 나와 있거든요." 남자는 자기가 전하는 끔찍한 소식에 삶이 손톱만큼도 영향을 받지 않는 공무원답게 지루해하는 한숨을 내쉬며 말했다.

내가(사실은 빌리가) 최근에 일어난 절도 사건으로 대고모를 대신해 경찰을 집에 들이는 바람에, 조사를 마친 경찰 측에서 내가 거기 불법으로 거주하고 있다고 추정한 것 같은데, 그건 모두 오해라고 나는 설명했다. 내가 이곳의 유일한 세입자라고 주장했다고 경찰이 잘못 생각한 게 틀림없다고 말이다.

"다른 세부사항은 나와 있지 않고, 저희 팀장님께서는 오늘 자리를 비우셔서요." 남자가 말했다. "더 궁금한 게 있으시면 경찰에 연락해보시면 됩니다."

"경찰이 불법 전대가 발생했다고 스타이 타운 측에 말했다는데," 전화를 끊은 내가 빌리에게 말했다. "그 경찰관, 여기 누구누구 사는지는 안 물어봤지?"

빌리가 고개를 저었다.

"우리가 여기서 불법으로 지낸다고 그 사람이 생각하게 할 만한 거, 난 분명히 하나도 놔두지 않았거든." 내가 말했다. "지금 경찰에 전화해서 해결해야겠어."

"이 일에 진짜로 싸울 만한 가치가 있다고 생각해?" 빌리가 물었다.

"장난해? 보험금이면 또 몰라도, 이 아파트를 그냥 이렇게 포기할 수는 없어. 게다가 빌어먹을 2주만 있으면 이 집에서 합법적으로 살 수 있게 되는 시점이라고." 빌리가 멍한 표정을 지어서, 나는 6월이 되면 내가 어떻게 전화요금 청구서를 통해 대고모와 일 년간 동거관계를 성립시키고, 임대차계약을 내 명의로 이전할 수 있게 되는지 그의 기억을 되살려주었다.

나는 전화번호부에서 13관할서의 번호를 찾아냈다. 전화가 이리저리 몇 사람에게 돌아간 끝에, 나는 우리의 사건 보고서를 열람할 수 있는 여자 담당자에게 연결되었다.

"경관님께서 불법 거주자들로 보고하신 것으로 돼 있습니다." 여자가 말했다.

"그건 알겠는데요, 그렇게 근거도 없이 혐의를 뒤집어씌우시면 안 되죠." 내가 말했다. "저희 대고모가 집세를 내시고 제가 전화요금을 냅니다. 저희 두 명 다 여기 합법적으로 거주하고 있어요."

"선생님, 제가 전화로 말씀드릴 수 있는 건 이게 전부고요. 경찰서에 내방하셔서 보고서를 작성한 경관님과 얘기해보시는 게 좋겠습니다. 오늘 서에 계시거든요."

"네가 경찰서에 가서 경관이랑 얘기해야 된대." 전화를 끊은 내가 빌리에게 말했다. "최악의 경우에는, 네가 나랑 같이 여기서 살고 있었고 사진 속에 있는 사람이 너라고 우리가 대고모한테 얘기해야 돼. 그래서 너보고 우리 대고모 친척인 척하라고 했던 거야."

"정말 복잡하게 들린다." 빌리가 말했다. "네가 하는 얘기 전체가 정리가 안 돼."

"복잡하지 않아. 간단하다고. 우린 잘못한 거 없어. 대고모는 법적으로 누군가와 함께 지내실 수 있어. 대고모가 여기 살기만 하면."

"하지만 여기 안 살잖아."

"경찰에서 그건 모르잖아." 내가 말했다. "넌 그냥 그 경관한테 왜 불법 거주자들이 있다고 한 건지 물어보기만 하면 돼. 그 사람이 왜 그 일에 신경을 쓰는지, 왜 스타이 타운 측에 뭐라고 하는 건지조차 나는 모르겠거든. 자기가 상관할 일도 아닌데. 그 사람 여기 있을 때 뭔가 의심하는 거 같아 보였냐? 내 물건을 살펴보거나 우편물을 조사하거나 뭐 그랬어?"

빌리가 두 손 들었다는 몸짓을 했다.

"그러지 마, 빌리, 생각을 해야 돼. 이건 중요한 일이야. 이거 끝나면 변호사한테 연락할 거야. 저쪽에서 뭐라고 주장할지 대비해야 돼."

"잠깐만, 친구. 그쪽 의도는 말할 필요도 없이 널 내쫓으려는 거야." 그가 말했다. "보나 마나 질 텐데 비싼 돈 들여 법적 싸움에까지 연루될 필요 없잖아. 그냥 아파트라고."

"그냥 아파트?" 단념하는 듯한 빌리의 태도에 나는 폭발하고 말았다. 그로서는 이 아파트에서 아마도 일 년쯤 더 살 권리를 빼앗기는 거겠지만, 나는 여기서의 수십 년을 빼앗길 참이었다. "넌 여기 출신이 아니잖아. 이 집에 얼마만큼의 가치가 있는지 너는 몰라. 임대료규제법 적용 아파트에 평생 살 수 있다면 뉴요커들은 팔뚝이라도 자를 거라고."

빌리가 나를 이상하게 바라보았다. "넌 정말 네 인생 전부를 여기서 보내고 싶냐?" 그가 물었다. "이 아파트에서?"

"변호사 선임비 낼 정도의 가치는 있지." 내가 말했다. "경찰이 뭘 좀 넘겨짚었다고 그냥 포기할 수는 없어."

나는 전화번호부를 넘기며 변호사 사무실을 찾았다.

"여기서 불법 거주했다고 내가 경찰한테 말했어." 빌리가 말했다.

"경찰한테 뭘 말했다고?"

"내가 여기서 불법으로 지내고 있다고."

분노로 얼굴이 뜨거워졌다.

"왜 그런 짓을 해?"

"왜냐하면," 빌리가 망설였다. "그 경찰이 보험 사기가 횡행하고 있다면서 나한테도 사기라고 비난했고, 허위로 범죄 신고를 한 일에 대해 기소당할 수 있다고 했기 때문이야. 난 내가 그냥 여기서 공짜로 머무르고 있는 거라서 절대 그런 사기는 치지 않는다고, 내가 합법적인 거주자가 아니라고 했어. 그러면 내가 진실을 말하고 있다고 믿게 할 수 있을 줄 알았지. 그 사람이 스타이 타운에다 얘기할 줄은 몰랐어."

얼굴의 열기가 내 몸의 다른 부분으로 발진처럼 퍼지고 있었다. "그래서 그 경찰이 너를 기소했어?"

"아니, 내가 그렇게 말하니까 그냥 넘어갔어." 빌리가 말했다.

"다행이네." 내가 말했다. "다행이야. 그럼 그게 나였던 척하자. 내가 여기서 대고모랑 같이 살고 있었는데, 경찰이 나한테 기소당할 수 있다고 하는 바람에 겁이 나서 내가 합법적인 거주자가 아니라고 한 거라고 스타이 타운에 말할 거야. 그런 다음 2주 뒤에 그 사람들한테 내 이름으로 되어 있는 전화요금 청구서를 보여줄 거고. 그럼 문제없이 임대차계약을 양도받을 수 있을 거야." 나는 긴박한 한숨을 내쉬었다. "알겠어? 그렇게 복잡하지 않다고."

전화기를 목과 어깨 사이에 끼우고 나는 전화번호부로 돌아갔다.

"스타이 타운하고 경찰 양쪽 다 불법 거주자'들'이라고 했어." 내가 빌리에게 말했다. "복수형으로. 그 사람들, 우리 둘이 여기 산다고 생각하는 걸까?"

빌리가 자기 노트북 컴퓨터 화면으로 시선을 떨어뜨렸다.

"젠장." 내가 말했다. "좋아, 거기에 대한 변명은 또 따로 만들어야겠네. 우리 둘 중에 한 명은 그냥 몇 주 동안만 공짜로 여기 묵고 있었다고 하면 될 거야. 네가 경찰한테 내가 여기 산다고 말했어, 아니면 그 사람이 그냥 너한테 룸메이트가 있다고 때려 맞힌 거야?"

빌리가 몇 초 동안 가만히 있기에, 나는 그가 그때 일을 떠올리려나 보다 생각했다.

"내가 사기 친 게 아니라고 하니까, 그 경관이 나한테 문틀을 보여줬어." 빌리가 말했다. "그런 식으로 문이 부서지는 건 문이 열린 상태에서만 가능하고, 누가 부숴서 연 게 아니라고 했어. 문을 부순 사람이 뭔가 망치 같은 걸로 때려서 침입처럼 보이게 하려고 한 것 같다고 그 사람이 그랬어."

나는 내 땀 냄새를, 그 부끄럽고 시큼한 냄새를 맡을 수 있었다.

"그 경관이 분명 잘못 판단한 거야." 내가 말했다. "여긴 뉴욕이야. 절도 사건은 항상 일어나."

"그 경관은 절도 사건이 일어난 걸 의심하지는 않았어." 빌리가 말했다. "이 사건의 경우엔 일부러 꾸며낸 것 같다고 했을 뿐이지."

빌리는 평온한, 그래서 더 위협적인 표정으로 나를 노려보았다.

"왜 그런 짓을 했어?" 그가 물었다.

"뭐?" 내가 말했다.

"왜 그런 짓을 했냐고." 그가 다시 말했다.

나는 믿을 수가 없다는 표정과 분노한 표정이 뒤섞인 얼굴을 했다. "내가 했다고 생각해? 나도 컴퓨터가 없어졌어, 기억해?"

그는 사람을 뒤흔드는 고요한 표정으로 계속 나를 쳐다보았다.

"내가 어떻게, 그런 짓을 할 수나 있었겠어?" 내가 말했다. "난 그날 밤에 내 친구 올리버랑 같이 저녁 먹고 있었고, 그런 다음엔 이글스 네스트로 갔잖아. 그 일은 우리가 거기 있는 동안에—"

"친구야, 그거 내 소설 전부였어, 빌어먹을." 빌리가 너무도 다 끝났다는 태도로, 너무도 넌덜머리를 내며 말해서 나는 뻔한 수작을 계속해봤자 소용없다는 걸 알았다. "내가 쓴 것 다였어. 전부였다고."

나는 도둑이 든 것처럼 꾸미지 말았어야 했다. 빌리의 원고를 지우지 말았어야 했고, 그 결혼식 여행을 가지 말았어야 했고, 애초에 함께 들어와 살자고 하지 말았어야 했다. 그냥 계속 혼자 살았어야 했다. 그랬더라면 그는 한 학기 뒤에 컬럼비아를 떠났을 것이다. 나는 그를 감탄스러운 작품을 썼던, 잠깐 동안 알았던 동료 수강생으로 희미하게 기억했을 테고, 그는 나를 전혀 기억하지 못했을 것이다. 나는 아파트를 영구히 지킬 수 있었을 것이고, 내 작은 세계는 누구의 방해도 받지 않은 채 남았을 것이다. 그게 삶을 헤쳐나가는 더 쉬운 방법이었다—가장자리에서, 참여자라기보다는 관찰자로.

나는 벽에 걸린 노조 대표의 사진으로 시선을 돌렸다.

"망할 놈의 대답조차 못 하는구나." 빌리가 말했다. "나한테 질투가 났거나 뭐 그런 거냐? 넌 장학금에 지원조차 안 했잖아. 그냥 내가 받는 게 싫었던 거야? 너 그 정도로 지는 걸 싫어하는 성격이야?"

평일 오후 거리의 소리들이—차들이 울려대는 경적 소리, 휴대용 드릴이 내는 충돌하는 듯한 굉음, 도플러 효과를 만들어내는 구급차 사이렌 소리 들이—우리 집 열린 창문으로 치솟았다.

"그걸 다 잃어버린다는 게 어떤 의미였는지 알아?" 빌리가 물었다. "난 돈을 다 내주는 아버지 같은 게 없어. 이게," 그는 자기 노트북 컴퓨터를 두드렸다. "내가 가진 전부야, 친구. 평생 바텐더를 하지 않아도 될 기회를 나한테 주는 유일한 거라고." 그의 몸은 움직이지 않았지만, 그의 가슴은 눈에 보일 정도로 부풀어 올랐다 가라앉았다 했다. "내가 너를 죽도록 패버리지 않은 유일한 이유가 뭔지 알아?"

그는 짧게, 날카로운 웃음을 뱉어냈다.

"네가 존나 불쌍해서야." 그가 말했다.

두 학기 동안 수업에서 가차 없는 비평을 들으며 마음이 단단해졌다고 생각했는데, 빌리가 내 어떤 부분을 불쌍해하는 건지 구체적으로 가리키지 않는 이 말들은 내 글에 대한 어떤 비난보다도 깊숙이 나를 후벼 팠다. 목구멍이 조여들었다. 나는 빠르게 눈을 깜빡거렸다. 그는 내게 출구를 마련해줬다. 내가 치졸했다고, 지기 싫었다고, 너에게 질투가 났고, 내가 못 받을 거면 너 역시 장학금을 못 받기를 바랐다고, 나는 그렇게 말하면 됐다.

하지만 진짜 이유는 좀 더 비참했다.

"네가 날 떠날까 봐 그랬어." 내가 말했다.

우리는 다시 서로 침묵했다.

아마도 빌리는 내가 말한 이유를 이미 의심스레 떠올려보았거나 알고 있었을 것이고, 사실 나는 일 년 내내 억누르고 있던 것을 나 자신에게 털어놓고 있는 것이나 마찬가지였다. 빌리가 내 안에서 다른 누구도 움직이게 한 적 없는 무언가를, 깔끔하게 정의된 범주에는 들어맞지 않는 무언가, 내가 명료하게 표현할 엄두를 낼 수 없었던 무언가를 건드려 움직이게 했다는 것을. 비록 이런 각각의 경험은, 누구나의 외로움과 정확히 같은 방식으로, 특정 범주에 넣기 불가능한 독특한 것으로 느껴지기 마련이라고―타인의 경계가 그려내는 특별한 윤곽선은 우리 자신의 그것과 충돌하고, 남은 평생 동안 사라지지 않을 커다란 구멍을 남긴다―지금의 나는 생각하지만 말이다.

누군가가 밖으로 내던진 쓰레기가 내는 쿵 소리와 함께 복도에 있는 쓰레기 활송 장치가 획 닫혔다.

"미치겠네 진짜." 빌리가 말했다. "왜 울고 난리야."

"미안해." 내가 말했다.

나는 다시 사과하고 싶었지만 무슨 말을 더 해야 할지 알 수 없었다. 그래도 한 가지 물어볼 말이 있긴 했다. 그건 8개월 전 내가 그에게 했던, 이 모든 일이 시작되게 한 질문의 변형이었는데, 다만 이번에는 내가 그에게 줄 수 있는 것이 없었다. 나는 이미 대답을 알고 있었지만 그의 입에서 그 말을 듣는 일이 필요했던 것 같다.

"다른 아파트, 나랑 같이 찾아볼래?"

"애덤이랑 맷이랑 집 구하기로 이미 계획 세워놨어." 그가 단호하게 말했다. "이번 달 말에 나갈 거야."

"그러지 않아도 돼." 내가 애원했다. "내가 다시 집세 낼게."

"미안." 빌리가 이번에는 좀 더 부드럽게 말했다.

그가 계속 가혹한 어조를 유지하기를, 그래서 아무튼 나 역시 그와 함께하고 싶지 않다고, 혼자인 게 더 낫다고 내가 나 자신을 속일 수 있기를—나는 그 일을 잘했다—나는 거의 바라고 있었다. 하지만 내가 그를 영원히 잃었음을 나는 알았고, 그의 문가에 서 있는 동안 내 손에 들린 전화번호부는 갑작스럽게도 닻처럼 무겁게 느껴졌으며, 나는 내가 젊기는 하지만, 그리고 사람의 마음이라는 저수지가 끝없이 다시 채워 넣을 수 있는 것이긴 하지만, 나라는 인간의 껍질에서 가장 뚫고 들어가기 힘든 층은 여전히 늘어나고 있으며, 빌리는 내가 그 안으로 들어오게 허락하는 일에 가까이 갔던 마지막 사람이 되리라는 예감이 들었다.

"알겠어." 내가 말했다.

11

그날 밤, 빌리는 노트북 컴퓨터와 더플백 하나 분량의 옷가지를 챙긴 다음, 6월에 새집으로 모두 같이 이사할 때까지 애덤과 맷의 집에 가서 임시로 지낼 거라고 내게 말했다.

나는 속임수를 써서 집을 전대해 지내는 일이 마침내 끝나게 됐다는 걸 부모님과 대고모에게 알리면서, 그냥 내가 관리협회에 발각됐다고, 아마도 오지랖 넓은 이웃 사람이 제보를 한 것 같다고 했다. 절반만 진실인 이 이야기에 누구도 그렇게 충격을 받거나 화가 난 것 같지는 않았다. 굳이 느끼는 게 있었다면, 그분들은 내가 안됐다고 느꼈을 것이다.

내가 한 행동을 경관에게 털어놓은 빌리는 그에게 간청을 해서 우리 둘 중 누구도 기소하지 못하게 막았다. 하지만 경관은 보험사에 우리가 한 일을 알리기는 했다. 빌리가 이사해 나가고 사흘 뒤, 사기 혐의로 우리 대고모에게 수천 달러의 벌금을 부과한다는 편지 한 통이 도착했다.

대고모에게 그 일을 숨길 방법은 없었다. 나는 경관의 추론을 빌려 가족 모두에게 내가 돈 때문에 보험사기를 저질렀다고 말했다. 내 거짓 해명을 들은 부모님은 몹시 화를 냈고, 내가 마약 문제로 자금을 대야 해서 그런 게 아니라고 확실히 말한 뒤에도 그랬다.

"돈이 더 필요하면 그냥 아버지한테 부탁하면 됐잖아." 엄마가 말했다.

"어떻게 그렇게 멍청할 수가 있냐?" 내가 어릴 때 이후로 목소리를 높인 적이 없었던 아버지의 반응은 이랬다. 생각을 거듭한 끝에 아버지는 벌금은 내주겠지만 내가 그 돈을 자신에게 갚았으면 한다고 했다.

"내년 수업료도 내가 내주지 않기로 결정했다." 아버지가 말했다. "네 엄마가 그것 역시 옳은 결정이라고 하더라."

"알겠어요." 내가 말했다.

학자금 대출을 받을 수도 있었지만, 스타이 타운 아파트라는 완충장치 없이 수만 달러나 되는 빚을 진다는 건 수년 동안 생활이 점점 더 곤궁해진다는 뜻이었다. 나는 가을이 되면 무기한 휴학을 하겠다고 학교에 알렸다.

저렴한 아파트를 찾아 헤매다가, 룸메이트 세 명과 함께 머리

힐에 있는 엘리베이터 없는 5층짜리 건물에 집 하나를 구했다. 첫 달 집세에 보태기 위해 나는 전에 프리랜서로 일했던 남성 잡지의 교열팀장 스티브에게 전화를 걸었고, 그는 지금 만들고 있는 잡지를 같이 살펴봐줄 사람이 필요하다고 대답했다.

빌리가 떠난 뒤 나는 그와 연락하지 않았기에, 나는 내가 6월 1일에 이사를 나간다는 말을 빌리에게 전해달라고 맷에게 부탁했고, 빌리는 그날 아침에 나머지 물건들을 찾아가겠다고 내 자동응답기에 메시지를 남겼다.

계획한 대로, 빌리는 내가 머무르는 마지막 날 아파트에 돌아왔다. 나는 현관문을 조금 열어둔 채로 내 방에 들어가 그를 외면했고, 그가 자기 물건들을 치우는 동안 짐을 쌌다. 그가 아무 말도 하지 않고 그냥 떠나기를 바랐지만, 문을 두드리는 소리가 났고, 나는 들어오라고 했다. 그는 문을 열었지만 들어오지는 않고, 한쪽 어깨에 더플백을 걸치고 양손에는 슈트케이스를 하나씩 든 채 복도에 서 있었다.

"어이, 친구." 빌리가 말했다. "열쇠들은 문 옆에 뒀어."

나는 상자 하나를 테이프로 붙였다. "그래."

그는 거실을 돌아보았다. "책상이나 다른 것들은 필요 없어. 새로 들어갈 집에 가구가 딸려 있거든."

내가 고개를 끄덕였다.

"그래." 빌리가 말했다. "그럼, 가을에 보자."

"실은, 나 휴학하고 다시 일하기로 했어." 내가 말했다. "아버지가 더 이상 수업료를 안 내주겠다고 하시고, 학자금 대출은 받기 싫어서."

"그렇게 됐다니 유감이네." 그가 말했다. "하지만 빚을 지지 않기로 한 건 아마 좋은 생각일 거야."

빌리가 걸음을 떼었다. 한 걸음 걷더니, 몸을 빙글 돌렸다.

"있잖아, 이 아파트에서 나가는 건 좋은 일일지도 몰라." 그가 말했다. "우리 둘 다한테."

'우리 둘 다'라고 했지만 그의 말은 나 혼자만을 가리키고 있었다. 내 고치에서 쫓겨날 필요가 있는 사람은 나였지, 평생 고치 같은 것 없이 살아남아온 그가 아니었다.

"그러면 성격이 좋아질 테니까?" 내가 물었다.

깨진 이가 드러나는, 내가 그토록 여러 번 보았던 그 희비극적인 미소가 떠올랐다. 아주 잠깐이었고, 뒤에 남기는 것은 별로 없는 미소였지만, 그래도 내가 받아 마땅한 것보다는 너그러운 작별인사였다.

그런 다음 그는 나가서 등 뒤로 부드럽게 현관문을 닫았고, 사라졌다.

몇 시간이 지나자 이삿짐 운송업자들이 와서 가구를 트럭으로 끌고 가기 시작했다. 그들은 빌리의 책상과 내가 가져가지 않기로 한 다른 모든 물건들을 쓰레기를 주워가는 사람들이나 위생국 직원들이 가져가도록 거리에 놔두었다. 삼십 분 만에 그들의 일은 다 끝났다.

운송업자들을 따라 새집으로 향하기 전에, 나는 현관문 앞에 서서 천장에 난 실금들과, 칸칸이 나뉜 창문들이 만들어낸 그림자로 줄무늬가 생긴 바닥을 둘러보았다. 발가벗겨져 뼈만 남은 아파트를 보며 느껴지는 애정으로 무방비 상태가 된 나는, 내부가 모두 개조될 계획이라 깨끗이 정리할 필요는 전혀 없다는 걸 알면서도, 현관문 옆 벽장 속에 남아 있던 빗자루 하나를 집어 들어 거실 바닥을 쓸었다.

그런 다음 배낭 속에 손을 넣어 펜과 종이쪽지 하나를 끄집어냈고, '1990-1997'이라고 쓴 뒤 내 이름을 적어, 약장 안의 작은 홈 속으로 떨어뜨렸다. 그곳에서라면 버려진 채 갇힌 면도날들과 함께 그것이 남아 있으리라고 생각하고 싶었다.

그 후

몇 달 동안 남성잡지사에서 드문드문 일한 끝에, 나는 스티브 밑에서 정규직으로 일해도 될 만큼 가치 있는 인재로 알려지게 되었고, 오전 열시부터 오후 여섯시까지 근무하는 맨해튼의 미디어 인간 부대에 합류했다. 아버지는 원금에 더해 보험사가 부과한 벌금에 대한 이자까지 갚으라고 했고, 나는 월급을 받자마자 빼앗기는 생활을 일 년 넘게 한 끝에 빚을 모두 청산했다.

다른 학교의 순수예술 석사과정으로 옮기려는 노력은 하지 않기로 했지만—처음 지원했을 때 컬럼비아를 제외한 모든 곳에서 거절을 당했는데 다시 지원을 한다고 다른 결과가 나올 이유는 없어 보였으니까—나는 대신 내 모든 희망을 오로지 그 문학 에이전트가 내게 써보라고 제안했던 장편소설에 걸었다. 나는 밤에도 주말에도 작업을 했고, 삼 년이 지나 완성된 소설과 함께, 내가 누구인지를 떠오르게 해줄 편지, 문예지에서 복사한 원래의 단편 「캠프 레드우드」를 그에게 보냈다.

"「캠프 레드우드」를 보내주셔서 감사합니다." 몇 주가 지나 에이전트에게서 온 답장에는 이렇게 적혀 있었다. "작품을 흥미롭게 읽었고 단편 버전도 재검토해보았습니다. 안타깝게도, 이 단편 속에 있는 탁월함과 독창성이 장편으로는 제대로 옮겨지지 않았다고 저는 느꼈습니다. 다른 사람들의 눈에는 또 다르게 느껴질 거라 확신하면서, 늘 지켜보고 응원하겠습니다."

그 시점까지 나는 허리띠를 졸라매고 아르바이트를 해가며 컬럼비아에서 마지막 한 해를 다니기에 충분한 돈을 모아놓았다. 그러나 막상 기회가 주어지자, 나는 내가 지금껏 내내 뒤로 미뤄온 한 가지 사실을 인정해야 했다. 내가 작가가 될 사람이 아니고, 살아 있는 동안에든 사후에든 장편소설을 남길 일은 없을 거라는 사실 말이다.

스티브가 다른 잡지로 옮겨 가자 나는 교열팀장으로 승진했다. 나는 이 일이 싫지 않다. 글쓰기에서 내가 느낄 수 없었던 만족감을 교열 일에서는 언제나 느낄 수 있었다. 애매모호함 따위는 들어설 틈 없이 옳은 답과 그른 답이 있었고, 지켜야 할 규칙이 있었으며, 바로잡으면 되는 실수들이 있었다. 나는 괜찮은 교열 담당자다. 사람들은 내 존재를 알아차리지 못하고 지나간다. 연봉이 오르자, 나는 그 돈으로 고급 주택가로 바뀌고 있는 알파벳시티의 거리에 방 하나짜리 집을 빌렸고, 직접 가구를 사서 채워 넣었다. 내가 고양이를 좋아하는 인간이라고 생각해본 적은 한 번도 없었는데, 근처 공터에서 사흘 밤 연속으로 새끼고양이 한 마리를 마주치고 나서 정신을 차려보니 팬시피스트 통조림들과 스크래치 기둥을 사고 있었다.

빌리로부터는 아무 연락도 오지 않았고, 컬럼비아에서 알던 누구와도 연락하지 않은 까닭에 나는 그에 관한 어떤 소식도 직접 듣지 못했다. 빌리는 스물아홉 살 때 『노 맨스 랜드』를 출간했다. 책 표지에 적힌 유일한 작가 정보는 그가 컬럼비아에서 순수예술 석사학위를 받았다는 것이었다. 나는 그와 관련된 어떤 행사에도 가지 않았고 그 책을 읽을 엄두도 나지 않았다. 그 소설은 '무난하게' 받아들여졌는데, 그건 그 소설로 빌리가 벼락같은 문학적 명성과 부를 얻지는 못했다는 뜻이었다. 순수예술 석사과정 워크숍 사람들이 침 흘리며 바라던 무언가를 대중은 대개 친절한 무관심으로 맞이하는 법이다. 삼 년 뒤에는 단편소설집이 출간되었는데, 업데이트된 작가 소개에는 빌리가 아이다호의 어느 대학에서 부교수로 재직하고 있다고 나와 있었다. 그다음에 나온 장편소설 표지에는 그가 같은 대학에서 이제 교수가 되었으며, 아내와 아이들과 함께 살고 있다고 적혀 있었다. 하나같이 중서부를 배경으로 한 더 많은 책들도 드문드문한 간격으로 뒤따라 출간되었다. 나는 계속 그 책들을 안 읽었지만—다른 이유보다 나를 모델로 한 소설 속 인물과 마주칠까 봐 두려웠다—거기 시차를 두고 실린 작가 사진들은 그가 세월의 세례를 받았을지언정 잘생긴 중년으로 변해가고 있음을 드러내주었다. 그는 비교적 소박한 자신의 꿈의 구장에서 되기를 열망하던 그 존재가 되었다. 종신 재직권을 지닌 교수이자 가족이 있는 중간급 작가.

토머스가 매사추세츠 종합병원에 일자리를 얻은 뒤, 엄마는 집 근처에서 자라난 그의 세 아이들과 가까워져서 그 아이들의 사진을 내게 보낸다. 예상대로 아버지는 은퇴를 하고 샌디에이고에서 지내고 있다. 아버지와 나는 서로의 생일과 명절에 문자를 주고받는다.

거의 십 년쯤 전에 굴뚝이 무너져 내리는 사고가 났던 첨리스는 최근 알아보기 힘들 만큼 고급스러운 가게로 변해 다시 문을 열었는데, 벽을 빙 둘러 긴 가죽 의자들이 놓여 있고, 속에 들어간 송로버섯 하나만 해도 보통 메뉴보다 값이 더 나가는 버거를 판다. 이글스 네스트는 수년 전에 문을 닫았다. 그 자리에는 전화기 판매점이 들어섰다. 스타이 타운은 여러 번 소유권자가 바뀌었고, 완전히 새로워진 아파트는 이제 규제가 사라져, 주택청약 당첨자들 몫으로 따로 남겨둔 몇몇 세대를 제외하고는 모두 스테인리스 설비로 내부가 꾸며지고 엄청난 가격이 매겨져 있다.

컬럼비아를 떠난 후 내가 그나마 누리고 있던 사교 생활은 동료

들이 결혼하고 아이들을 낳으면서 점점 사그라졌다. 몇 주쯤 이어질 수도 있는 낭만적인 만남도 이따금씩 있었지만, 너무 일찍 관계가 끝나버리는 일이 시간이 갈수록 계속되자 내 의욕은 거의 바닥나버렸고, 누군가를 만나보려는 일은 더 드물어졌다. 나는 내가 사람들로부터 점점 더 멀어지고 있다는 걸 거의 혼자가 된 뒤에야 알아차렸다. 나는 가끔씩 사무실 근처 바에 동료들과 함께 가서 잡지 마감을 축하하며 건배를 하고, 그들이 내가 들어본 적 없는 노래와 연예인에 대해 이야기하는 걸 듣고, 술을 한잔 마신 뒤에는 가라오케와 쓸모없는 지식 콘테스트가 시작되기 한참 전에 자리를 뜬다. 나는 가장 연차가 높은 직원이 되었다. 이제 회사에는 내가 거기서 일을 시작하고 나서 태어난 대학생 인턴들도 있다. 내가 어렴풋이 느끼기에, 그들은 월요일 아침 회의 때마다 회의실 안으로 자연스럽게 들어와 어울리는 나이 든 고양이의 반려인이자 중년의 독신 남성인 나에 대해 연민을 느끼는 것 같다. 하지만 내가 깨달은 바로는, 고독은 일단 그것을 당연한 것으로 여기고 나면 그렇게 나쁜 것만은 아니다.

선거 개표 결과가 나온 후, 나는 곧바로 이어지는, 민주당이 어떻게 이토록 역사에 남을 만한 패배를 자초했는지에 관한 치가 떨리도록 절망적인 사후 분석을 들어보려고 깨어 있었는데, 그때 당선 연설이 끼어들었다.

"우리나라의 소외된 남성과 여성 들은 더 이상 소외되지 않을 것입니다." 대통령 당선자가 지지자들의 함성을 향해 맹세했다,

나는 텔레비전을 끄고 어두운 거실에 앉았다. 그러다 침실로 가서, 벽장 안쪽을 뒤져 수년간 열어보지 않은 상자 하나를 찾아냈다. 거기에는 내가 컬럼비아에서 쓰고, 빌리가 고쳐준 모든 원고가 들어 있었다. 편견으로 가득한 한 뭉치의 종이였지만, 그것이 유일하게 남아 있는 내 소설 원고였다. 내 디지털 파일들은 여러 해를 거치며 컴퓨터를 업그레이드하는 동안 사라져버렸고, 다른 수강생들과 교수들이 해준 피드백은 내가 어느 시점엔가 버린 뒤였으니까.

페이퍼들은 시간 역순으로 정리되어 있어서, 내가 봄학기에 제출한 합평작들이 맨 처음에 놓여 있었다. 그 뒤에는 「캠프 레드우드」가 있었고, 그해 가을 빌리와 내가 아직 개인적으로 작품 교류를 하고 있던 때 남겨둔 원고 부분 몇 편이 있었고, 그리고 마지막으로, 내가 버려둔 내 장편소설의 도입부가 있었다.

나는 바닥에 주저앉아, 빌리가 빽빽하게 원고 여백에 적어 넣은 글과, 여전히 눈에 익은 그의 글씨로 적힌 겸손하고 정확한 제안 사항들을 포함해 그 챕터 전체를 읽었다.

벽장문이 삐걱거리며 조금 열렸고, 부드러운 털이 내 팔을 스치며 정전기가 이는 게 느껴졌다. "셔우드." 종이 뭉치를 내려놓으며 내가 말했다. 등뼈의 울퉁불퉁하게 솟은 부분을, 턱 밑을, 두 귀 사

이를 쓰다듬어주자 녀석은 두 눈을 감고 턱을 만족스럽게 늘어뜨렸고, 앞다리 뒤쪽에서 박동하며 가녀린 몸 곳곳으로 피를 실어 보내는 녀석의 심장은 희미하게 북소리를 내고 있었다.

"다른 사람들 말 듣지 말아요. 이 소설은 '감정적인 공들을 충분히 허공에 던져 올렸어요'. 그게 대체 무슨 뜻이건 간에." 마지막 페이지 뒤쪽, 빌리가 수업 시간에 쓴 추신은 그랬다. "그리고 '위축돼 있지'도 않고요."

그 마지막 문장은 내 기억 속에 없었다. 아니면 그 문장을 처음으로 읽어보기도 전에 내가 멈춰버린 것인지도 몰랐다.

나는 벽장문 안쪽에 붙은 거울을 향해 고개를 들었고, 나 자신을 오랫동안, 눈 돌리지 않고 바라보았다.

내 어깨뼈 사이에 앞발 하나가 느껴졌다.

"아직 여기 있어." 내가 말했다.

감사의 말

감사의 마음을 전하고 싶은 사람들이 있다.

나의 멋진 편집자이자 친구인 리스 메이어, 그의 보조 편집자로 귀중한 통찰을 선사해준 그레이스 맥너미, 나의 홍보 담당자들인 로런 힐과 에밀리 피셔, 프로덕션 에디터 바버라 다코, 작업이 완벽해서 알아차리지 못하고 지나가기란 불가능한 교열 담당자 에밀리 데허프(이 소설의 모든 실수는 나의 책임이다), 교정 담당자 미시 라콕, 그리고 블룸즈버리 출판사의 다른 모든 사람들에게.

나의 충직한 에이전트 짐 러트먼, 그리고 문학 외의 에이전시 일을 담당해준 윌 왓킨스에게.

나의 첫 번째 독자들에게, 그들의 지혜와 격려, 그리고 관대함에 감사드린다. 세라 브루니, 앰버 더몬트, 얼레나 그래던, 로버트 쿤,

스티븐 커루츠, 에이린 카일, 다이애너 스페클러, 존 워너, 그리고 파이퍼 와이스. 나의 의학적 질문에 답해준 의학박사 셔윈 자가로프에게.

케이트에게, 이 모든 것을 나와 함께 다시금 경험해준 것에 대해, 그리고 많은 다른 것들에 대해 감사한다.

그리고 마지막으로 앵거스에게. 이 책은 네가 잉태되고 태어나기 전에 구상되고 원고가 쓰였지만, 네가 존재하게 된 뒤로 이 책의 페이지들은 완전히 달라졌단다. 책을 쓴 나는 더욱 많이 달라졌고 말이야. 네가 나를 얼마나 행복하게 만들었는지 언젠가 네가 알아주었으면 해.

옮긴이의 말

서로의 영혼이 닮았다는 환상에 이끌려 친밀해진 두 사람이 그 환상이 깨지면서 멀어지는 이야기에는 보편적인 슬픔이 배어 있다. 모든 인간은 서로 다를 수밖에 없고, 함께하는 시간이 길어질수록 서로에게서 느꼈던 최초의 매력은 식어가고 차이점은 두드러지며 균열은 점점 무시하기 힘들어진다는 당연한 진실을, 우리는 어째선지 매번 부인하거나 잊어버리고 싶어한다. 그 진실을 직시하고 살아가기에는 이 세계가 너무도 삭막한 곳이어서일까.

『아파트먼트』의 두 인물 빌리와 '나'의 관계에서 환상의 주된 재료는 문학에 대한 두 사람의 열정이다. 읽고 쓰는 일을 진심으로 사랑하고, 웬만큼 성공하지 않는 한 배고픔이 뻔히 예정되어 있는 작가로서의 삶을 그럼에도 진지하게 꿈꾸며, 서로에게 멘토이자

전우가 되어 인정받기 위한 가시밭길을 함께 걷기로 마음먹은 두 사람 사이에 흐르는 친밀감만큼 강력한 것이 있을까. 그러나 그 절실한 열정으로 예술계의 열악한 현실을 이겨내고, 참호 안의 동료 병사가 실은 자신의 경쟁자이기도 하다는 사실을 모른 척하고, 업계 종사자들의 허세와 속물성을 못 본 체하면서 서로를 격려한 끝에 '헤밍웨이와 피츠제럴드처럼'은 아니어도 각자의 목표에 어찌어찌 조금씩은 도달하고 우정 또한 지켜낸다는 무해하지만 예상 가능한 예술가-버디 소설이 되는 길을 『아파트먼트』는 택하지 않는다.

빌리는 데뷔하지 않았을 뿐 이미 뛰어난 작가지만, '나'를 매혹시키는 것은 빌리의 문학적 재능만은 아니다. 중상위 계층에 속하는 '나'는 비록 불법 전대를 하고 있을지언정 맨해튼의 제법 넓은 아파트에 살며 부모님으로부터 학비와 생활비를 지원받아 경제적으로 어려움이 없지만, 자신의 그 모든 혜택과 특권 들을 자랑스러워하는 대신 몹시 불편해하는 인물이다. 정치적으로 올바르다는 것이 무엇인지 알고, 약자와 소수자를 배려할 줄 알며, 동시대 사회와 문화에 대해 즉석에서 가벼운 논평 정도는 무난히 해낼 만큼 교양이 있고, 종종 진지하면서도 날카롭고 유머러스한 통찰을 해낼 만큼 지성도 갖춘 그는 자신을 충분히 좋아하지 못한다. 예비 작가로서도, 그저 한 인간으로서도 자신에게 '진정성'이 결여되어 있다고 느끼기 때문이다. 그런 그 앞에 마치 진정성의 화신처럼 보이는 빌리가 나타난다. 미국 중서부의 쇠락한 도시 출신으로 자신의 고향을 생생하게 소설에 묘사하며, 바텐더로 일하면서 간신히 생계를 유지하고 있는 빌리의 정제되지 않은 재능이 드러났을 때, 그리고 그런 그가 마치 모든 죄책감을 덜어주고 존재를 승인해주듯 "태어난 환경은 사실 우리가 어쩔 수 없는 거"라고 자신의 소설을 변호해주었을 때, '나'는 전적으로, 필연적으로 매혹된다. 가정환경 덕분에 또래들이 겪는 현실적 고난을 겪어본 적 없고, 그에 대한 부끄러움으로 자신을 솔직하게 드러내는 대신 방어막을 세우고, 사람들의 상호작용을 단순히 모방할 뿐 누구와도 진실한 관계를 맺어보지 못했다고 느끼는 '나'에게 빌리의 진정성은 환상을 넘어 맹목적인 숭배의 대상이 된다.

그러나 아마도 동료에 대한 '나'의 순수한 선의와 호의에서 시작되었을 그들의 동거 생활에는 이내 균열이 생기기 시작한다. 안타깝고 신비롭게도, 인간이란 자신에게 가장 소중한 사람과의 관계에서도 무의식적으로 상대와 자신의 우열을 따지고, 권력 투쟁을 하고 싶어하는 존재다. 흥미롭게도 빌리의 진정성은 전통적 의미에서의 '남성성'과 강하게 결부되어 있는데, 그 남성성 역시 '나'에게는 결여되어 있는 자질이다. '나'는 때로 마음이 통하는 여성과 문학적인 삶을 함께하는 꿈을 꾸기도 하지만, 현실의 그에게 여성들은 대체로 관계를 맺기도 전에 그의 충분치 못한 남성성을 알아채고 웃음을 터뜨리는 존재이자 두려워 피하고 싶은 대상일

뿐이다. 그는 여성들 대신 이상적인 남성인 빌리에게 이끌리고, 잘 생긴 외모 덕분에 아무런 노력 없이도 여자들을 매료시키는 빌리의 탄탄한 육체를 동경하고 부러워한다. 그러나 그 육체는 동시에 '나'에게 '너는 이만큼 남자답지 못하다'고 끊임없이 속삭이며 좌절감을 불어넣는 육체이기도 하다. 이제 아슬아슬하게 플라토닉한 범주에 머무르는 것처럼 보이는 '나'의 집요한 열망 속에서 빌리의 이 모든 특징들은 하나로 쉽게 연결된다. '탐욕과 허세에 찌든 속물들이 가득한 대도시가 아니라 미국의 진정한 심장부, 하틀랜드에서 온 진실한 작가, 누구의 도움도 없이 자기 손으로 고난을 극복해온 진짜 남자다운 남자' 빌리. 그러나 알고 보니 공화당 지지자이며 동성애를 혐오하고 지극히 보수적인 가치관의 소유자이기도 했던 빌리. 그런 빌리가 관계의 다른 모든 면에서 우위를 차지하고 열등감을 불어넣을 때, 아파트로 상징되는 '나'의 경제적 이점은 이 권력관계를 뒤집어놓을 유일한 자원이자, 자신을 도덕적으로 '좋은 사람'의 위치에 계속 머무르게 해주면서 열망의 대상인 빌리를 붙잡아둘 수단이 된다.

이쯤에서 『아파트먼트』가 2010년대 후반, 중년이 된 '나'의 시선으로 '세계 초강대국의 평화와 미국적 번영으로 이루어진 무딘 세계'였던 1990년대 중반을 돌아보는 소설이라는 점을 상기해볼 수 있겠다. 노스탤지어가 과거를 낭만적으로 미화함으로써 현재의 문제와 갈등의 뿌리를 은폐한다는 면에서 보수적이라면, 『아파트먼트』의 서사는 정확히 그 반대 방향으로 작용한다. 작가가 한 인터뷰에서 언급했듯 "90년대는 아마도 미국의 보수적인 지역 출신인 누군가가 컬럼비아대학 MFA 프로그램에 그럴듯하게 속할 수 있고, 서로 다른 두 개의 미국에서 온 두 사람이 친구가 될 수 있었던 마지막 시기였을 것이다."● (만약 계층 상승 가능성이 거의 소멸하다시피 한 데다 구성원 정체성 또한 양극화된 현재의 미국이 배경이었다면 빌리는 '나'와 같은 수업을 들을 수도 없을뿐더러, 듣는다 하더라도 수강생 사이에 원만하게 섞여들 수 없었을 것이다. 아마 두 사람은 서로 반대되는 성향의 인터넷 커뮤니티에 소속된 채 만난 적 없는 서로를 향해 비난을 쏟아내고 있거나, 이미 서로를 차단한 상태라 소통조차 불가능하지 않았을까.) 꼭 이만큼의 노스탤지어만 품은 채 소설은 그때의 빌리와 '나'를, 두 사람의 욕망과 진심과 상황들을 적나라하게 들춰 보인다. 빌리를 마냥 아름답게, '나'를 마냥 비열하게, 혹은 그 반대로 그리는 대신, 빌리라는 인물에 덧씌워진 진정성이라는 미국적인 환상이 실은 그 같은 사람들을 오히려 타자화하는, 쉽게 혐오로 돌변할 수 있는 집단 페티시에 가깝다는 사실을 적시하고, 그의 장점과 단점을 있는 그대로 묘사한 다음, 그 환상을 만들어낸 '나'의 거울 속 부끄

● https://www.latimes.com/entertainment-arts/books/story/2020-02-20/teddy-wayne-apartment-hollywood-adaptions

러운 모습 역시 최대한 정직하게 담아낸다. 도널드 트럼프가 노동자 계급으로부터 압도적인 지지를 얻어 대통령에 당선된 사건을 충격적으로 받아들이며, 거기서부터 수십 년 전의 과거를 소환해 대체 이 엄청난 분열과 서로에 대한 적대가 어디서부터 시작되었는지 돌아보는 한 민주당 지지자의 자기반성에 가까운 서사로『아파트먼트』를 읽는 것은 자칫 텍스트를 한 방향으로 지나치게 제한해버리는 납작한 독해일 수도 있겠다. 그러나 거듭 생각해봐도 트럼프의 집권이라는 역사적 사건이 없었다면 이 이야기는 전혀 다른 방식으로 쓰이지 않았을까 하는 생각을 완전히 지우기는 어렵다. 이처럼 미국이라는 배경 속에서 풍부한 정치적·사회적 함의를 획득하면서도, 관계의 탄생에서 죽음까지 두 개인 사이의 친밀감에 관한 역동적인 탐구로서 여전히 강렬하고 흡입력 있게 읽힌다는 점이『아파트먼트』의 매력이다.

국내에는『아이돌』로 소개된 바 있는 테디 웨인은 다른 누구보다 '외로움'이라는 정서를 그려내는 데 독보적인 작가이기도 하다. 테디 웨인의 주인공들에겐 자신의 내면을 외부로 자연스럽게 표출해 타인의 호감이라는 자원과 교환하는 생존 기술이 결여되어 있고, 그 점이 타인과 소통할 때 남다른 분투를 해야만 하는 그들의 서사를 쉽게 잊기 힘든 희비극으로 만든다.『아파트먼트』에서 외로움의 감각은 날카롭다 못해 통렬하기까지 하다. 작가는 사람에 대한 기대가 실망으로, 실망이 불안으로, 불안이 다시 그럼에도 잃고 싶지 않은 마음으로 바뀌는 미묘한 순간들을 잘 알며, 그 순간순간의 연약하고 미세한 마음의 흐름을 날카롭게 포착해 생생하게 되살려놓는다.

번역자로서 『아파트먼트』에서 가장 인상적이었던 부분은 수많은 남성 인물들이 쏟아내는 마초적인 언어와, 종종 자신을 거세된 사람처럼 느끼는 '나'의 방어적인, 그러면서도 터져 나오는 섬세함을 감추지 못하는 언어가 이뤄내는 강렬한 대비였다. 사회가 바람직한 것으로 여기고 요구하는 종류의 남성성에 적응하지 못하는 자신을 숨기기 위해 남성들이 '껍질'을 만든다는 사실은 익히 알려져 있지만, 그 껍질 안쪽의 '하드하지 않은' 내면을 이처럼 내밀하게 고백하는 남성 서사는 보기 드물었다. 아마도 당신이 소설 첫머리를 읽으며 예상했던 방향과는 달랐겠지만, 두려움을 무릅쓰고 그 껍질을 벗어나 상처받고자 한 걸음을 내딛는 이야기라는 점에서 『아파트먼트』는 한 편의 독특한 성장소설로 남는다. 독자의 예상을 박살 내고 배반을 거듭하는 그 독특함이 충실하게 전해질 수 있었으면 좋겠다.

서제인

옮긴이 **서제인**

기자, 편집자, 작가 등 글을 다루는 다양한 일을 하다가 번역을 시작했다. 거대하고 유기체적인 악기를 조율하는 일을 닮은 번역 작업에 매력을 느낀다. 옮긴 책으로 『잃어버린 단어들의 사전』 『노마드랜드』가 있다.

아파트먼트

1판 1쇄   2021년 10월 20일

지은이   테디 웨인
옮긴이   서제인
펴낸이   김이선
편집   김이선 권은경
디자인   김진영
마케팅   이보민 양혜림 이다영

펴낸곳   (주)엘리
출판등록   2019년 12월 16일 (제2019-000325호)
주소   04043 서울특별시 마포구 양화로 12길 16-9(서교동 북앤빌딩)
✉   ellelit@naver.com
🐦📘📷   ellelit2020
전화   (편집) 02 3144 3803 (마케팅) 02 3144 2553
팩스   02 3144 3121

ISBN   979-11-91247-13-8   03840

"1996년, 웨인이 그려내는 외로운 화자는 컬럼비아대학 순수예술 석사과정에 등록하고, 그곳에서 동료 수강생 빌리와 뜻밖에 강렬한 우정을 나누며 위로를 받는다. 그가 빌리에게 자신의 아파트에서 집세를 내지 않고 살 기회를 주면서 두 사람의 관계는 권력, 계급, 그리고 남성성에 관한 질문들이 만들어내는 혹된 시련으로 변한다."

〈뉴욕 타임스〉

"외로운 젊은이들의 어두운 감정에 깊이 개입한 웨인의 최신작은 문화적인 양극단에 위치한 두 명의 소설가 지망생 사이에 생겨난 우정의 시작에서 끝까지를 따라간다. 작가는 이 역학의 뉘앙스—친밀감, 분노, 그리고 말로 표현되지 않는 서로에 대한 적대감이 뒤섞인 진한 머스크향의 칵테일—를 뛰어난 화가처럼 정확하게 포착해냈고, 당연한 수순과도 같이 한계점이 다가오는 순간, 소설은 상상할 수 있는 최고의 방식으로 희미하게 불편한 하나의 감정을 남긴다."

〈커커스 리뷰〉

"조심스럽게 마련된 이 소설의 절정 부분에서 독자들은, 그리고 특히 작가들은, 말할 수 없이 당혹스러운 감정을 느낄 것이다. 교묘하게 다층적인 소설. 정신이 번쩍 들게 하는 절정 부분은 당신이 『아파트먼트』의 문을 닫은 뒤에도 오랫동안 여운으로 남을 것이다."

〈NPR〉